题记：

诗为心声，书是心画。
声画如何？我心匪石。

——黄君

匪石集·黄君诗书近作

黄君◎著

人民出版社

目　录

卷三・黄君诗书近作（甲午卷）

卷四 · 黄君诗书近作（乙未卷）

卷五 • 黄君诗书近作（题段力心山水画五十首）

【序一】

艺入精微长寂寞

——管窥黄君诗书心灵世界

◎裴满意

江西修水县，古称分宁，自古以“宁可食不饱腹，不可胸无点墨”为信条，故而历来人文繁盛，震古烁今的“豫章黄学”和“义宁陈学”，便是修水一张永恒的历史文化名片。这种深厚的文化积淀，为孕育出文化名人打下了坚实的基础。

黄君的成长无不受此所染，早年任中学教师时，就坚持研习中国传统文化与书法创作。著名文化学者摩罗在为其《书法・文化・哲学》著作所写的序言中揭示：“他利用业余时间研究佛学，发现黄龙宗的祖庭就在他的家乡江西修水县（古称义宁），这在20世纪80年代的佛学研究上是一个令人振奋的消息。他因此获得时任中国佛协主席赵朴初先生赏识。在朴老的提携下，他由修水进京，开始了他的学术生涯。”

身为黄庭坚的后裔，身上自是有种无形而又执着的责任感，经过几十年的“踽踽独行”，黄君在佛学、书法研究与创作、诗词研究等方面成果丰硕，已是当代著名书法家、学者、诗人。2005年和2012年两度被评为“中国书法十大年度人物”，多次担任全国书法研讨会及书法展览评审委员、学术观察员等。2013年底，他在中国美术馆举办“畅叙怀抱、放浪形骸、晤对古今”三个系列的大型书法展览，引起书法内外文化圈的持续关注。

从事艺术，需要耐得住寂寞。寂寞，与寂寥同义，从语源上看，寂表示无声，寥表示无形。或者如《韵略》所说：“寂寞，无声也。寂寥，空也。”作为一个艺术概念，寂寞（或寂寥）表示的是一个无声无形的空灵宇宙，一个淡去色相、空灵悠远、静穆幽深的世界，也是一种坚守孤独、剔除喧哗的精神，且看黄君是如何一路走来。

诗书且伴醉宵眠

《毛诗序》有曰："在心为志，发言为诗。"诗性是一切艺术的根性，一个书法家可以不是诗人，但不能没有诗的质性，诗歌用文字言语镌刻万物，因个人禀赋、性情、素养不同，表现出不同的境界，书法亦类似，一个优秀的书法家，他的心一定植根于传统文化，并徜徉于诗词。

黄君便是其中的代表，三十余年先后出版过八本诗词集，诗词联总量达一千三百多首，他用学者的深刻、艺术家的敏锐和禅者的智慧，吟咏人生，有感而发，故言语瑰丽而内容丰富。著名诗人周笃文先生认为黄君的诗词"气象发煌"、"吟笔灵妙"，确是灼见，在此举一二例子，如"万里相随维我梦，千般劳苦有人知"、"劫后余生生不已，寰球待看自由行"、"东坡卷尾留三尺，欲待知音五百年"，等等。都有一张宏大的气息，震撼着读者的心魂。此外笔者认为黄君的诗词还有一大特色那就是幽微隽永、长于议论，如"画阁新成超旧构，古书半掩少吟声"、"三界劳形多物累，一方静谧远嚣尘"、"只恨高楼颜色少，应多林榭款春回"，等等，都是例证。

黄君研究宋代文化多年，对江西诗派的重要代表黄庭坚特别熟悉，故而诗风受其感染再正常不过。我们知道宋诗议论精警过人，诗偏向散文化，以文为诗。其中山谷诗风又具有生新硬瘦、廉悍奇崛的特点，其平生腹笥五车，爱在诗词间穿穴异闻，故而多典故，若无深厚之功力，亦不免掉入生涩、新怪、冗塞隶事诸毛病。黄君对宋诗辩证取舍，在他众多的唱和诗、赠答诗与人物品评诗中，发挥了宋诗的长处，但并没有染上宋诗此等毛病，这是难能可贵的。如《乡贤十咏》、《草书名家集咏（48家）》，其中论及杜预一首曰："刚柔或有凡心动，故作流连着意鸣"，论祝允明曰："纵未精纯别有趣，星光一点在晨空"，论林散之曰："此道沉霾方霁雪，或将疏影待回春"等，都很好地把议论与抒情融合在诗意里，比较全面且真实地反映了他的喜怒哀乐、心路历程、艺术见解和诗学审美追求，从而使得诗歌隽永萦怀。

黄君不仅热爱传统诗词文化，还是位有理想、有担当的中年学者。他曾主编《诗词丛刊》《当代名家诗词集》，组织多次大型诗赛与高峰学术论坛，贡献良多，有目共睹。其诗学研究成果主要体现在《诗词论说》这本著作之中，此书有关诗词方面的论文、随笔四十余篇，大致包括诗词辑佚、诗学专论随笔、当代诗学现象及诗家评论三大部分，是一部在诗词理论研究领域中很有特色的精心之作，对当代诗学现象及重要诗家也有详细的研究分析和评论。诗词辑佚部分的写作尤为出色，一则从书法真迹中发现了黄庭坚的二十九篇散佚文字，精确可靠，是黄学文献研究的一大成果。一则新发现了《全宋诗》《全宋词》未收入的53首作品，涉及王安石、朱敦儒等30余人，对宋代的文学研究作了很好的资料补充。

笔者作为研究诗词的业内人，最激赏的还是黄君对中华诗词学的基本构想，其表示："时至今日，建立完整的中华诗词学科体系，可谓迫在眉睫。当今诗词领域诸多问题，与学科建设的明显滞后，与相关学术研究跟不上时代的进程，有着密切联系。"

的确，当代诗词的学科意识还很薄弱，迫切需要建立一个系统的、完整的学科体系，真心希望有志者、有能者勠力同心，共同完成此大事。

染翰唯求心境远

黄君以《诗经·柏舟》中的诗句"我心匪石，不可转也"为座右铭，所以他在中国美术馆举行的个人书法展也以此诗句为名，其在书法集的自序中写道："我从十八九岁开始学习书法，始终以创作为核心，从未中断对古代书法经典的参摩与临习。"详览这本书法集子，可以看出黄君诸体兼精，他的榜书修劲端直，有崩云坠石之气概；草书夭矫驰骋；简札小品如仕女簪花，情致无限。吸取的营养从大篆《石鼓文》到汉隶，从敦煌经卷到宋黄庭坚的草书，可谓粹采百家，但总体上用笔还是从二王来，特别是从《淳化阁帖》《十七帖》中变化出来的比较多，此外创作带有明显学术色彩，书法风格是与自己对书法的研究融合表现。比如他的信札、诗稿，他的黄庭坚风格的大字行楷书，以及石鼓一路大篆，学术渊源有自，而又不为古人限阈，各有认真的思考和探索，耐人寻味，给人启迪。

文人气息与学者风范是其书法的底色，中国书法家协会学术委员会委员西中文总结黄君书法有“四气”，分别为“文气”“才气”“灵气”“士气”。那么黄君是如何做到这些的呢？或许从他的书法理论著作中可以窥探一二，集中体现在《书法创作引论》《书论十三篇》与《我的书法立场》等著作中。笔者通过阅读这些著作，发现黄君是位思路清晰、洞察力卓绝的学者，他首先抓住书法的民族特色，深入辨析东方思维与中国传统书法艺术的关系，认为我们的思维不像西方民族那样，把全部的注意力投向与主体对立的自然客体，而是在主客体之间作飘忽流动，这使得我们有机会从人与自然和人与同类两种交往中作细细分辨、比较和再体验，并逐渐形成“人”在自然之中的特殊地位，形成“非对象性人本主义通感思维”的传统。故而《礼记》有曰：“人者，其天地之德，阴阳之交，鬼神之会，五行之秀气。”

黄君认为伏羲八卦和阴阳五行是东方民族思维模式的两个典型，以象形为基础的汉字，与伏羲八卦相类似，也是我们民族人本主义同感体验的一种高度归约化概括，所不同的是，汉字所表示的体验比较具体，因而更真切。

基于对汉字的认识，进一步挖掘出汉字这个视觉效果的思维终端，还具有再生的意义，即“艺术的眼睛”可以通过汉字书写过程的重现而使得原思维主题诉诸汉字符号的体验被重新唤醒，于是，主体生命体验赢得了辉煌的新生而成为永生，这也正是汉字书写之所以成为一门独特艺术的全部理由。

汉字是集形、音、义于一体的东方文明特产，如果汉字只剩下无义的外壳，那么无论书法家把它“创作”得如何美丽动人，它都难逃迅速灭亡的厄运。故此黄君认为，写什么和怎么写对书法家是同等重要的两个问题，汉字作为书法创作的对象，它客观上是形、音、义一齐进入书法创作领域的，书法家的任务是选择适当的书体和笔墨语言形式，把它展示出来，演绎成一件可以观摩、品味、欣赏的书法作品。

那么怎样才算是书家个体在书法创作上的成功呢？黄君提出“三足鼎立”的观点：第一个心性、第二个学养、第三个功夫。当代书法 30 年，心性、学养这两个方面，到今天为止还基本上没有被重视。当代书法家文化基础薄弱，小学（文字学）、传统文学，尤其与书法密不可分的诗词歌赋，所知甚少，能创作的人更是凤毛麟角，这是制约当今书法长足发展的重要因素。而这恰恰是黄君的优势，不管是临摹的作品，还是创作的作品，他完全靠才气、涵养去驾驭，握笔持心，笔笔有根据、有寄托，如有源之水，滋养着他的精神符号，真可谓“染翰唯求心境远”。

作为一个学者，他有自己的立场，有自己的理想和追求，不随流俗，不追时风，这点不仅仅表现在他自己的书法之中，还表现在他的书法批评之中。他认为对书法作品进行分类比较，按不同创作意识下，不同的审美标准来评价、理解不同性质的书法作品，应该是中国书法批评的一条重要原则。坚持这一原则，不仅能全面地理解书法史几千年所出现的各种书法现象，给各种不同的作品一个相对的美学位置，真正建立一个完整有序的书法作品体系，同时，这也是解决书法批评矛盾冲突，消除已存在的众说纷纭、莫衷一是现状的根本出路。

飘零我亦知天命

黄君在七律《五十自寿兼答内子》中写道：“飘零我亦知天命，聚散谁真履五常。翰墨有缘还自惜，安心作个老顽郎。”看得出这是一个五十年风霜参世味的诗人内心直白，根在修水，人在北京飘零，语句间很有时空的沧桑之感。每次回故乡，他都有一种“车到浔阳少一人”的感慨，也正是这种思乡、爱乡的情怀，不自觉地使得黄君十分关心江西的文化发展，不断地向全国性的平台宣传、推荐江西的书家。比如，他极其推崇陶博吾，认为其理所当然地应该是江西书法的一面旗帜，为陶老的诗词写序言，并积极为江西的书法发展建言献策。

几十年一路走来，感受着人世的变奏，坚守着书斋的寂寞。黄君丰厚的人生阅历，使得其书法、诗词与学术，有着历史的厚重感，更有人性至纯的悲鸣情怀与对自我的忧患意识，故而才会有对自己与内子“翰墨有缘还自惜”的告诫与勉励。清代词人况周颐说：“吾观风雨，吾览江山，常觉风雨江山之外，有万不得已者在。”身处这喧嚣繁冗之世，人人都免不得有“枨触不得已”之感，黄君亦是如此，应酬之时在所难免，但如此众多的学术成果足以证明，他是个忠于自己的初衷，未曾逃避困难，有着深深的学术情怀与自我标准的人。

当人到一定的年份，就不必再去计较太多，若被浮利浮名重重束缚，哪里有人生的自由，正如他在赠《佛教文化》何云主编的一首诗所说的一样“何处飘来一片云，不关风雨不关尘。自舒自卷原自性，岂与人间共浮沉？”

放浪江湖，哪个岛屿不是家，君看一叶舟，出没风波里，那里就是他的自在乾坤。只要在这个漂浮的世界，能找到稳稳的自己，把持住心境，找到自己自设自立的存在，而不依傍他人，不被外界物役，便可以做到苏轼所向往的此心安处是吾乡，亦如唐朝南宗禅师，人称“船子和尚”所说的：“乾坤为舸月为篷，一屏云山一罨风。身放荡，性灵空，何妨南北与西东。”也正是因为如此，黄君也才会从灵府发出“安心作个老顽郎”的微吟。

在寂寞的书斋里，在漫长的艺术道路上，孤独不是死寂，寂寞不是无趣，相反这其中还有一种情愫在潺湲，暗流在奔涌。在孤独寂寞的幽阒书斋，不是两耳不闻窗外事，关闭观看世界的门，而是打开通向真实世界的大门，洞见常人未见的别样风景。一个艺术家的孤独是为了让自己从杂乱的色相的执着中挣脱开去，就像《楞严经》的一首偈语：“声无既无灭，声有亦非生。生灭二缘离，是则常真实。”无生无灭，才是空的本来面目，这种真实是更高层次活泼泼的生命精神，它与人的直接生命体验有关，真乃青山自青山、白云自白云，无需花开，不必水流，自有妙境。

故而我用黄君先生的一句诗“艺入精微长寂寞”来做本文的标题，试图管窥黄君诗书心灵世界，我知道纵是殚精竭虑也难窥其堂奥，狂瞽之言、刍荛之议，想必俯仰即是，故劳烦诸君斧正！

【序二】

书法家的人文职志与价值取向

◎黄　君

当代书法家的文人职志、人文关怀和书法艺术的价值取向是一个值得进一步深思的问题。

当今书法号称繁荣，书法家数以万计，但有多少人能拿出具有深刻人文关怀和感人魅力的作品？退一步想，书法展事频繁，作品堆积如山，这其中有多少属于原创，能真实反映作者心性情感？再退一步，当今书法家群体中，有多少人能用自己的诗词歌赋创作书法？又有多少人在临池学书的同时，把自己的人生修养、精神操守，自觉地置于社会文明的进步之中，并为自己提出相应的人生目标及要求？……一个明确的事实，我们不能不正视：当今书法家的人文意识还处在蒙昧的状态！我们的书法同行，整体上还不明白，书法家首先是文人，因此我们理所当然，应该强调文人的职志，树立文人的理想，担当起作为文人应该承担的社会责任。我们应该明白，一个书家，需要始终职守中国传统文人的社会责任，不遗余力地运用手中之笔，关注社会、关注生命，创作优秀的书法，为当代社会、人群服务，为社会的和谐、美好贡献心力。鉴于此，我想就如下问题谈一些粗浅意见，供广大书法同行参考。

一、书法家的文人职志与人文关怀

中国书法家协会是中国文联的隶属组织，所以书法家理应是文人，但这样一个简单的事实却一度为书法家群体所遗忘。这里，并非我故弄玄虚，或玩弄文字游戏，我想强调的是：当今很多书法家，还没有文人的自觉。我希望通过唤醒这种文人身份的自觉，来强调书法家作为文人的职志和社会责任感。因为，我们的书法同行，已经远远游离于这种职志和责任。当今的书法家，似乎只知道参加展览、比赛拿奖，然后以此为资本，索取名利。现在的书法展览，书法家已经整体退出语言文学的主体位置，沦为抄书匠。更糟糕的是，对书法家的这种沦落和倒退，似乎觉得理所当然。所以近年有些论者，刻意要将文字（文学）内容这一书法艺术原本不可分割的部分，剔除到书法之外，以求得所谓“书法艺术的独立性”。正是在这样的背景下，原本天经地义、不容置疑的一些问题，如书法家是否要懂古典文学，是否要具备题诗作对的才能等，却遭到严重的质疑。有人提倡书法家写自作诗文，却反被讥笑为标新立异。笔者认为，这不仅是当今书法家文人意识淡漠的表现，同时也是书法家整体安于现状、不思进取的反映，是书法家作为文人主体的集体缺位。其严重后果，首先是把原本属于中华人文艺术精粹的书法，褪变为单纯笔墨游戏，或所谓“视觉构成艺术”。书法艺术的特殊性，离不开汉字的精神内涵，书为心画，迹乃含情，所以必须强调书家主体对文字内涵（文学）的驾驭能力，否则书法家的文人地位将被空壳化。

这里，有必要重提“人文关怀”这个词。“人文关怀”是近年颇受关注的一个名词，党的十七大文件第一次提出“加强和改进思想政治工作，注重人文关怀和心理疏导”。按一般理解，人文关怀即对人生存状态的关怀，对人的尊严与符合人性的生活条件的肯定，包括对人类的解放与自由的追求。不过，“人文”一词意义极为丰富。“文”在《说文解字》中释作“错划，象交文”，后引申为纹理、文采、文字、文辞、文学，包括礼乐制度、法令条文，等等。《易经》：“刚柔交错，天文也；文明以止，人文也。观乎天文以察时变，观乎人文以化成天下。”故“人文”与“教化”是紧密相连的两个概念。“人文而化成”兼有文治、教化二义，此即“文化”的本义。当代对文化的理解，包括社会意识形态，以及与之相关的制度和组织机构。而从事这种活动的人就被称作“文人”。所以，“文人”天生的职志便是弘道与教化。这是中国文化的传统。

书法无疑是人文之一类，而且他是这样特殊的一类。因为汉字是承载中华文明的主要载体，而书法恰恰以这个载体为创作对象，所以书法在中华人文之中，具有核心的地位。

书法艺术的人文关怀，指书法家借助特定内容的文字，并通过作品的笔墨形式，所表达的人文关怀。考察书法文献，我们发现，书法艺术人文关怀的觉醒相对比较晚。唐代以前，书法创作的文本很少脱离实用，形式上则基本延着自然审美规律而发展，故其人文关怀尚不明显。唐宋以后，书法的审美追求越来越游离于实用之外，故其人文关怀也逐渐显现。

唐孙过庭《书谱》谓："夫质以代兴，妍因俗易。虽书契之作适以记言，而淳醨一迁，质文三变，驰骛沿革，物理常然。贵能古不乖时，今不同弊。"这是对书法作人文关怀的较早言论。当然，从书法史实际来看，自汉代草书流行以来，书法的抒情性得以长足发展，而抒情写意本身，即是人文精神的典型体现。

宋代书法艺术，最重人文关怀，这其中尤以黄庭坚为典型代表。据笔者研究，黄庭坚把书法视作文人在修身治经之外，最重要的雅好。并强调书法具有弘道义、助风俗、解人困、利佛缘、玩文思的功能。（参见黄君著《千年书史第一家——黄庭坚书法评传》第十二章，中国人民大学出版社2013年版）黄庭坚的书法，非常重视人文教化之功用。如他崇尚大雅之风，晚年居四川，创作了大批书法，置"大雅堂"，并作序以扬大雅之道。他的书法风格，独立昂扬，四面开张，象征着他的为人和独立特行的性格。他写《诸上座帖》强调体验佛法的紧要，作跋曰："此是大丈夫出生死事，不可草草便会。"2010年以4.368亿元拍卖的《砥柱铭卷》就是一件充满人文关怀的重要书作。该作文字是唐代名相魏征的《砥柱山铭》，黄庭坚先后多次为青年朋友书写此文，以此告诫青年人在世风倾颓之中，要坚持道义，不随世碌碌而勇猛精进，心存砥柱。他在《砥柱铭卷》后所做跋语，明确地表达了这种人文关怀：

> 余平生喜观《贞观政要》，见魏郑公之事太宗，有爱君之仁，有责难之义，其智足以经世，其德足以服物，平生欣慕焉。故观《砥柱铭》，时为好学者书之，忘其文之工拙，所谓"我但见其妩媚"者也。吾友杨明叔知经术，能诗，喜属文。为吏干公家如己事，持身洁清，不以夏畦之面事上官，不以得上官之面陵其下，可告以魏郑公之事业者也。故书此铭遗之。置《砥柱》于座旁，亦自有味。刘禹锡云："世道剧颓波，我心如砥柱。"夫随波上下，若水中之凫，既不可以为师表，又不可以

为人臣佐则，《砥柱》之文，座旁并得两师焉。虽然，持砥柱之节以事人，上官之所不悦，下官之所不附，明叔亦安能病此而改其节哉！

元明以降，书法艺术的人文关怀得到进一步的发展，明代项穆《书法雅言》把书法的中和之美与规矩法度上升到哲学高度，认为“穹壤之间，莫不有规矩；人心之良，皆好乎中和”。又说“法书仙手，致中极和，可以发天地之玄微，宣道义之蕴奥，继往圣之绝学，开后觉之良心，功将礼乐同休，名与日月并曜。”把书法的人文境界推到一个极致。宋明以来，书法广泛融入文化生活的多种领域，亭园匾额、文人斋室、楼堂馆所、山川胜物无处不以书法为装点，在这样的背景下，书法的人文关怀，也随之受到空前的重视。也正是在这样的背景下，明末清初的石涛提出笔墨当随时代的著名观点。石涛说：“笔墨当随时代，犹诗文风气所转。上古之画迹简而意淡，如汉魏六朝之句然；中古之画如晚唐之句，虽清洒而渐薄矣；到元则如阮籍、王粲矣，倪黄辈如口诵陶潜之句，悲佳人之屡沐，从白水以枯煎，恐无复佳矣。”（《苦瓜和尚画语录》）

随着历史文明的不断进步，社会意识形态、上层建筑不断变化，文人的社会地位也在不断发生改变。当代社会，文人已不再具有社会核心的地位，但文人的性质，及所承载道德、教化功能依然不应改变。所以笔者认为，当代文人，应该具文德、能文艺、重文化。书法家作为文人的组成部分，理应具备这三个方面的基本要求。

改革开放以来，我国文人的心态变化很大。20世纪80年代一度兴起关于文人职志和操守的讨论，但似乎未能得出明确的结论。这与当时传统文化的历史地位、意义尚不够明确，未受到足够重视有关。在笔者看来，这一场讨论也许到了加以接续，并使其深入下去，得出结论的时候。

二、文人（包括书法家）不应是闲人，而应该接续中华文人的优秀传统，关注社会，主动参与对社会道德、文明礼仪的弘传与教化，做精神文明的倡导者和传播者

当今我国社会正处在重要的转型时期，由于受近代以来，内忧外患的国势影响，国人固有的思想道德、观念意识、行为规范、生活方式，都经受了前所未有的冲击和破坏，这种破坏至20世纪中叶达到顶峰，以致带有极大的颠覆性。改革开放之后，骤然兴起的商品经济，使国人对物质需求的欲望膨胀发展，所以当今社会，物欲横流，行为失范，思想空虚，信仰危机，已经不是危言耸听。我们国家虽然在努力扭转这种现象，但由于受深层次的思想意识形态和社会、政治结构等严重制约，很多问题不能很快解决。社会文明的进步与转型，还需要一个较长的适应、渐变过程。在这个变化过程中，文人肩负着传承文明、滋养民心，行道弘德的重要使命。天下兴亡，匹夫有责，何况文人？所以，笔者对当今书法家文人意识的淡漠，在文人职志内的主体缺场现象深表忧虑。书法家千万不可忘记，我们的前辈，从来就以传道义、成教化为己任。我们正处在民族复兴的伟大时代，作为本民族的知识分子，具有优良传统的书法家，我们不能简单地停留在浅层次的笔墨游戏上。

正是在这个层面，我们看到了当代很多书家的难能可贵，看到当代书法家可能为之努力的方向，看到书法家作为文人的价值取向，也看到传统文学修养，尤其诗词歌赋的把握和创作，对书法家具有何等重要的地位。恕我直言，一位书法家如果不能心存道义，不具文心，对传统文学尤其诗词歌赋等，没有一个基本的把握，常年只会简单地抄写别人的文字，既不能对古代作品有所爱好和挑选，更不能用自己的语言文字付诸笔墨，以表达心性情感，即使字写得很漂亮，也不是合格的书法家。

此外，书法家运用诗词歌赋形式进行创作，还具有另一方面的现实意义。众所周知，当代书法面临来自现代科技的严重挑战。当今社会，毛笔书写已经退出日常生活舞台，书法艺术的文化语境已严重萎缩，书法已成为极少数人所从事的专业活动，社会公众对书法的感受、欣赏机会越来越少，因而对书法审美也就越来越隔膜。在这样的情况下，书法家关注社会现实，用文人的情怀与心志，运用包括诗词歌赋等文人擅长的各种形式，不断介入社会现实，走诗书合璧的道路，把书法家的艺术活动与丰富的社会生活，紧密联系起来，无疑是拓展书法文化空间，激活并提高大众书法审美意识一条可行的道路。书法艺术要长足发展，书法家在努力提高专业修养，不断创新的同时，一定要满怀热情地关注社会，拥抱时代。事实上，艺术家的成长总是离不开所处的时代和生活环境，这是历史发展的规律。书法史上传之不朽的佳作，往往是特定社会文化背景下的产物，是作者心性思想的深刻反映。《平复帖》《丧乱帖》《兰亭序》，鲁公《三稿》，怀素《自序》，东坡《寒食》，山谷《松风阁》《诸上座》《范滂传》等都是如此。当今的书法家们，应在现实生活中，不断汲取艺术创作的营养，或从中获得创作灵感，极大限度地推动书法的进一步繁荣和持续发展。

三、在书法家中提倡毛笔书写的日常生活化

笔者认为，毛笔书写的日常生活化，对书法家而言，具有非常重要的实际意义，值得在广大同行中大力提倡。书法原本就是由汉字书写而发展起来的艺术，书法创作的成功依赖于作者驾驭毛笔的本领，所谓得心应手即指书写达到精熟之后的一种最佳状态。所以书写行为的熟练程度是制约书法家创作水平的直接因素之一。当代生活的信息化、科技化，已经消解了日常生活的书写行为，书法家如果不注意在日常生活中，尽量使用毛笔，就放弃了很多可以使用毛笔的机会，不仅对书写行为的训练是一种损失，更重要的是由此也丧失了很多与古代文人书法生活对接的机会，丧失了理解前人书法艺术重要的生活基础。古代书法中的尺牍信札、诗稿、手卷、屏风、中堂、对联、碑志、匾牌、石刻题记等不同形式，无不有其特定的社会生活背景，不同的形制与文化生活是息息相关的。今天的书法家，如果在日常生活中保持书写习惯，让毛笔进入生活的常态，便可以最大限度地追寻传统书法的生活信息，并进而理解、激活与之相应的书写行为。我们看到，这是一种多么有益的事情！所以，笔者郑重向全国的书法同行发出倡议：坚持毛笔书写的日常生活化，养成用毛笔作日常记录的习惯，尽量少用或不直接用电脑打字，同时坚持用毛笔给同行写信，尽量多用自作诗文创作书法。

行文至此，有一点需要特别说明：笔者主张书法家关注社会，拥抱时代，并提倡毛笔书写的日常生活化，绝不意味着在书法审美趣味上迎合大众，走向流俗。书法是一种抽象、意象审美艺术，它的写心抒情不会像图画那样真实而具体。书法家关注社会，不一定要投入大量的精力与时间，直接参与现

实社会活动。在这一点上，书法家如何坚持艺术标准，提炼艺术，并以之影响社会审美取向，不仅是摆在全体书家面前的课题，也严峻考验着书家个体的胆识和智慧。其实，这也是书法大家所应具备的条件。我们期待着这个时代有书法大家的出现。

2017年春于京华客次

卷一·黄君诗书近作（壬辰卷）

壬辰迎春步晓川师用张福有先生韵

文明华夏喜重光，环宇龙人各盛妆。
西国元勋频致礼，侨居赤子竞联芳。
欧枪美剑凡黎劫，黄道青天日月祥。
且把仁和规上帝，徐行大爱普安康。

介居沈鹏晓川周笃文张福有张岳琦先生二度以联句贺春全国诗友共和晓川先生来约因随缘和之如次

曾结西昆盛世篇，风骚国手已三千。
迩来瑞气盘龙树，又引诗涛涌北燕。
杨亿混成源册府，刘筠巧妙动云边。
喜今四老文章健，度越春光数百年。

注：朱熹云：“巧中犹有混成的意思，便巧得来不得。”杨亿主修《册府元龟》为宋代大型集成式典籍，影响深远。刘筠亦西昆唱和主要诗人，其风格以巧妙化用典故而著称。

临王羲之小大皆佳帖 19×29cm

山西姚奠中先生百岁诞辰刘锁祥先生来电征集寿庆之作因成一首书之以寄

瑞象人中一代师，高歌四海祝期颐。
我把折腰俚句奉，连心飞到太华西。

2012年2月9日

原韵和答张玉清校长

清淡人生最上流，无端名利不须求。
轮回日月寻常态，冷暖光阴又转头。
国监谁夸真祭酒？青春曾作假鞭俦。
渣津渡口晴鸠唤，看取山间一片鸥。

2012年2月12日

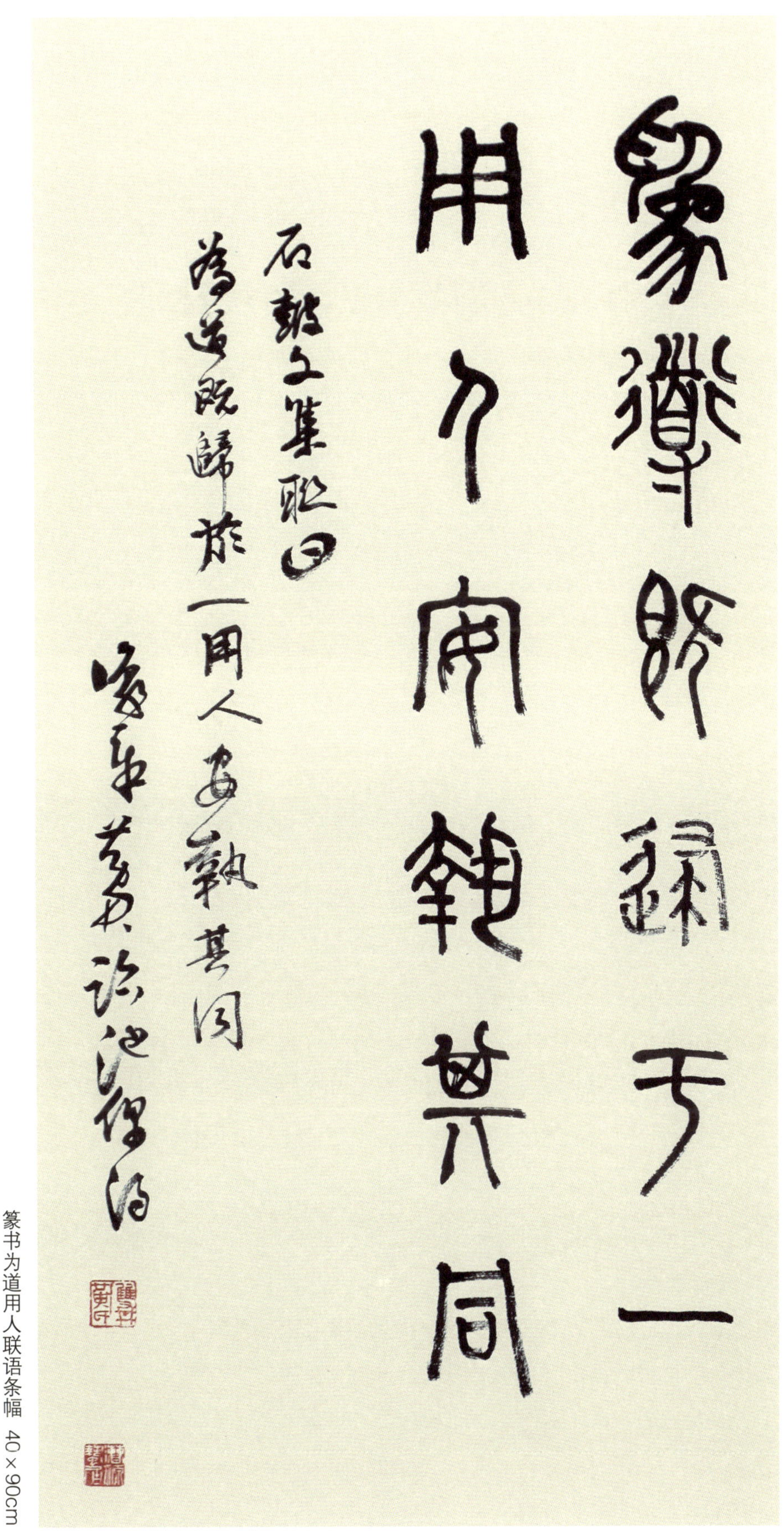

篆书为道用人联语条幅 40×90cm

壬辰上巳兰亭雅集步王羲之癸丑原韵

借得祥云翼，又来曲水滨。
佳朋四海会，美酒列仙陈。
微风摇弱柳，妙乐想灵均。
年年欣此禊，万象与时新。

外一首

修禊年年曲水新，时贤雅韵赋由今。
此韵应须环宇遍，光华未止在山阴。

草书壬辰上巳兰亭雅集步王羲之韵诗轴　34×115cm

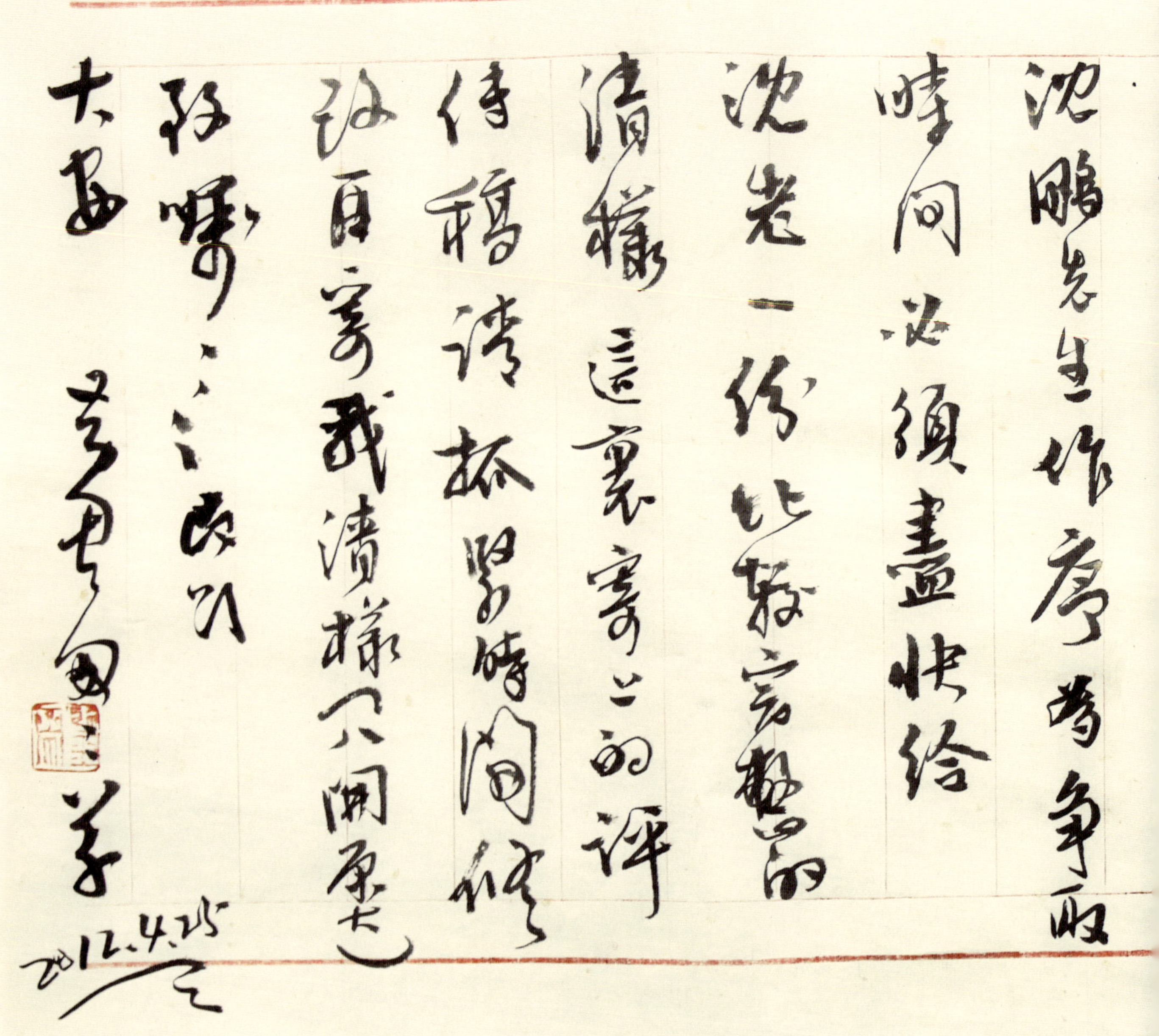
沈鹏先生作序为争取
时间必須盡快给
沈老一份比較完整的
清樣 這裏寄上的評
传稿請抓紧时間修
改再寄我清樣（八開原大）
致嘱致嘱 即颂
大安 黄君匆匆草
2012.4.25

释文：

梅先生您好：《黄庭坚书法全集》之版面设计编排多蒙您费心，十分感谢。现将一至四册图版清样校改后寄回，请即照我标示作调整。本书由沈鹏先生作序，为争取时间，必须尽快给沈老一份比较完整的清样。这里寄上的评传稿，请抓紧时间修改再寄我清样（八开原大）。致嘱致嘱。即颂大安。黄君匆匆草。

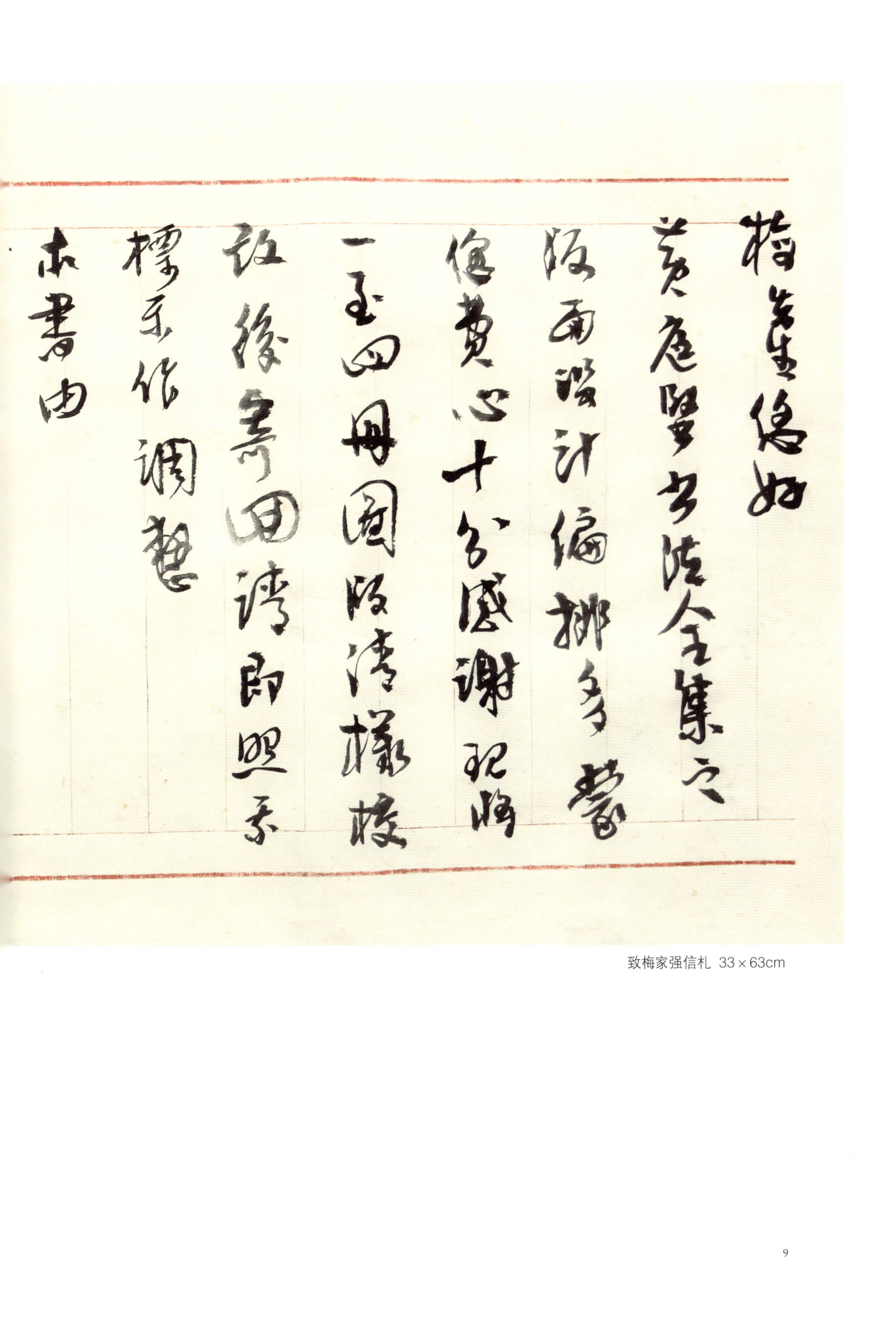

致梅家强信札 33×63cm

广西散曲学会成立赠余昌文会长

八桂道通是名贤，文心早赋大鹏篇。
一朝散曲东南会，四海风歌着意联。

贺亚洲电视台五十五周年

华语殷殷意自优，好传资讯展鸿猷。
五十五载明珠灿，赐与人天渡一舟。

题赠河南卫视知根知底栏目

问你身从何处来？恩深父母莫疑猜。
知根知底炎黄后，百姓千家睦九垓。

2012 年 4 月

隶草二体书已惯懒将诗联 35×138cm×2

步韵答石松诗友

叠韵声传满洛城，诗情偏与素心萦。
吾生岂解尘劳计？浊世难沾幻化名。
已惯书斋寻故纸，懒将南海问飞鲸。
杞忧不济阴晴事，何恼三更夜梦清！

2012 年 5 月 30 日

步山谷老人《花气诗》韵答吴震启

翰墨芳香一味禅，熏心化育不知年。
几人悟到成佛处？海水滔滔自上船。

2012 年 6 月 3 日

章太炎姚奠中师生书艺展在国家博物馆举行研讨会上和冯其庸先生韵

道悬一脉百年身，薪火相传翰墨真。
笔力千钧扛此鼎，沧桑化育更精神。

2012 年 6 月 6 日

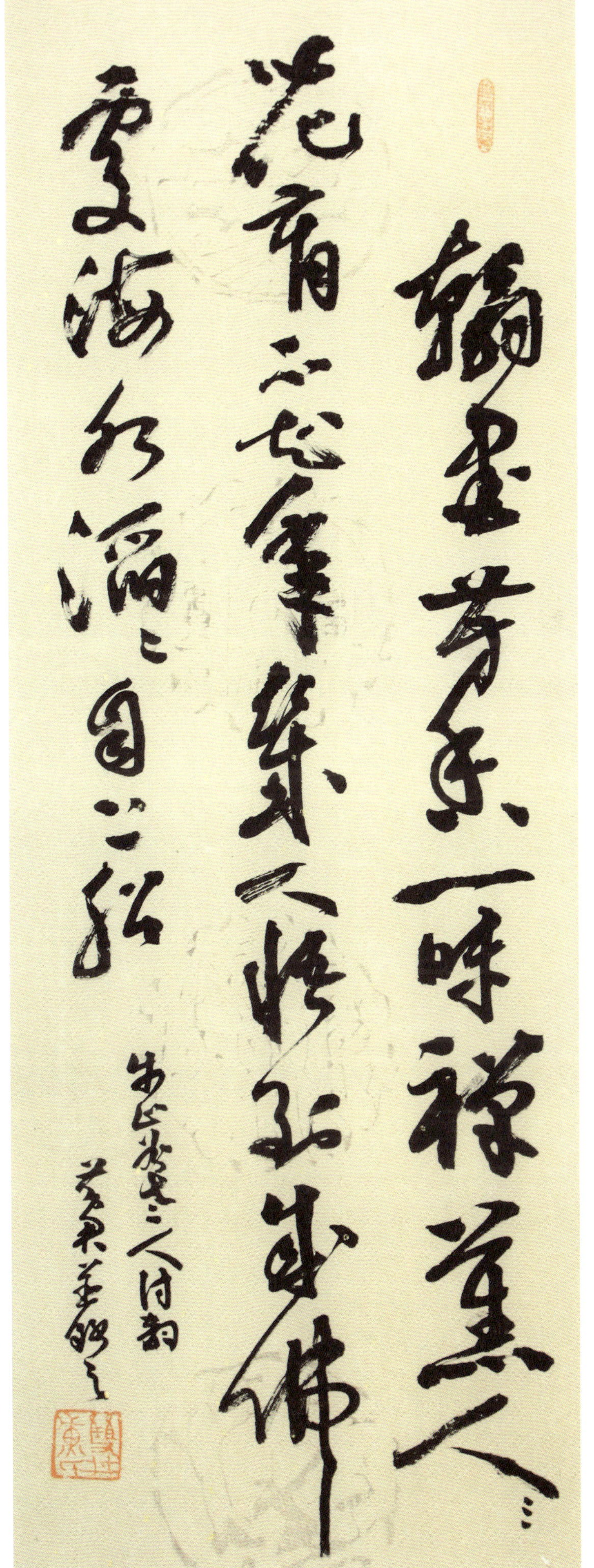

草书步山谷老人花气诗韵条幅　33×90cm

回九江举办学人游子书法展感赋一首

纸笔归来聚故知，甘棠湖上雨如丝。
三十年里淳风变，榴火殷殷绽绿枝。

2012年6月29日

侍周晓川先生至广西平南官成乡访周敦颐为二程讲学遗址

漫步官成踏畅岩，“天南理窟”应知源。
如今天理谁能晓？鹤发先生是童颜。

2012年7月23日

重游梁嵩故居

又来南汉状元祠，最喜凌公宝墨题。
解得《倚门望子赋》，鹏山壁立与天齐。

注：状元祠门题字乃凌北杰先生手迹。

2012年7月23日

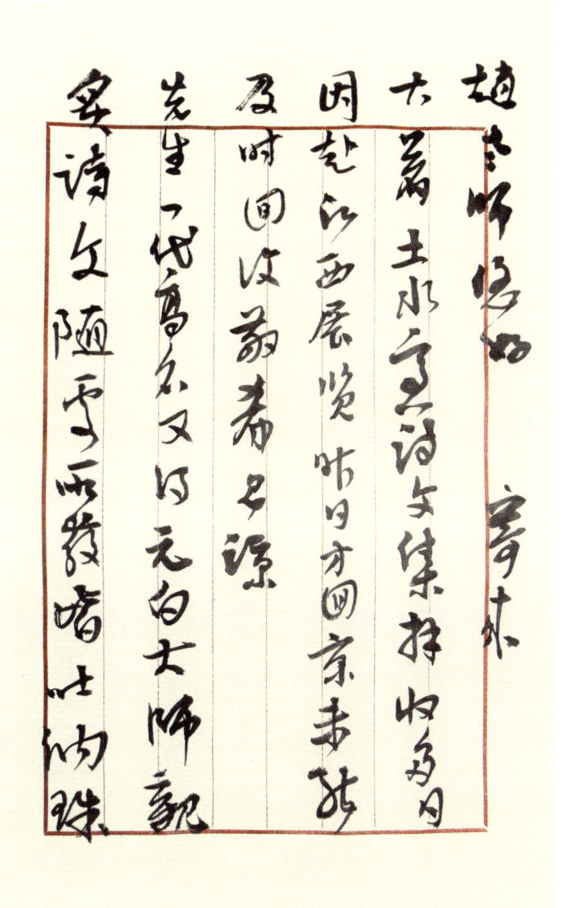
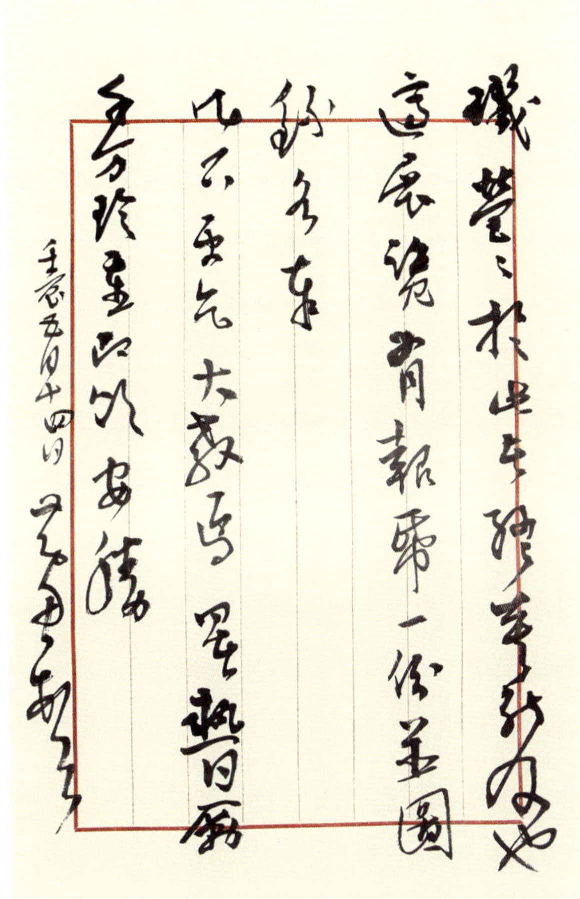

致赵仁珪信札 19×29cm×2

释文：

赵老师您好：寄来大著《土水斋诗文集》拜收多日，因赴江西展览，昨日方回京，未能及时回复，敬希见谅。先生一代高明，又得元白大师亲灸，诗文随处所发，皆吐呐珠玑，营营于此者，终莫能及也。适展览有报纸一份并《图录》各奉几下，更乞大教焉。暑热日厉，千万珍重，即颂安胜。壬辰五月十四日，黄君顿首。

悼诗人王飞跃

大名已起东方国，噩耗惊传万里声。
星雨连宵非是梦，诗人陨落在鹏城。

2012年7月23日

注：王飞跃是吾乡山谷诗社旧友，年来客居深圳，以诗为业。其为全国大学生运动会所作主题歌，唱遍鹏城。不幸早逝，为之伤怀落泪。

三清山得句

山自清幽人自闲，蝉声鸟语各相怜。
花香莫许游心醉，只有浮云脚底缠。

7月26日

题三清山神女峰

惯看浮云脚下横，风姿绰约本天成。
神情微敛东方韵，慨叹人间总不能。

7月26日

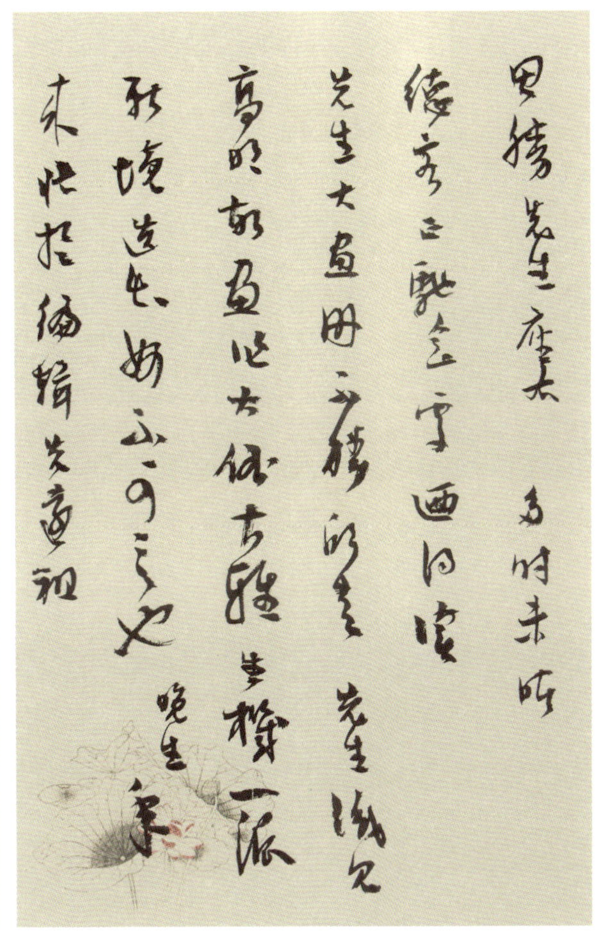

致杨思胜信札 19×29cm×2

释文：

思胜先生左右：多时未晤德容，正驰念处，乃得读先生大画册，不胜欣喜。先生识见高明，故画作大俗大雅，生机一派，新境迭出，妙不可言也。晚生年来忙于编辑先远祖《黄庭坚书法全集》，此书五大册，近日方交付印刷，以此故，诸事繁杂，迟复先生，请见谅。天渐凉，千万珍重！即颂，中秋愉快。拙字一纸附寄以供清玩并指教。九月十六日，黄君顿首。

江西上饶龙潭湖宾馆湖边漫步

仙阁琼楼次第起，湖边光景映云天。
几时一见龙腾跃？紫气氤氲好聚贤。

晨起追记三清山之游

为爱高山景色妍，攀登一线望诸天。
南峰壁立存风骨，儿女牵衣到尔巅。

7月27日

芷淇和诗

偷得浮云半日闲，微尘烟雨惹人怜。
绿苔阶上无觅处，忽有雁儿到窗前。

和答何笑天先生（原九江师专老师）

昨日归来雨满江，甘棠湖上漫飞扬。
当年未谢荆州面，逝水能知九曲肠。
一卷诗存客舟饭，片言心得护真王。
京华远客独多梦，四顾云山意未茫。

8月1日

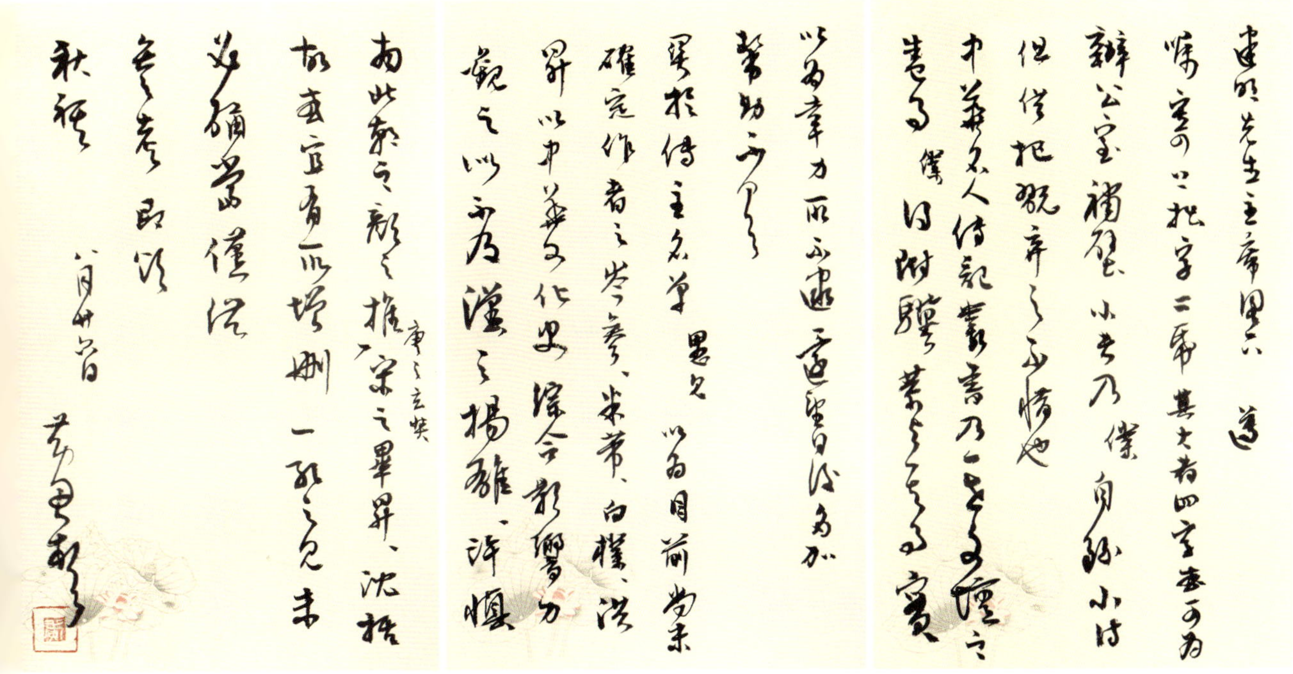

致何建民信札 19×29cm×3

释文：

建明先生主席阁下：遵嘱寄上拙字二纸，其大者四字，或可为办公室补壁，小者乃仆自录小诗，但供把玩，弃之不惜也。《中华名人传记丛书》乃一世文坛之盛事，仆得附骥恭与其事，实以为幸。力所不逮，还望日后多加帮助。不具。

关于传主名单，愚见以为目前尚未确定作者之岑参、米芾、白朴、洪升，以中华文化史综合影响力观之，似不及汉之杨雄、许慎。南北朝之颜之推、唐之玄奘、宋之毕升、沈括，故或宜有所增删。一孔之见，未必确当，仅供参考。即颂秋祺。

八月二十六日

黄君顿首

读家弟短信有赠

人生应自在，得失总相依。官场多虞诈，贤愚叹不齐。
清闲何必梦？欢乐且心怡。富贵来还去，是处有天机。

2012 年 9 月 16 日

崔陟居海淀区牡丹园适余通州所居亦唤牡丹戏作

公在牡丹园里住，我园今亦唤牡丹。
许是前生皆富贵，故能心迹两清闲。

2012 年 9 月 16 日

参观佟韦先生章草书法步其《无题》原韵

古朴苍茫归雅韵，生机已在汉魏间。
安知浩荡春风意，点化章程到裕然。

佟韦，1930 年生，辽宁人。中国书协创始人之一，曾任一、二、三届书协秘书长。

2012 年 9 月 24 日

草书戏赠崔陟诗笺　19×29cm

十月一日收到沈鹏先生咏63年前国庆诗作原韵奉和

皎月团团不用呼，人间此意渐苏苏。
已多众望风云后，国有沟渠待浚疏。

附：沈鹏先生原作《一九四九年十月一日，余偕新华社训练班同学由上海抵达北京，站立天安门前》

逝波回荡万人呼，新启长征昭日苏。
四海奔趋勤问道，盛时犹重魏公疏。

和答覃务波中秋国庆与余昌文刘望明三友聚会

邕桂堂头喜气连，相逢佳节俱高贤。
遥呼三友齐加力，历得寒冬道更坚。

注：10月5日，时在东北吉林，其地已寒气袭人也。

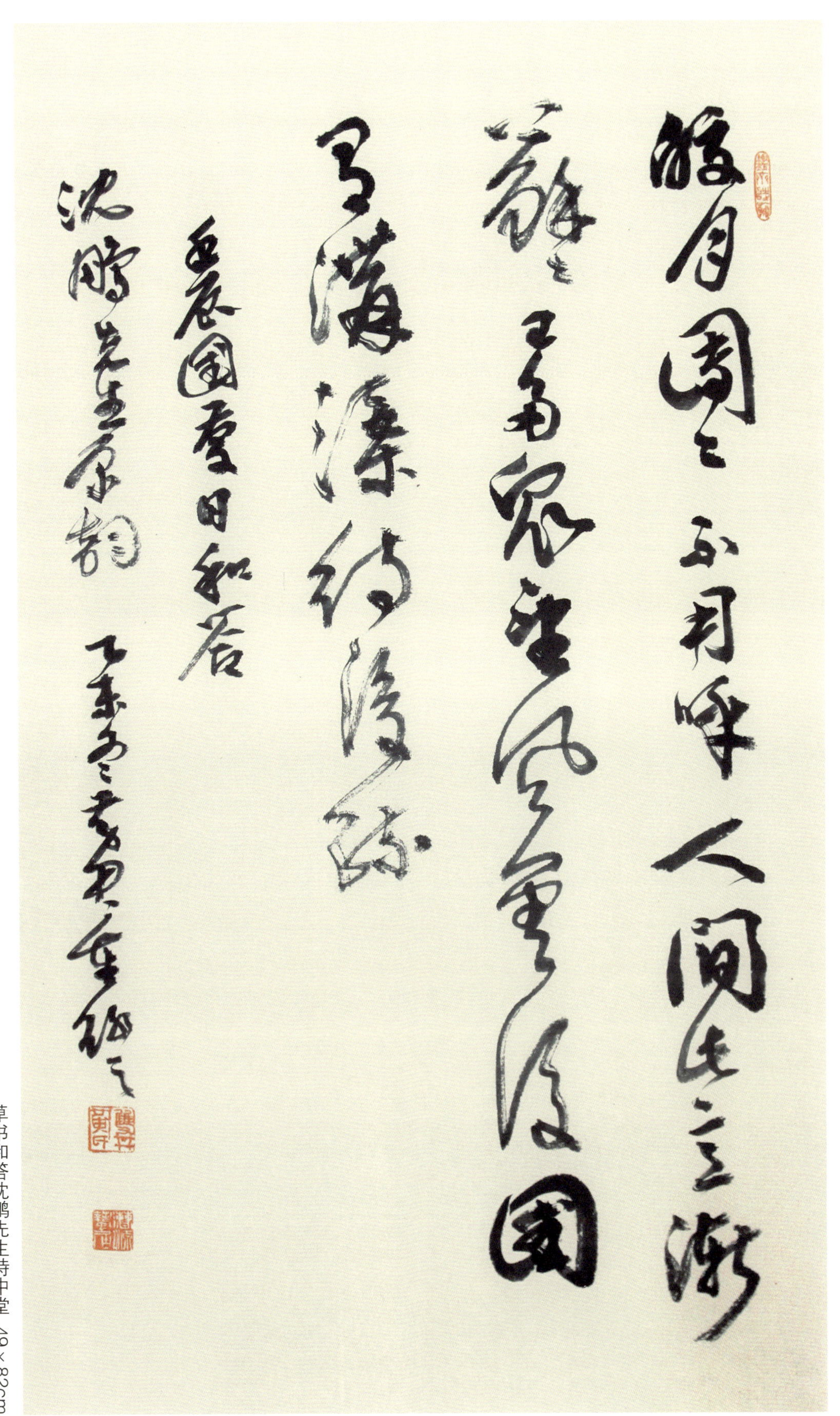

草书和答沈鹏先生诗中堂 49×82cm

贺傅璇琮先生八十大寿

国庆假期刚与家人从东北回京，收到《傅璇琮先生学术研究文集》。这是傅先生今年80寿庆的一个学术活动成果，由其博士生卢燕新倡编。吾因乘兴作诗以贺。

[illegible]通今古学人师①，盛世中华辅道基。
慈俭不争天下敬②，乾乾夕惕研精思③。
宗唐衍宋厘新传④，发潜钩沉护好诗⑤。
四海齐声歌八秩，鸿编待续展期颐。

注：①钱钟书云："璇琮先生精思劬学，能发千古之覆。"②《老子》云：我有三宝，一曰慈，二曰俭，三曰不敢为天下先。③《周易·乾》："君子终日乾乾，夕惕若，厉无咎。"傅先生自谓以此为座右铭。④傅先生精研唐宋文学史，其所著《唐代诗人丛考》《唐翰林学士传论》《唐代科举与文学》《宋才子传笺证》等为学界一至推重，影响巨大。⑤傅先生学问精洽，具浙东学派遗风，所著钩沉抉微，新见迭出。加以篇体光华，意气骏爽，境界清纯。由他亲自执编和主持编辑的大批文史资料，对当代我国文史研究意义重大，功在千秋。

读法元先生《抚心图》组诗后赠

云端自种心头绿，楼顶别开半亩园。
适意悠然风雨后，滕王阁畔有高贤。

2012年10月15日

临王羲之一日一起帖 19×29cm

怒檄美国转基因食品呈诸友人

西来妖孽转基因，毁我中华世代根。
唤起黎民同觉悟，保全龙种万年真。

10月25日

初至开封晚宴中有金珠贯汤美食西北师大郝教授喜得金珠即席赋赠并致黄庭坚研究会诸同仁

佳肴美酒贯金珠，好运当头月上初。
道义同尊山谷老，千年不改重诗书。

10月29日

开封拜谒包公祠有感步其《书郡斋壁》原韵

黄菊相拥簇，青天本未谋。
真心堪比日，直道岂留钩。
疏旧犹铭史，时新不免愁。
《训言》东壁上，来者应知羞。

草书游开封包公祠有感诗条幅 35×138cm

河南大学黄庭坚研讨会间作

九百二十四载后，群贤来聚说黄公。
当年贡院人何在？圣地光华信已通。
孝友同呼扬古道，清廉太惜乱时风。
大节谁能真恪守？菊花新贵待开封。

九月既望开封万木堂与孔令更王若愚高[illegible]王伯睿李瑞麟诸君雅集金菊下酒坐间得句

金菊银盘坐上珍，清香入口意偏深。
满城游客难知味，陶令原非鲁直身。

《黄庭坚书法全集》首发式在家乡修水举行恰逢山谷老人逝世907周年纪念日感赋一首和汪天行主席韵

最喜书中九曲廊，精魂到处是归乡。
安知九百七年后，五卷悠悠载炜煌。

11月12日

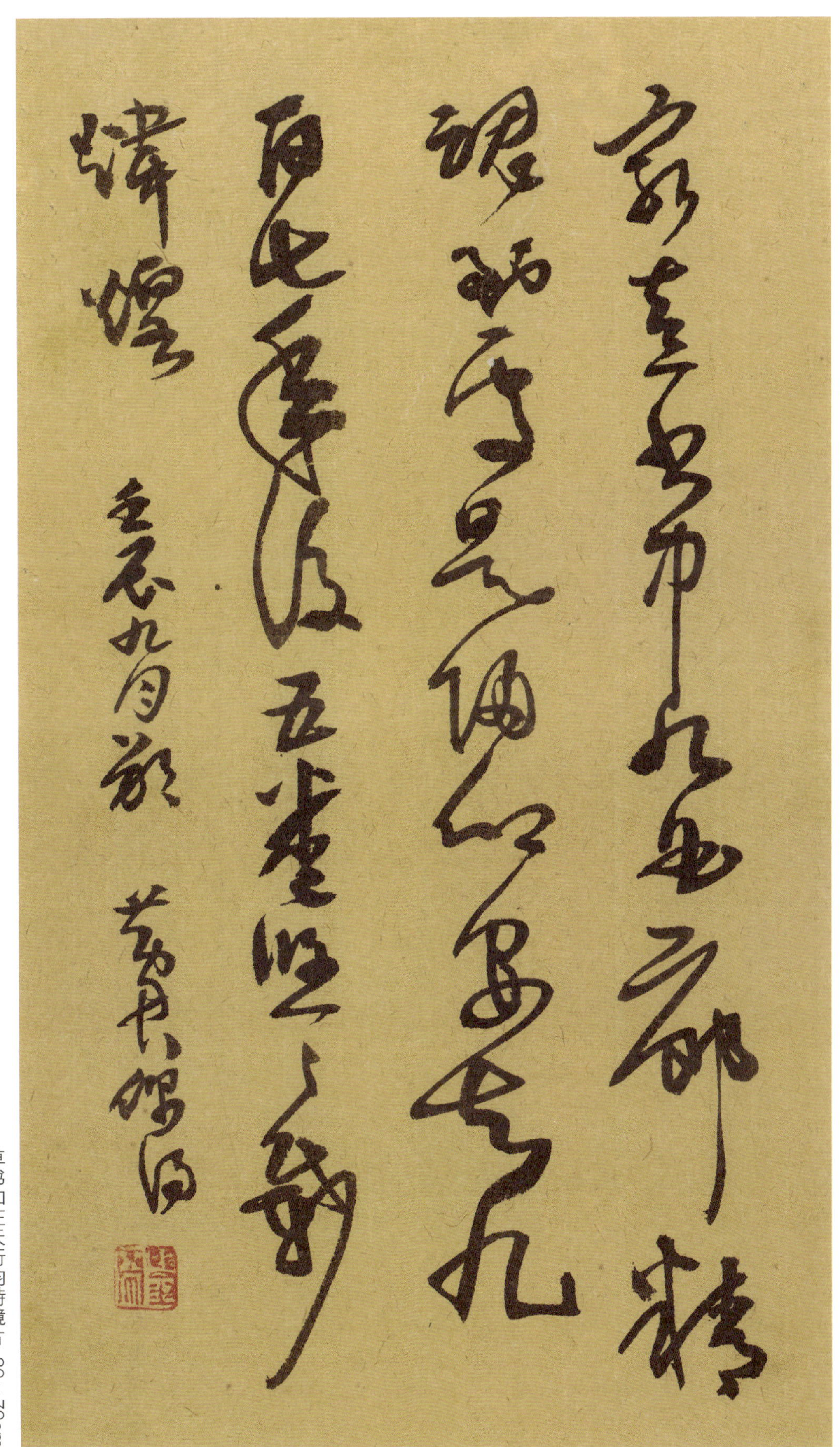

草书和汪天行韵诗镜片 30×70cm

祭黄龙文：

时维：中华人民共和国六十四年，岁次壬辰，十月十三日，新任黄龙住持上心下廉法师，率大众信等，谨以龙茗三盏，清香一柱，致祭于三勅崇恩禅院黄龙慧南祖师，并历代高僧大德之灵。

呜呼，黄龙大法初显于唐，盛极两宋，道引三关，凡圣皆契；法被天下，内外两崇。无生狮子之窟；不二旃檀之林。正印心传，法雨广施，千载历历，万象森森。

今黄龙再世，当华夏重兴，宜乎击将颓之法鼓，整已坠之玄纲。起幕阜于三山五岳，耀黄龙于四海九州。八方来俊，万众齐心，卜清静佛国，施善雨仁风。引玄泉以甘露，渡苦海之众生。我羞清供，谨如初心，临文泣涕。呜呼，尚飨。

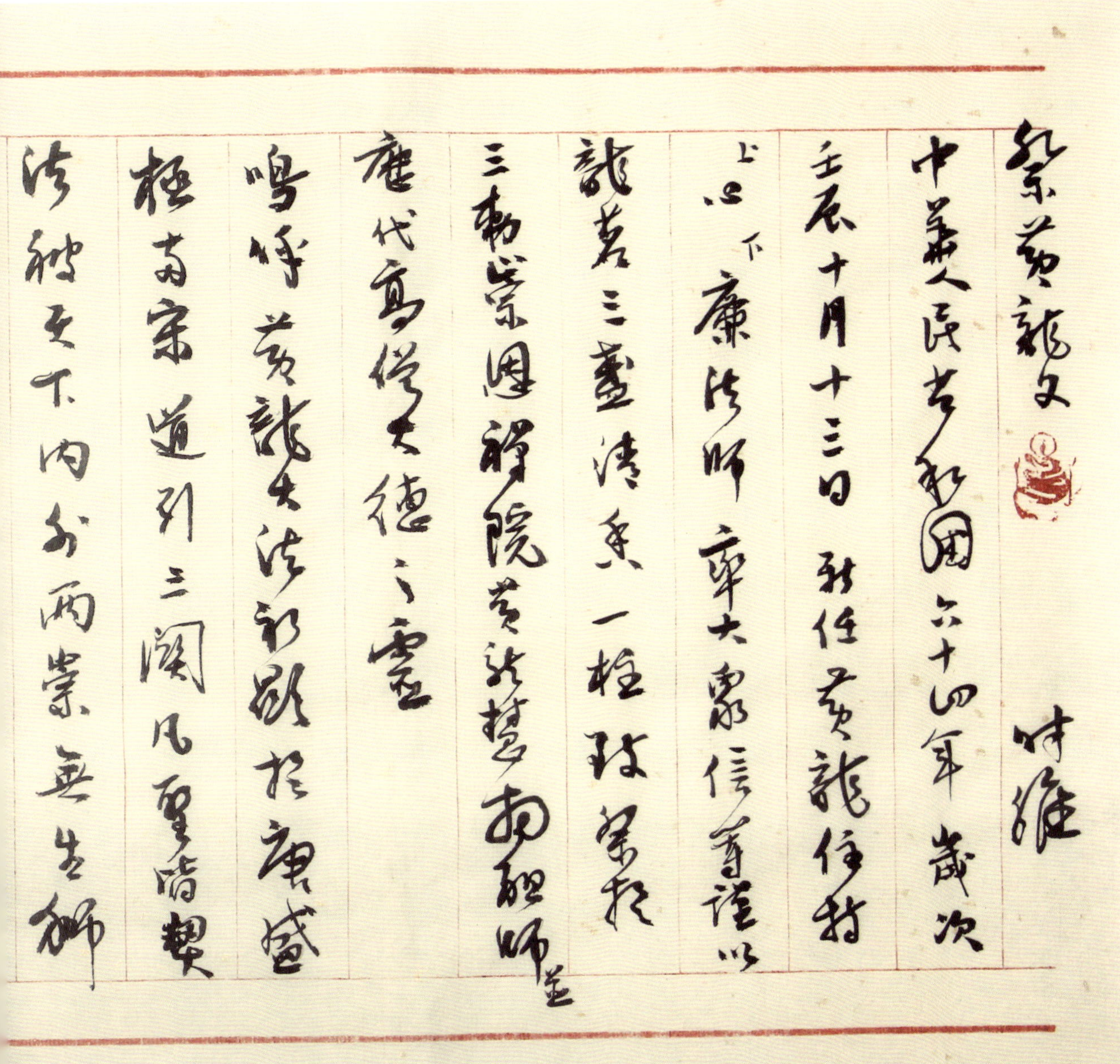

行草书祭黄龙文手卷 33×63cm

桃溪纪游

桃溪十八里，秋色比春芳。
琼楼星散落，白鹭玉飞觞。
祠宇清闲在，村姑意绪长。
前贤多俊秀，画栋说辉煌。

注：桃溪多潘姓居住，桃源村有一门九进士，六部四尚书之显赫。环村溪桥37座（俗称36座半），寓意村中曾有37位进士。

故乡归来夜宿南山宾馆三更不寐眺望县城有感而作

万里飞鹏到故乡，南山坐对看旌阳。
阑珊灯火还如昨，斗柄依稀占凤凰。

注：1. 旌阳山在县城东面，山谷老人曾有诗咏之。2. 凤凰山为县城著名风景。

11月13日零点38分

晨起婺源县星江岸边散步

雾气蒸腾清水面，波光白石闪鱼踪。
河畔捣衣红绿女，笑吾游客影匆匆。

11月14日

方自江西参加《黄庭坚书法全集》新闻发布会旋至上海博物馆观山谷老人《草书廉颇蔺相如列传卷》感赋一首

宝墨幽光最可珍，重洋来聚有酸辛。
相如故事存高义，铁画银钩寄意深。
五卷方开发布会，一心萦绕此间魂。
秦王应识赵王厉：和璧容传并世真。

11 月 17 日

参加黄龙宗祖庭黄龙寺重建奠基法会有感

宝刹千年化育多，黄龙演派似江河。
奠基喜见云开日，致祭还依塔绕歌。
道引三关齐护念，法披万众忍推波。
方纲已坠谁堪整？觉路将迷岂更蹉！
莫怨重光时又晚，玄泉甘露好降魔。

2012 年 11 月 26 日 农历壬辰十月十三日

传玛雅世界末日参加启功百年诞辰《论书绝句百首》当代书家邀请展感赋

百年先哲已南柯，托梦诸君意绪多。末日无征天自笑，平居坚净墨难磨。
黄金有律谁知度？白虎将通笔又讹。我来不作定庵叹，济济人才遍海河。

2012年12月22日

新年答崔希亮

祭酒先生理旧书，文章映雪斗牛初。
迩来消息多春意，窗外寒梅梦已苏。

2012年12月31日

再答希亮

应喜来年胜旧年，寒冬春意已居先。
羡君万里疆原阔，实干兴邦好着鞭。

修水山谷诗社老友匡金华七十生辰来诗求和因成一首

逍遥登寿域，一日值千钱。早耐寒冬冷，不惊春气旋。
旌阳峰自立，康健体周全。诗酒无如乐，修江好夜眠。

2013年1月18日

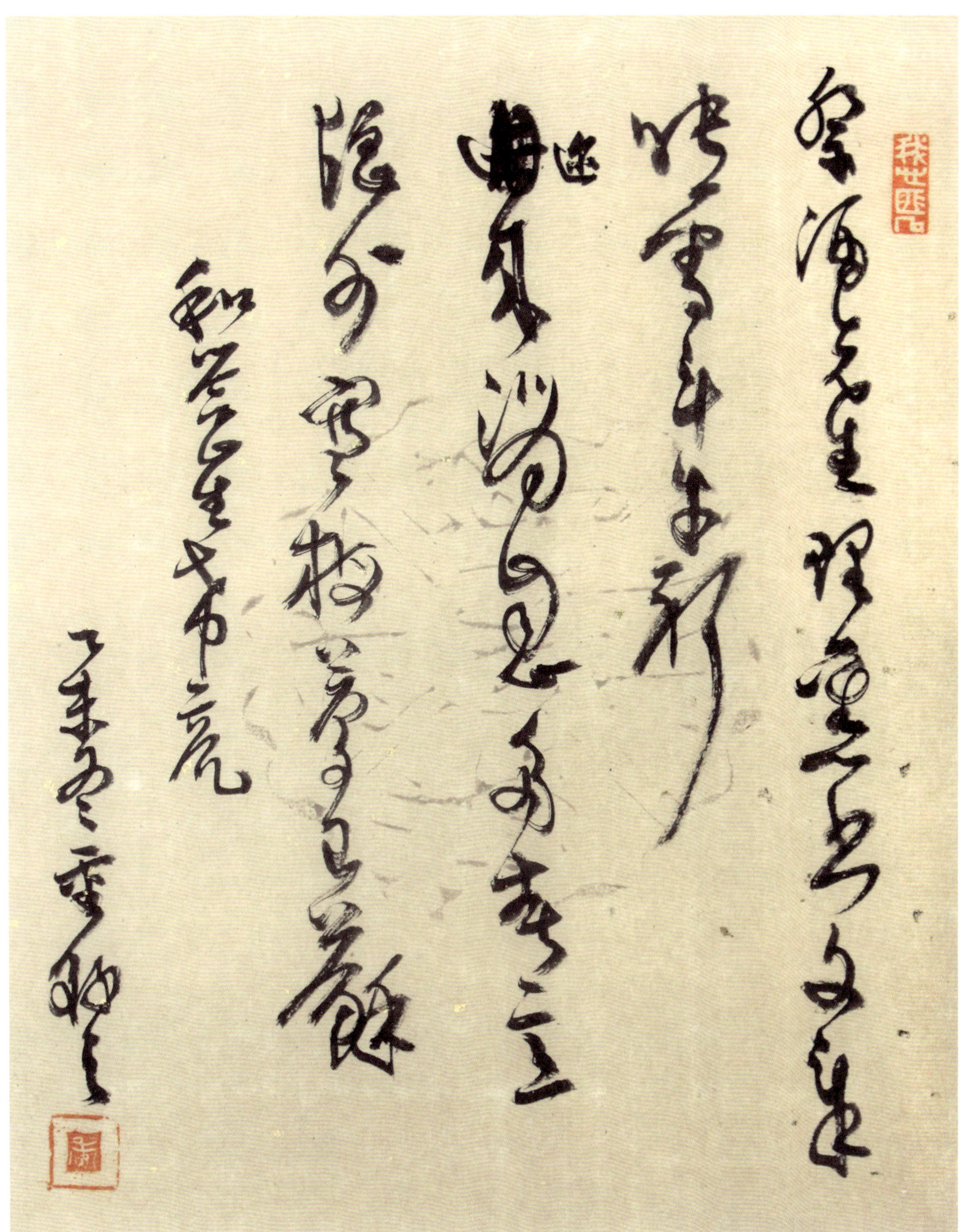

草书答崔希亮诗笺 27×33cm

卷二·黄君诗书近作（癸巳卷）

癸巳迎春步沈鹏先生韵五首

神蛰惊天起向东，销霾破雾播春风。
龙人千载兴衰史，占得清明乐自融。

环球今日有沉浮，坐载方舟一夕游。
美雨欧风人未适，和风最爱九州头。

卅载图强著履痕，中华处处景光新。
民殷未足犹多患，看取权谋已利亲。

近园新植一棵椿，道义年干已万轮。
仁爱花开神圣果，炎黄为赋老龙身。

闻道十里不同天，炎凉冷暖各心间。
民生民主风兼雨，潮落潮升总向前。

壬辰腊月廿七（大年）

草书癸巳迎春诗五首镜片 59×83cm

晓川先生新春携侣畅游南国德天瀑布作歌五章与诸游同乐因步韵遥和以助雅兴

何愁地老与天荒，爱惜当春景一堂。
百越花开四季好，诗家处处有瑶章。

琼州物事百番新，乐煞游春景上人。
千里遥传无好句，唯夸树大老弥真。

德天新月似钩悬，碧树婆娑瀑布前。
名士风流王谢后，芙蓉南国最多妍。

一韵方成百韵传，电光微讯助翩跹。
驰情恨不南天去，好把清怀赋与山。

人生得意不关钱，且喜周公迈气轩。
煮酒呼童诗侣乐，豪情直上九重天。

癸巳正月初五（2013年2月14日，西方所谓情人节）

附：周笃文先生原作

江左风流久已荒，南来诗侣气堂堂。名山借得生花笔，共写惊天动地章。
骀宕韵光物候新，同游喜伴素心人。余公磊落覃郎俊，何减乌衣王谢真。
银汉横空万丈悬，豁然奔泻到山前。百里雷隆千丈浪，齐赞神州万象妍。
名仕风华四海传，六朝人物影翩跹。扁舟觅梦清波里，听我高吟动四山。
清游不用买山钱，丽友高朋气宇轩。矢道如弦车似箭，风驰真欲上青天。

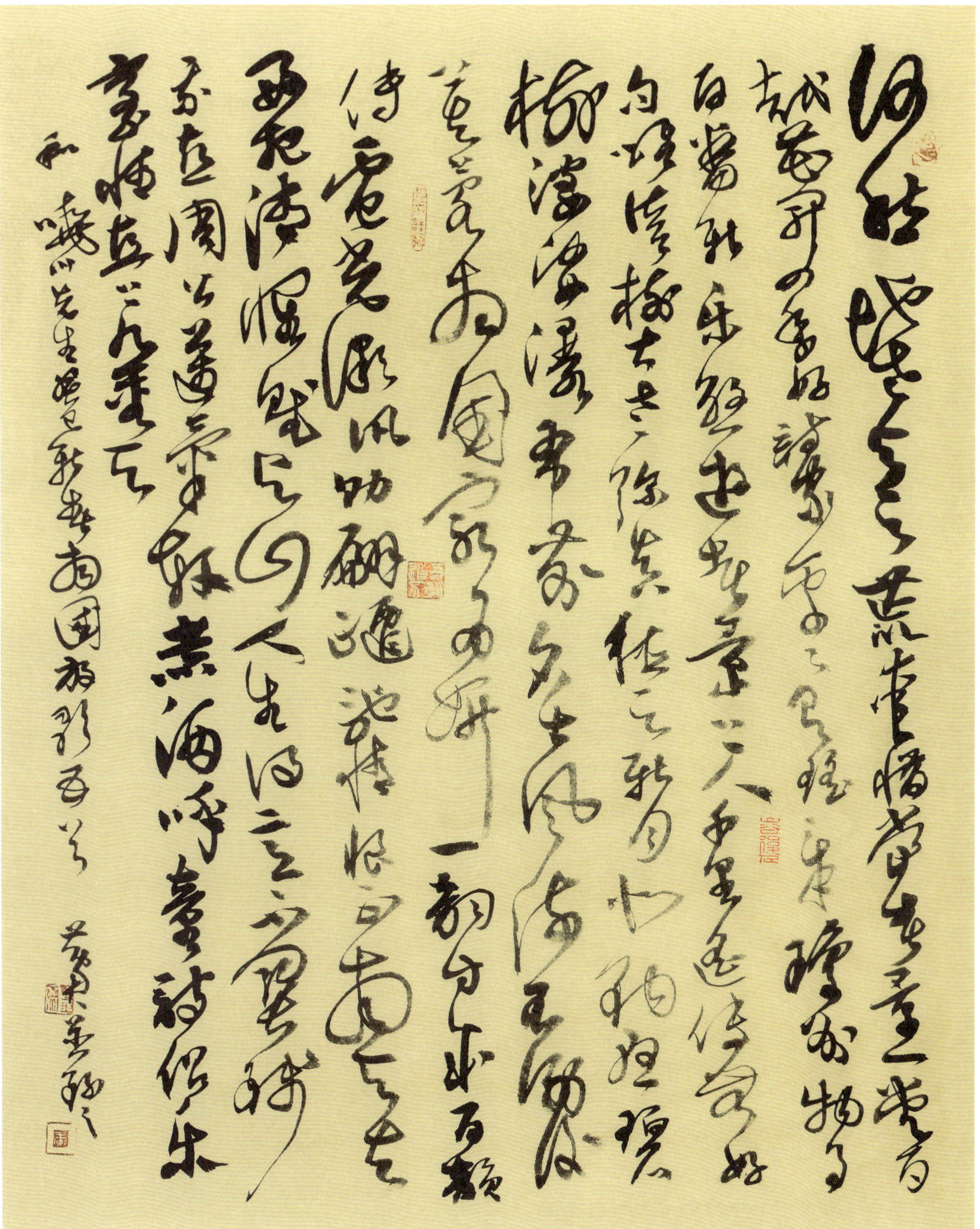

草书答晓川先生五首诗屏 60×108cm

南歌子·和答晓川先生德天观瀑原玉

雅聚风光好，新春景色奇。想见群鸢渐渐飞，瀑布高悬万里叹惊雷。

诸子何为乐？周公解梦维。德天江上看朝晖，不尽关山摇落几多诗。

2013年2月17日

用韵和答傅占魁《六六自寿迎春感怀》

社里诗家气正雄，挥毫欲洗万毫空。

武昌城外观蛇舞，幕阜山前沐好风。

雪霁春寒花有辙，梅开树老意从龙。

长城好汉今安在？但见群峰白雾浓。

2013年2月23日（农历癸巳正月十四）

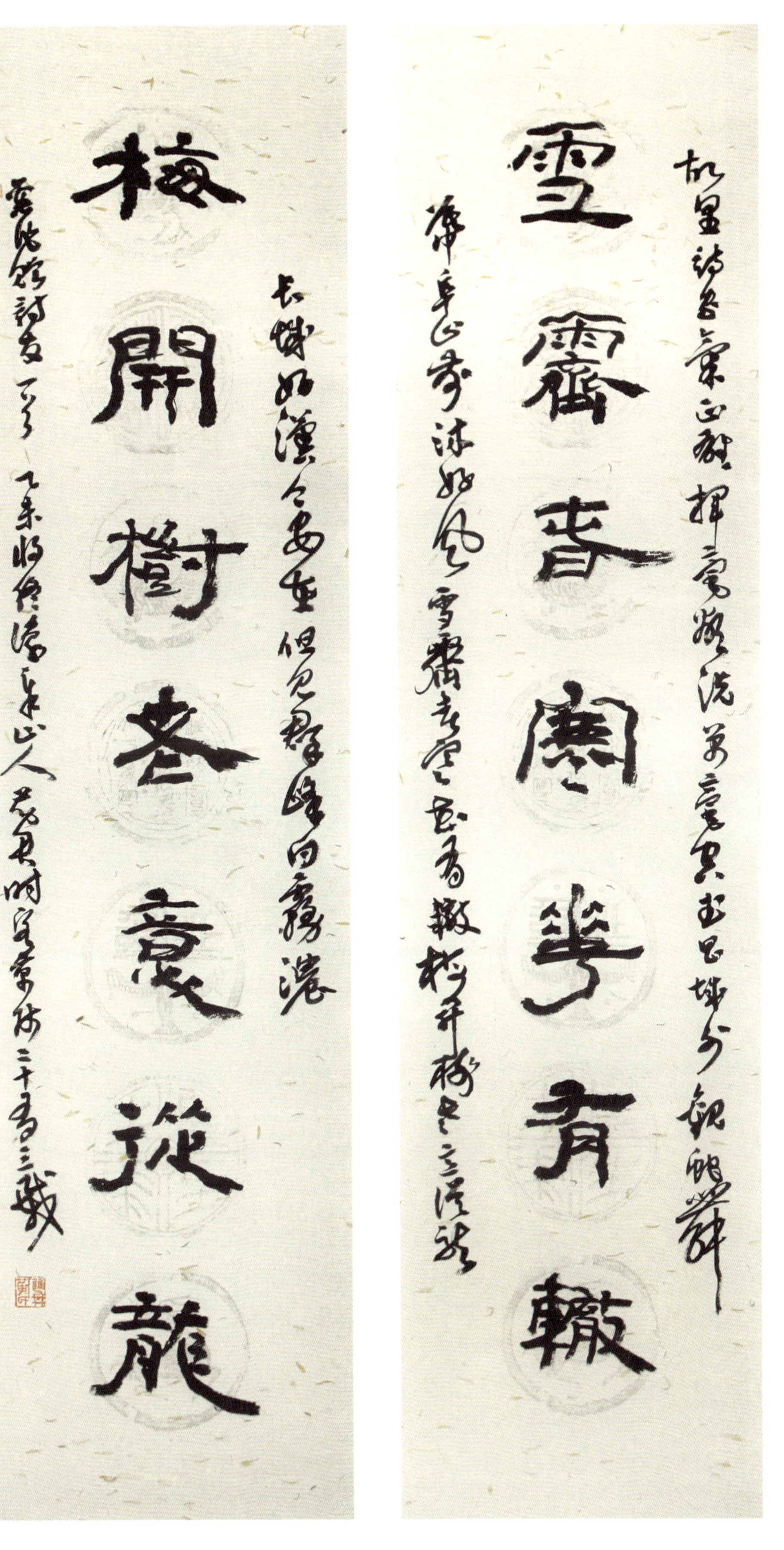

隶草二体书雪霁梅开诗联 35×138cm×2

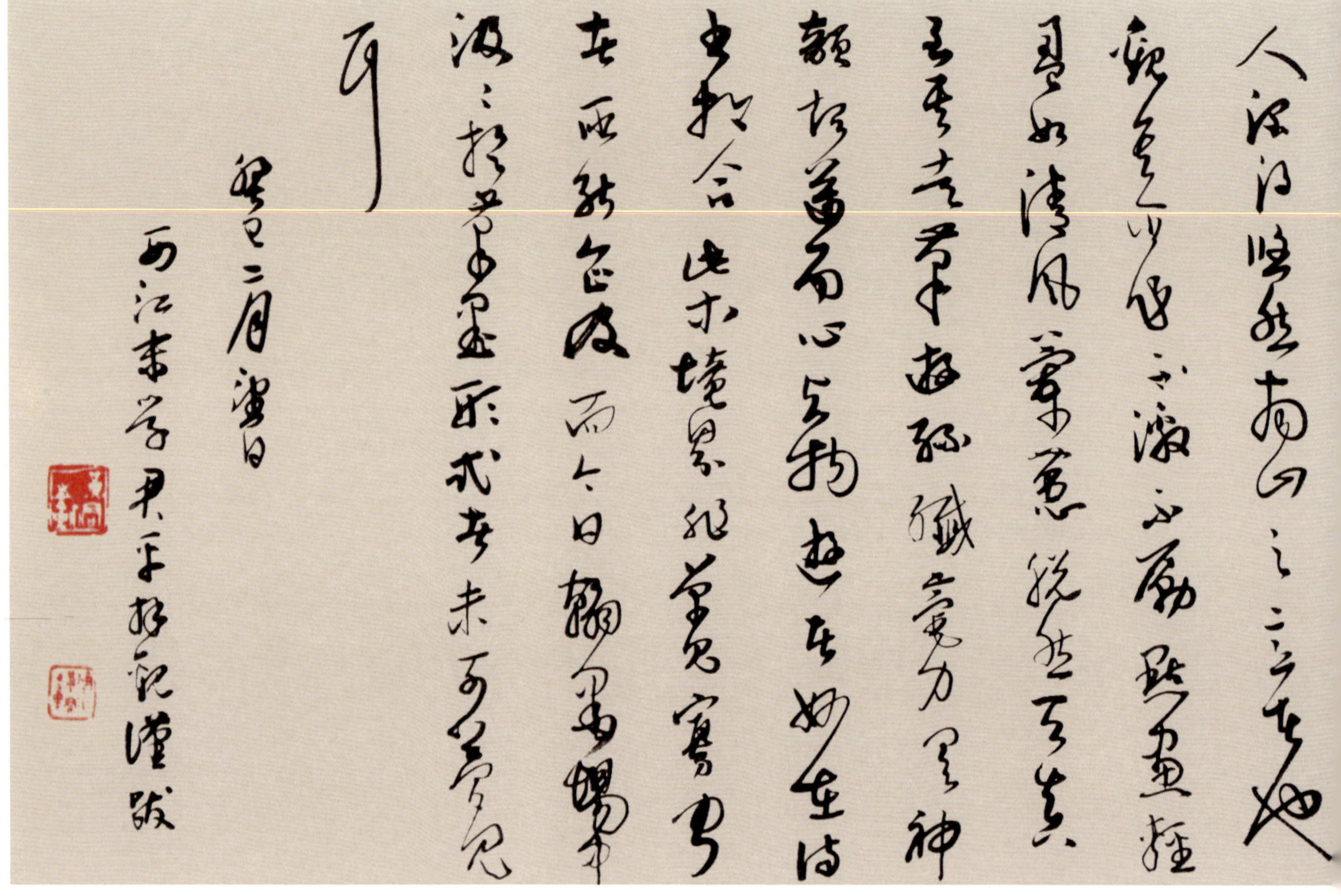

释文：

山涛先生通会文史，博览书画，其精鉴卓识，方今天下无出其右者。先生之书天赋既高，功力又深，故下笔有由而变化多端。加以学问所致，才情俊发，则郁郁芊芊，高贵而华滋。

先生草圣出入大令、旭素、山谷之间，颉颃枝山、天池、孟津诸家，而加以温润文雅之气，至其意忘楷则，乘兴而作，往往于诗文笔墨间与古人风云际会。

右草书陶令饮酒十章，风会古人，深得悠然南山之意者也。观其所作不激不厉，点画轻盈如清风兰蕙，脱然天真。至其走笔游丝，纤毫力具，神韵超迈而心与物游者，妙在诗书相合。此等境界，非单见寡闻者所能企及，而今日翰墨场中，汲汲于笔墨形式者，未可梦见耳。

癸巳二月望日，西江末学君平拜观谨跋。

跋黄君实先生草书卷后 35×90cm

癸巳上元日晨起林中漫步有感

非是上元攀日出，起向林中自散怀。
林中百树无人爱，自笑吾身是楚材。
东林老槐适我意，西林垂柳条细细。
转身意欲向柳边，有人与狗当路戏。
我因却步折身回，狭路岂肯狗相对。
平生南北与人交，坦荡直行胆气豪。
但知猪狗非同类，情怀岂肯与之寄？
少年吾足曾为咬，是非至今它不晓。
迩来堪笑人情薄，异类翻为庞信多。
邻居老死不相问，家家但喜安乐窝。
阮籍曾经哭穷途，未解当今世界殊。
仁义兼爱淡如水，猛兽为侵孺子牛。
道路八达为四通，我行迂曲体仁风。
天地大兮移星斗，日上枝头又在东。
狗子佛性由它去，但求人性可朝宗。

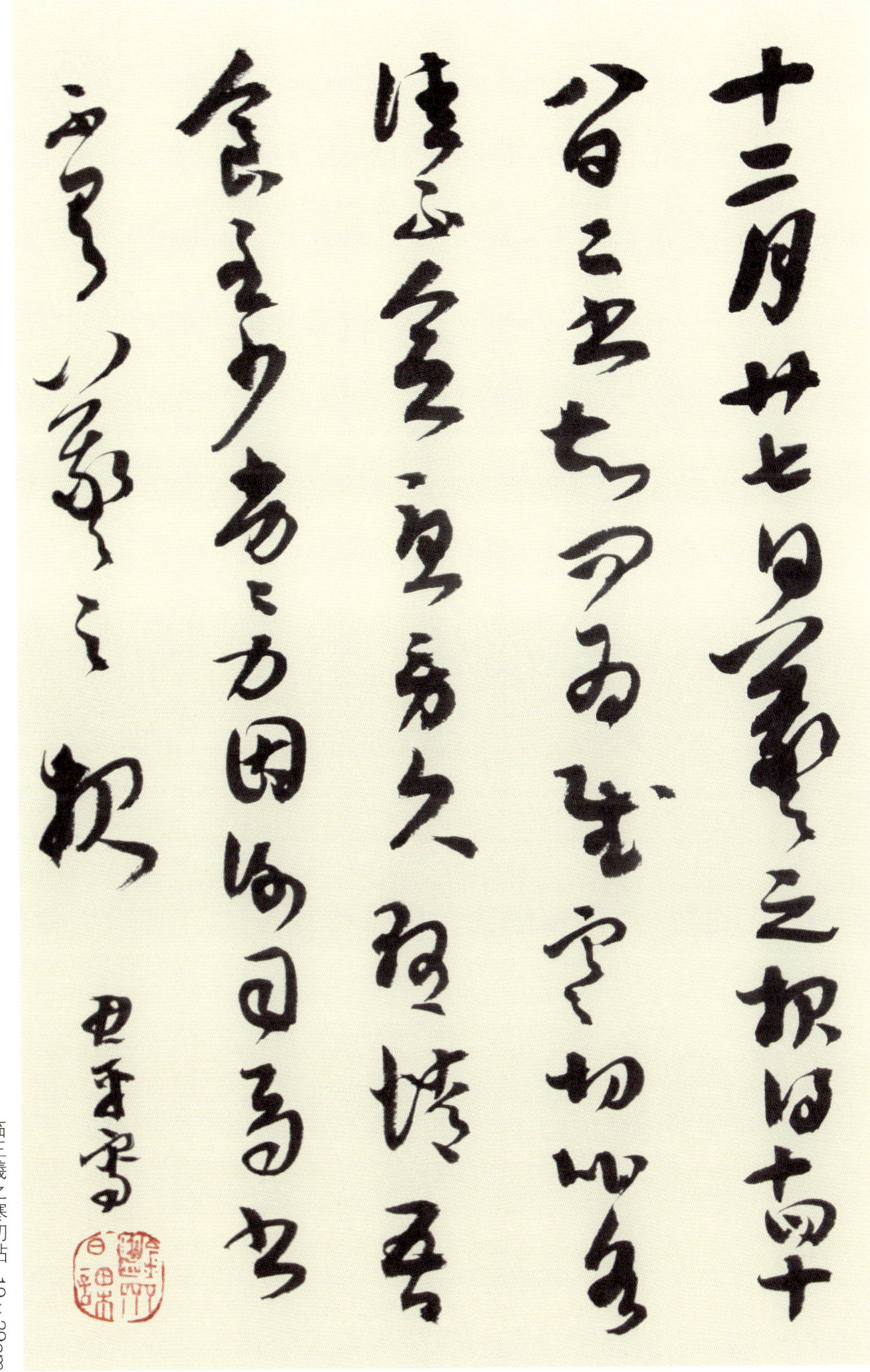

临王羲之寒切帖 19×29cm

二月初五星期六以包岩之约赴中华书局诗人雅集暨至方知早来一周盘桓得句自嘲

殷勤自笑觅诗郎，六里桥边顾影长。
绿叶树梢都未发，始知花事不曾忙。

鹤堂张培元自度为僧步柯文辉先生诗韵以赠

在家不易出家难，太惜是非已缺残。
梦里无端家山绿，醒来犹见玉龙湍。

漕河岸边与阿玲赏柳

嫩绿濛濛初上时，暖风细细抚新姿。
佳人睡起梳云鬓，款款春光意迟迟。

4月5日

臣繇言戎路兼行履險冒寒以無任不獲
扈從企佇懸情有寧舍即日長史逯
充宣示令命知征南將軍運田單之奇
厲憤怒之衆與徐晃同勢并力撲討
表裏俱進應時剋捷馘滅兇逆賊關
羽已被矢刃傳方反覆胡脩背恩
唐本賀捷表應是鍾繇可靠書迹 黃君記

节临钟繇贺捷表 20×30cm

《中华辞赋》以正式发行并举办同景杯三沙诗赋赛步晓川先生韵赋赠

至爱当同景，中华赋一家。
铺陈连比兴，颂献本无涯。
解梦舒唐律，登高理汉笳。
蔚然真大国，斥笔走惊蛇。

2013 年 4 月 7 日

题谢云先生鸟虫篆

秉笔游怀辟一蹊，花间但见鸟虫飞。
衡山古字谁能写？此老胸中有化机。

2013 年 4 月 14 日

农耕笔庄主人二度为余寄毛笔诗以赠之

将军百战去又回，汉楚殷商作帝师。
迩来博击东瀛浪，管领雄风大化机。

2013 年 5 月 4 日

草书赠邹农耕诗团扇 23×23cm

贺兰干武令郎周岁

周晬盛筵兰慎墨，已深家国栋梁根。
江城腊月梅花灿，报道繁昌在子孙。

2013年5月4日

水赉佑先生以新编《兰亭序研究史料集》相赠感赋以谢

崇兰堂主一编书，禊帖千家各与诂。
定武神龙谁即是？字间原有夜明珠。

2013年5月10日（四月初一）

6月8日晨七时到长沙下午五时返京途中把玩《石鼓》大篆得句

飞龙昨夜向南行，晨起奔窗绿满盈。
袖底龙蛇翻欲起，穿云直上九天鸣。

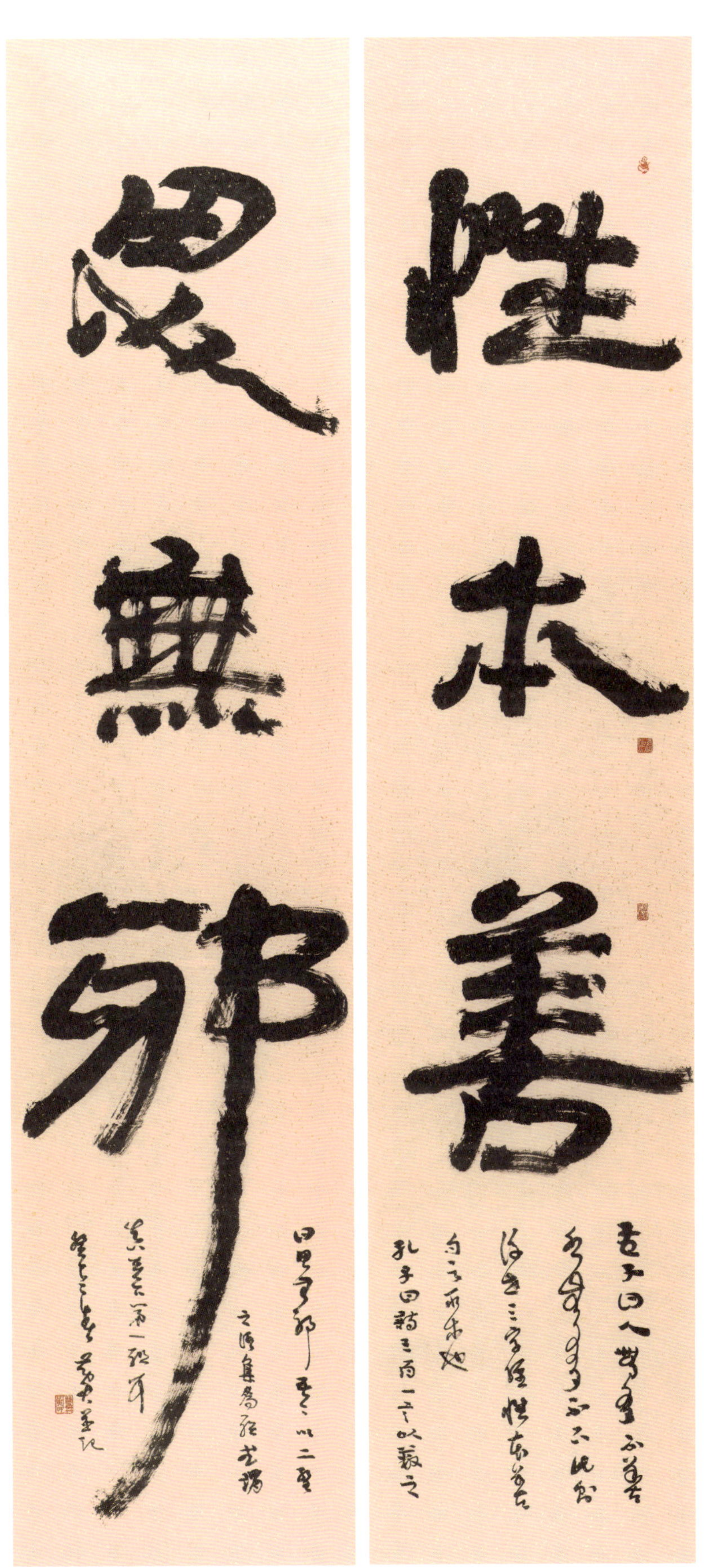

隶书三言联　53×234cm×2

王友智先生《离骚》狂草书法展研讨会上赋赠

屈子离骚怀素草，诗书代代照湖南。

端阳此意今年盛，为有王家笔正酣。

奉题《修水傅氏现当代人物志》

贤相家风本自成，殷商派演百流宗。

修江一脉群英聚，两制良谋国运通。

注：修水乡贤傅朝枢先生乃一国两制之力荐者也。

成都参加中国书法国际论坛即兴示林岫先生

笔墨东方照古羲，众家纷说且熙熙。

情怀更与何人说？慧烛长明纫万机。

6 月 14 日下午

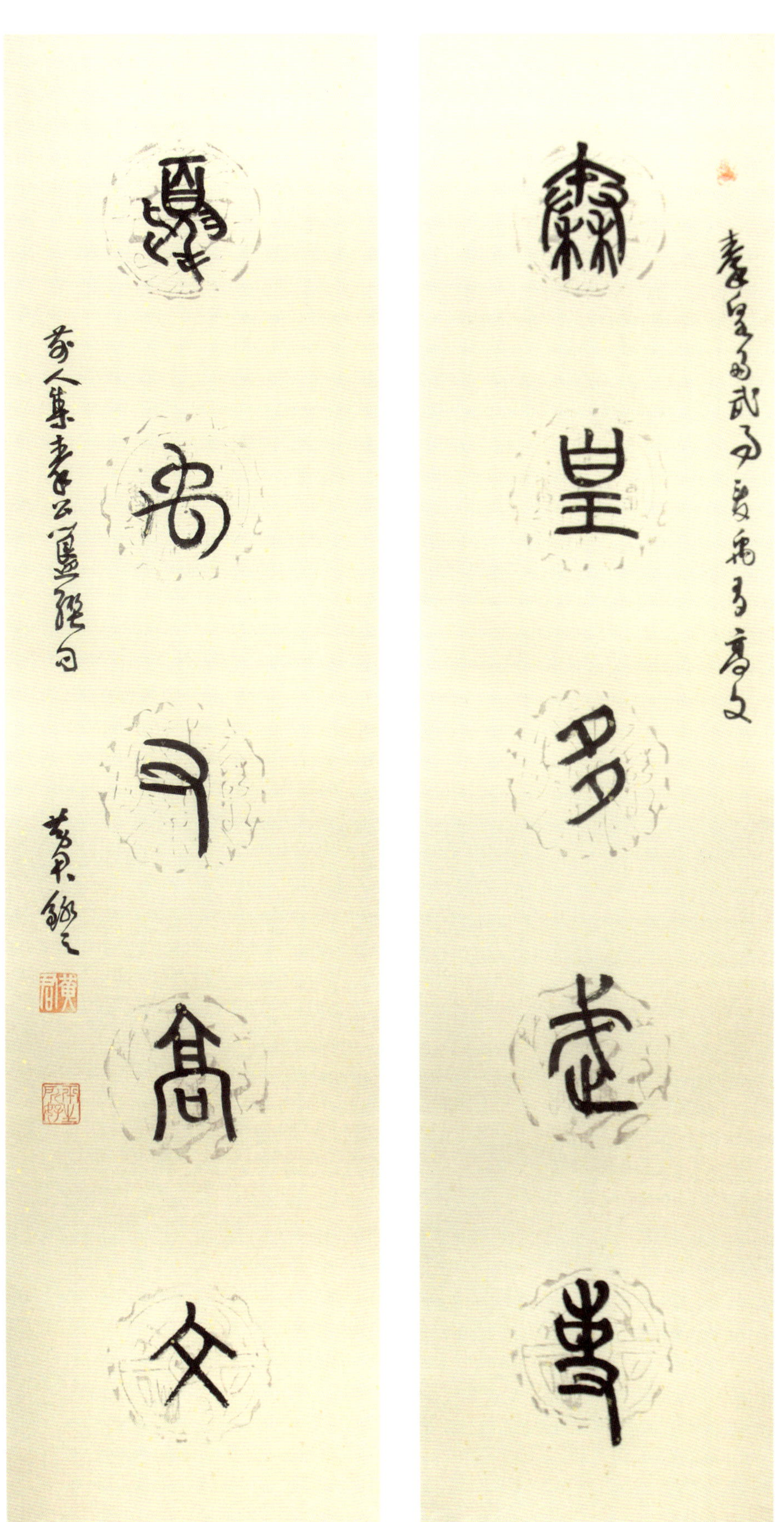

篆书秦皇夏禹五言联 32×134cm×2

戏答篆刻家蔡树农

印迹犹心迹，得之翻成癖。金石谁可镂？此中藏奥秘。
痴愚恨不知，天地干着急。若问玄兼道，九九还归一。

6月16日

《一如诗词集》座谈原韵和答梅墨生

千载谁真觉？诗书未了缘。一如方看静，万法岂归妍？
忆旧思缕缕，翻新事年年。众芳摇落尽，休问此中玄！

注：梅君自号觉公。

2013年6月25日

榜书云山寄傲匾额 52 × 238cm

赠何曼玲女士

且把青聪付雅昌，一身曼倩演高强。

须眉莫叹玲珑女，七彩神州国有光。

注：何曼玲女士为雅昌公司创始人之一，是中国当代印刷业的创新者和领军人物，并获中国印刷毕升奖杰出成就奖。雅昌公司曾负责2008年奥运会申报材料的印刷业务，为申奥成功立下汗马功劳。雅昌印刷所演绎的七彩神州，不仅提升了国人的文化生活质量，而且为国争光，令人钦佩。

2013年7月1日

晓川先生命作榜书云山寄傲书成得句

乾坤清气注心头，惯作挥毫笔指柔。

此际云山真寄傲，书成自叹鬼神愁。

2013年6月28日

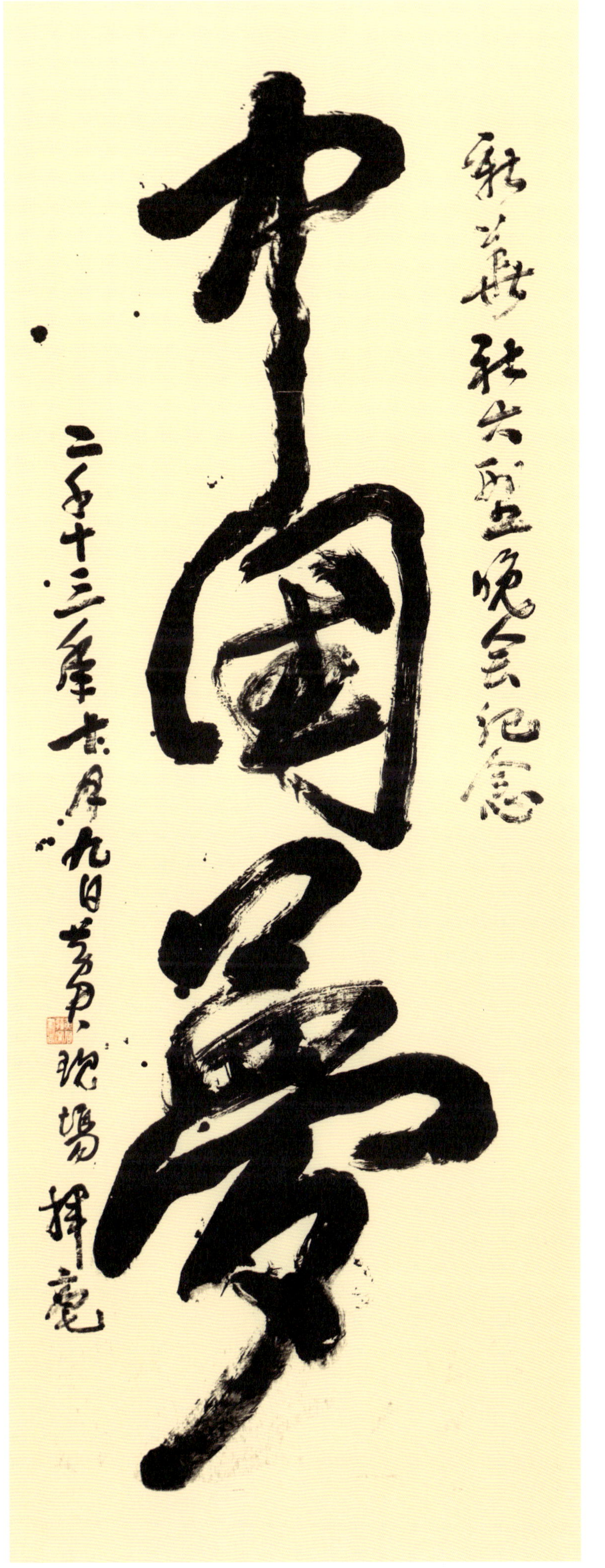

榜书中国梦大字中堂 45×360cm

南宁柳沙头访余昌文余昌武兄弟

武略文韬兄弟好，登临备觉谊情深。
邕江指点回环处，初上华灯一品真。

读张桂光先生自书诗文集有感

典雅诗文手自书，正人正字见功夫。
篆分大小殊殷契，隶写汉秦拟燕舒。
章草真行知动静，古今肥瘦显荣枯。
方惊此道多繁乱，不忆清光照夜珠。

8月8日

黄君先生在北京太庙前创作“中国梦”现场（新华社发）

暑日葫芦岛游龙湾海域

为爱北溟景，来寻渤海湾。水蓝掀白浪，雾重失葫山。

暑气随风散，游人逐兴还。觉华云外现，波上有渔船。

注：觉华岛距龙湾海岸40里，原名菊花岛。相传因辽代高僧觉华在岛上弘法，受辽主礼遇，尊为国师，岛名亦改。

8月10日

杨思胜先生寄来《纽约十家书画》读后赋赠

又得东来一卷书，十家字画各融炉。

南窗展读何所悟？真水寒香本未枯。

2013年9月2日

无　题

茫茫白雾叹迷离，不见秋高爽气微。

晨起推窗真意乱，天公今日竟何为？

2013年9月14日

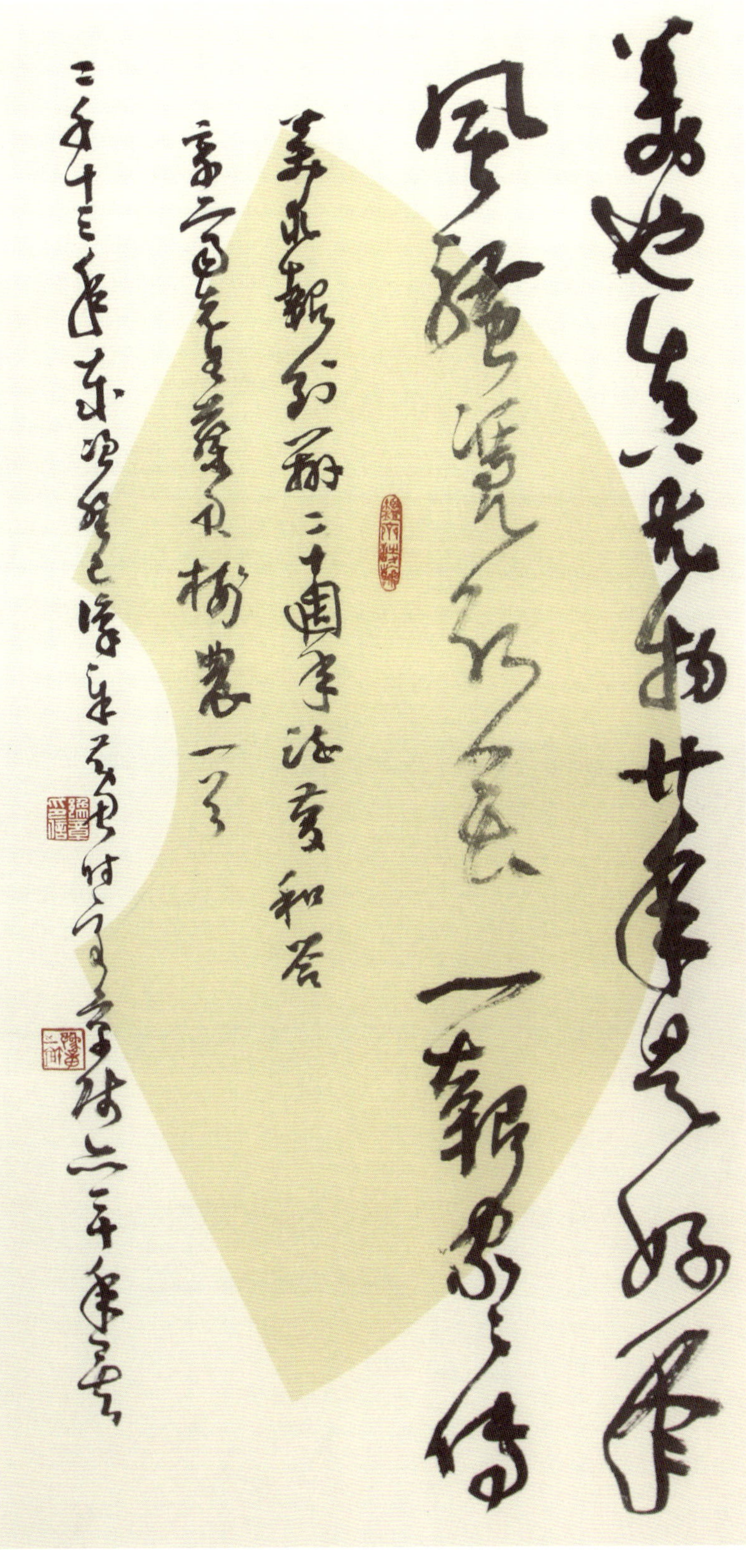

草书贺美术报创办二十周年诗镜片 35×70cm

《美术报》创办二十周年和答蔡树农兄

美也真尤物，廿年是好年。
风骚凭取会，一报家家传。

2013 年 10 月 21 日

李一书法展研讨会上即兴

挥毫但写自家文，艺舟双楫渡将深。
内容形式凭何问？满座高谈到氤氲。

2013 年 11 月 2 日 中国美术馆学术报告厅

题长城偏头关

偏关城上帝王旗，卷尽人间是与非。
白骨堆前花又发，远游来客不知谁。

2013 年 11 月 7 日

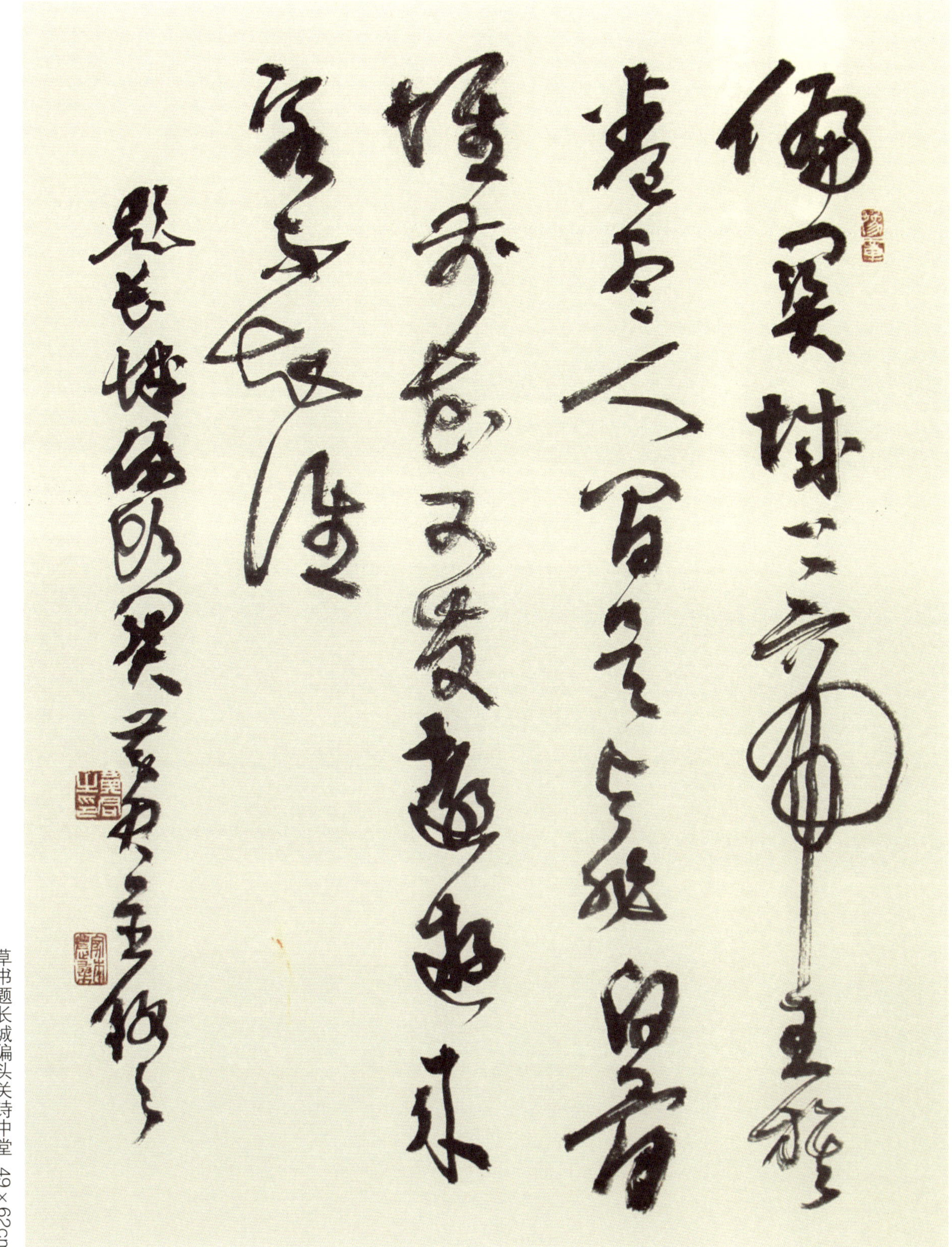

草书题长城偏头关诗中堂 49×62cm

与张公者张世刚一行回修水考察纪行六首

参观黄庭坚纪念馆

众芳摇落好归家，山谷名园景益佳。游人虽远心偏近，碑刻煌煌不待夸。

重登冠云亭

拾级攀登到旧亭，当年诗侣重阳兴。澄江水碧照城影，胜友来朝意已平。

参观新建博物馆

艾侯古国豫章县，历历吾乡奥府文。一画庋藏已傲世，况多瑰宝惊绝伦。

注：馆藏有八大山人画作精品。

双井朝拜山谷墓

杭山拥翠不眠冬，明月湾头拜远宗。来伴当年如同事，只今学派论西东。

高峰书院

渊源指顾是高峰，一脉人文千载崇。启智前贤思报国，此间校训有传承。

注：书院今辟为小学，其校训曰“承贤启智，修身报国”。

县城鹦鹉旧街漫步

排楼旧店依稀在，石级新磨远客鞋。谁家却酿村酥酒，一缕清香送满怀。

12月14日作，15日晨起改定。

草书归家偶得诗中堂 53×100cm

2013 年 12 月 28 日，“我心匪石 · 黄君书法展”在中国美术馆开幕。图为开幕式现场。

十老剪彩（左起：周笃文、刘艺、黄心川、刘征、权希军、谢云、万绍芬、邵华泽、佟韦、傅璇琮）

观众在中国美术馆观看黄君书法展览

观众在2号厅观看展览

黄君在专题讲座“我的书法立场”中带领听众观看作品

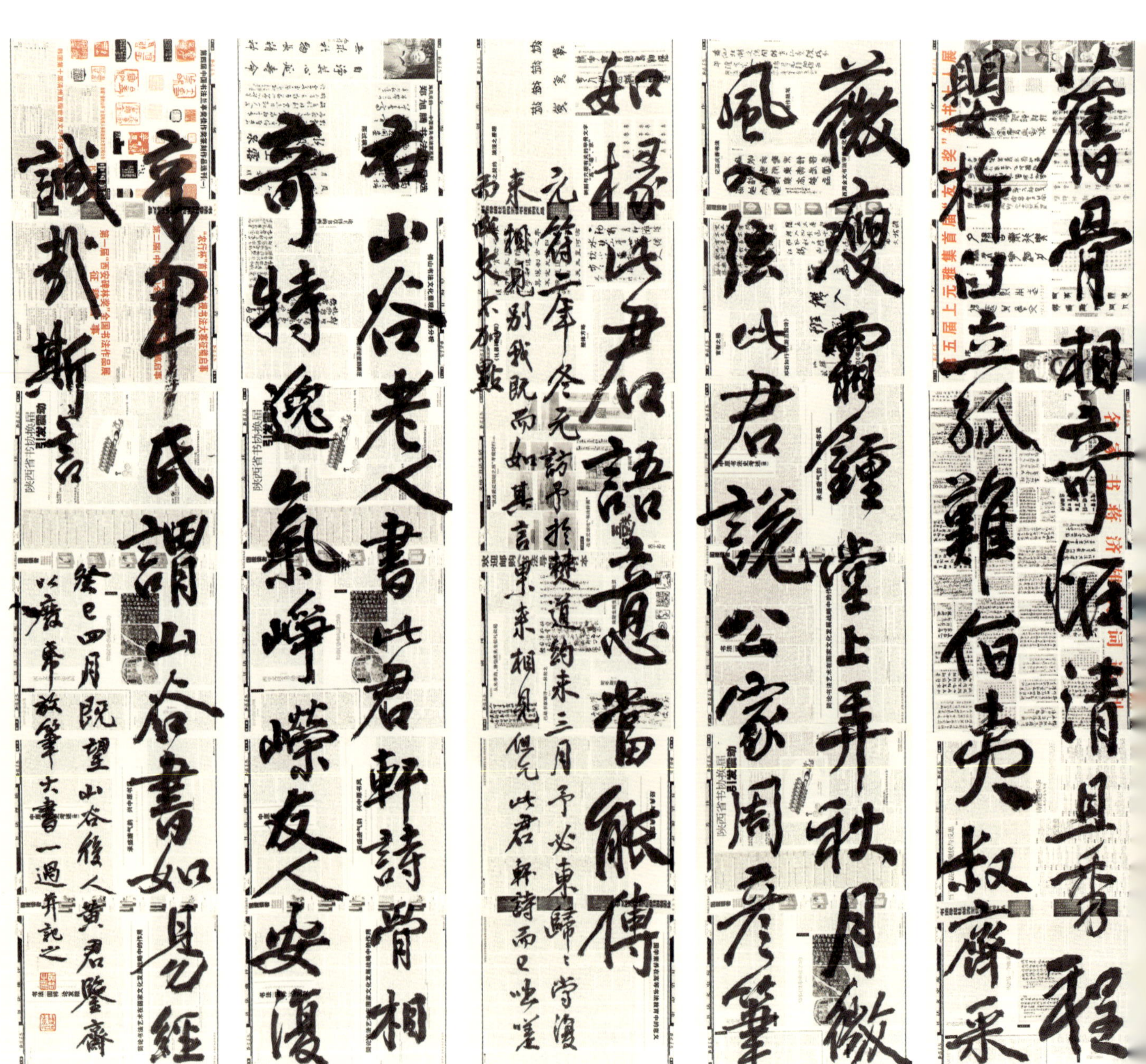

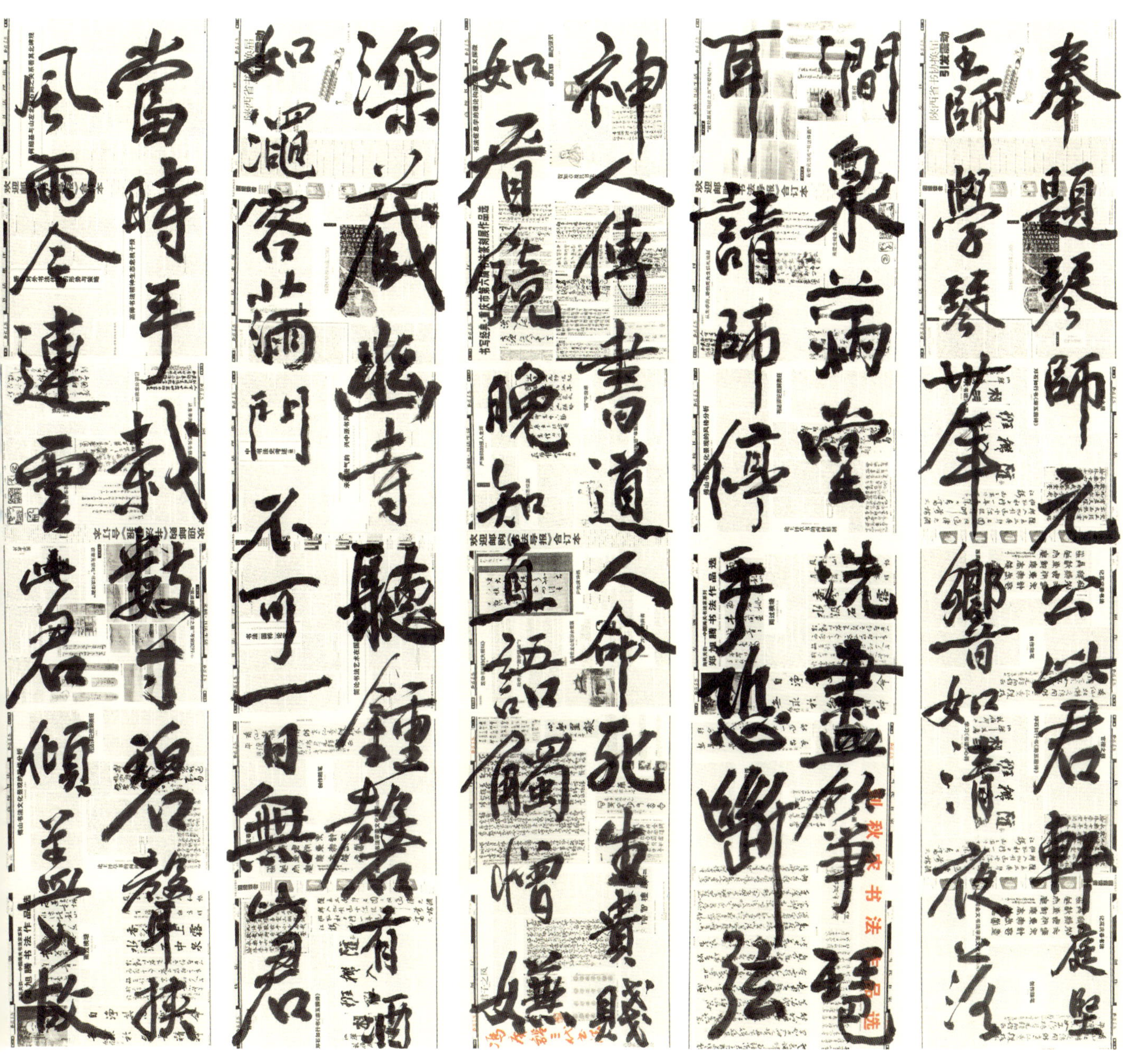

行楷书临黄庭坚此君轩诗十条屏 53×232cm×10

卷三·黄君诗书近作（甲午卷）

甲午迎春和霍松林先生（二首）

好将万里论功勋，蹑景追风拼力奔。
大用故宜兼五色，何须牝牡问乾坤。

飞来神骏展前勋，骠骑骁勇的卢奔。
安得伏波猛将在，威加四海定乾坤。

《书法报》创办卅周年喜赋

卅年音讯载龙图，笔阵三军气象殊。
鸿运新开有绮梦，好将心韵报神州。

2014 年 2 月 21 日

即　景

初黄柳帽映天蓝，一片清光苦忆间。
莫怪阑珊诗意少，失航人去未知还。

注：3 月 8 日，马来西亚 MH370 航班凌晨起飞后一小时失去联系，机上 239 人生死未卜，其中中国人 153 人。

2014 年 3 月 22 日

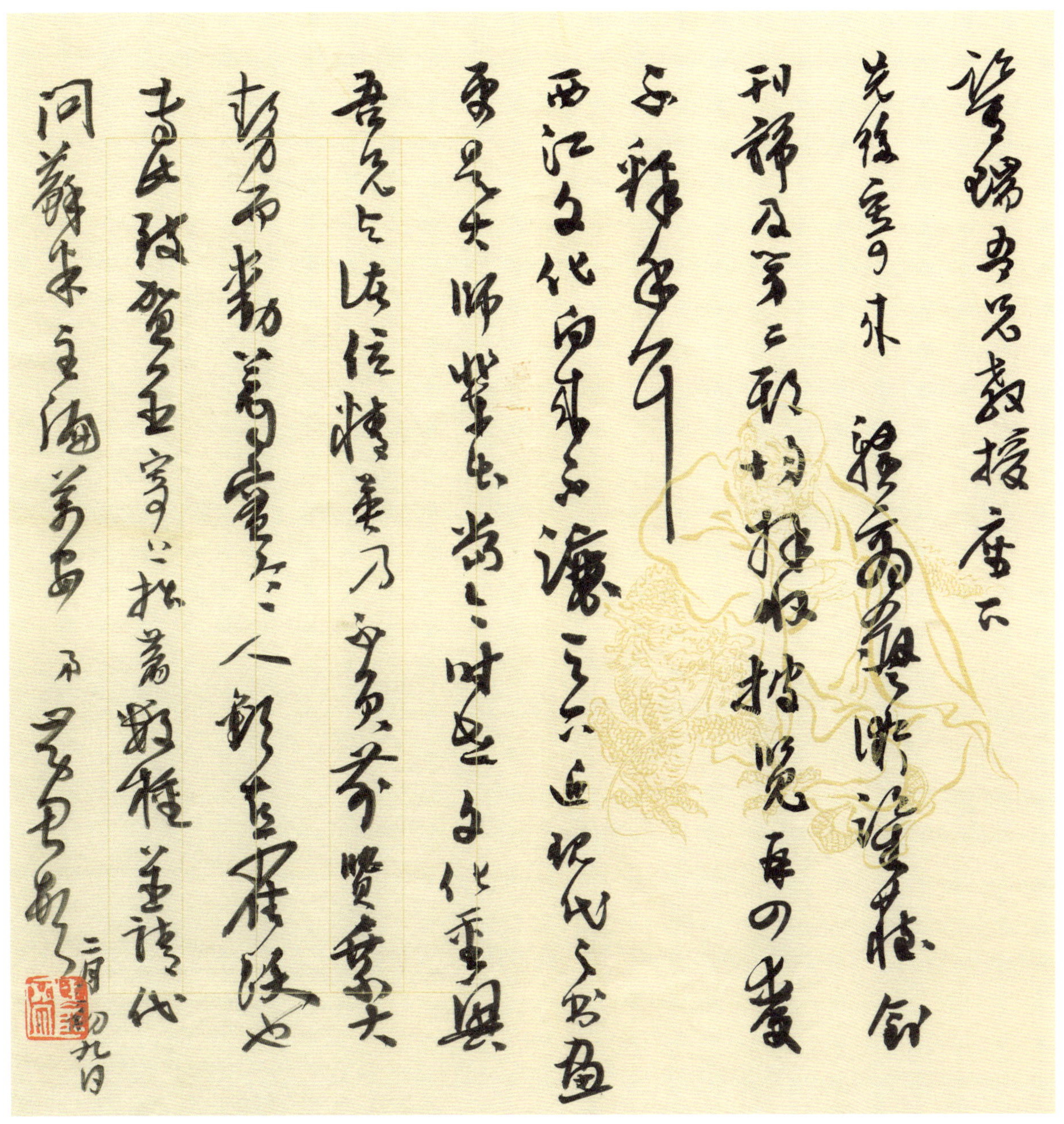

致张鉴瑞信札 32×23cm

释文：

鉴瑞吾兄教授座右：先后寄来《赣商·艺术鉴藏》创刊号及第二期均拜收。披览再四，爱不释手耳。西江文化，向来不让天下。近现代之书画，更是大师辈出。当今时世，文化重兴，吾兄与诸位精英乃不负前贤，乘势而动，著实令人欢喜雀跃也。专此致贺并寄上拙著数种，并请代问苏米主编万安。弟黄君顿首。甲午二月初九。

贺诗友旌阳山人律诗集出版

才惊绝句许时贤，又读华章二百篇。
孝悌宜君常劝友，清聪多伴省流泉。
雷声曾哭先师去，好韵还欣达境牵。
却喜微吟弦自拨，旌阳高卧不知年。

3月25日

园中与芷淇赏花得句

嫣红姹紫正其时，莫怨春光到已迟。
摄取心头还自惜，免它凋谢没人知。

3月28日

读周退密田遨致陈巨锁信札集感赋得柏梁体

仰高海上两诗翁，世纪行健万人宗。
隐堂陈公情与钟，十年信札托征鸿。
二公相印还负膺，诗文咳唾珠玑成。
往来论道意崇崇，笔墨纷披气纵横。
隐堂珍爱心而清，化其千万付梓行。
弘道非止雁留声，今日后生作典型。
千秋文脉赖此风，可怜将熄如油灯。
传之不及火星星，他日燎原或其生。
我因隐堂慨叹升，辛勤默默是耘耕。

4月1日

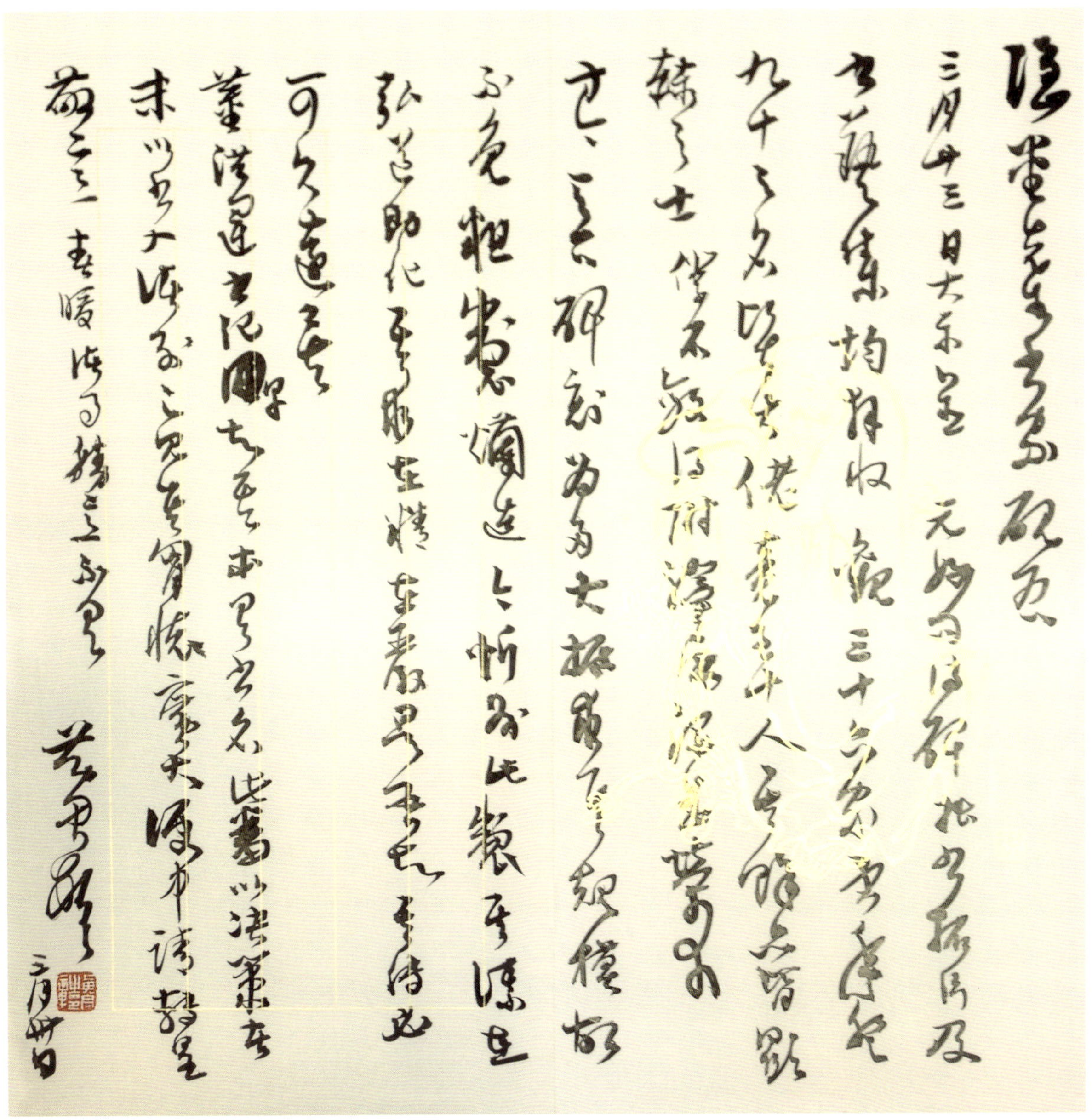

致陈巨锁信札 32×32cm

释文：

隐堂先生书家砚右。三月廿三日大示并元好问诗碑拙书拓片及《书艺集》均拜收。观三十六家之书，年登九十之名贤大佬竟至十人，其余亦皆显赫之士。仆不敏，得附骥尾，不胜荣幸。方今天下刻碑为多，大抵求其规模，故不免粗制烂（滥）造，今忻州此制，其谋在弘道助化，其求在精在严，是吾知其传必可久远矣。董洪运书记，早知其本具书名，此番以决策者，未以书入诸列，足见其胸怀广大，便中请转呈敬意。春暖，诸事胜意。不具。黄君顿首。三月卅日。

斯舜威寄来《平闲堂集句百绝》并赠诗因原韵和答

胸中奇气卷高澜，百韵集成意亦酣。
莫道书家无事乐，人文化育备艰难。

4月7日

再和一首

扬清激浊起波澜，南北斯张兴已酣。
更遣诗情三万丈，平闲堂主不平凡。

后记：方今时世，道德失范为甚，有识之士，往往忧患系之，南北二京有斯张二君子，乃以文字而济世弘道，右小诗一首赠斯君，因录之呈张瑞田兄存念。

致斯舜威信札

平闲堂主人如面。寄来大著《集句百绝》已拜收。古人集句为多，今人却鲜能通此道也。此无他，读诗未多故也。拙句奉答原玉并录以乞教。春日暄暖，诸事胜意。四月八日。黄君顿首。

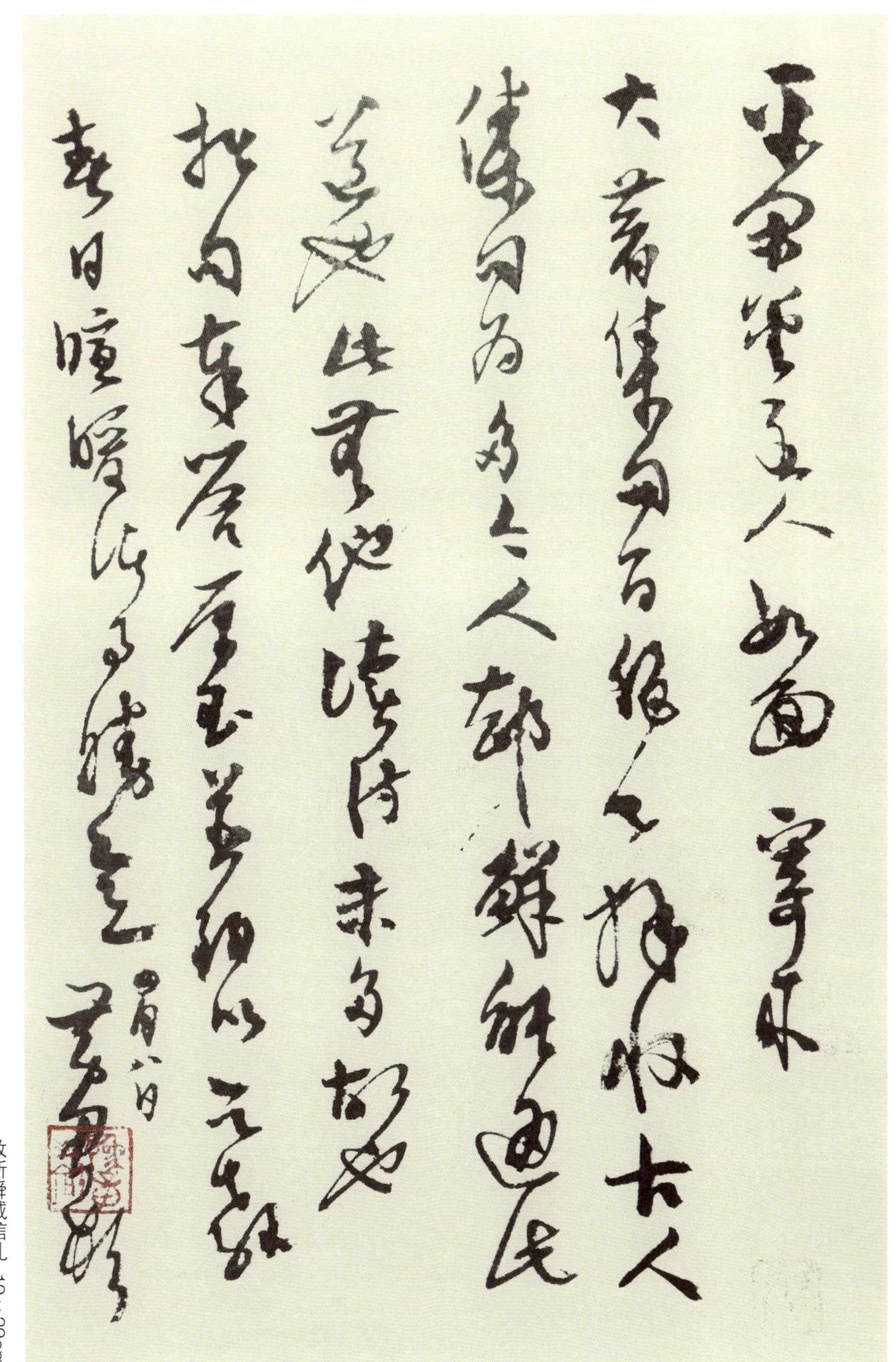

致斯舜威信札 19×29cm

家弟五十岁生日喜赋用十年前原韵

乐得清闲日未迟，且欣天命更依时。
江南草绿延新雨，燕北楼高有旧知。
家境渐为儿女好，高情每向艺文持。
星移斗转浑无觉，昼写心经夜读诗。

4月26日

归 家

孟夏归来正午时，娘亲但笑信无知。
方开榴火明怡眼，初熟枇杷满挂枝。
老屋池塘移旧影，新居柏树动前思。
香甜最是农家饭，坐对高堂酒满卮。

5月2日

雨中游大洋洲公园

山城有个大洋洲，湿地千花百鸟幽。
美景江边看不足，雨中一步一回头。

5月4日

草书归家诗中堂 70×138cm

贺周晓川先生八秩大寿步沈鹏先生韵

学富渊源正一流，才倾柳巷意情投。
十年评注存十卷，名士风华略未收。

5月5日

双井陪广西罗殿龙先生一行雨中祭奠山谷老人感赋一首

杭山几几出烟笼，明月弯弯拥翠丛。
细雨如丝牵梦到，柳莺闻步唤灵匆。
清香三柱客来远，祭奠此回情由衷。
湿了衣衫心亦暖，宜州修水血和浓。

5月5日

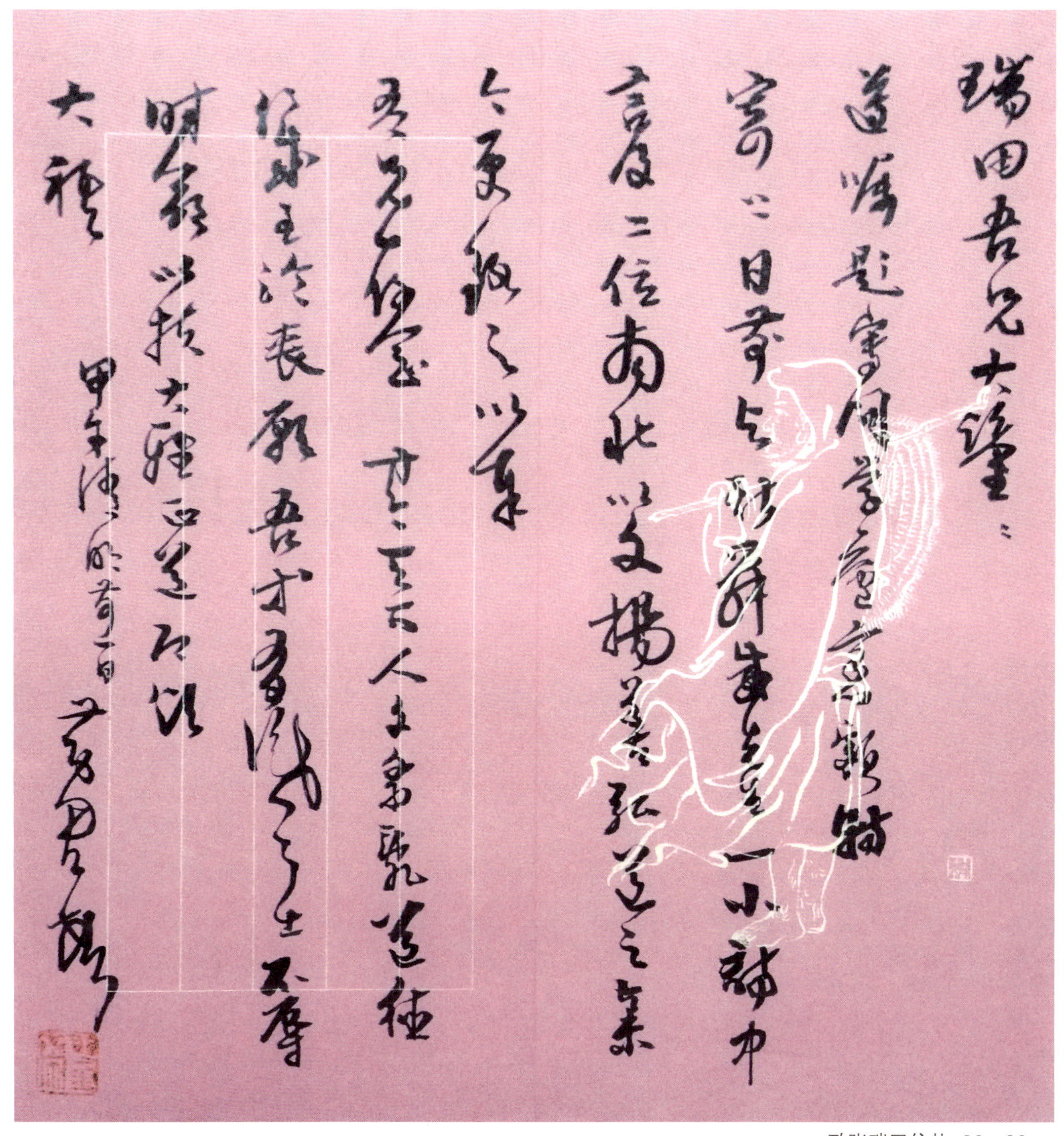

致张瑞田信札 32×32cm

释文：

瑞田吾兄大鉴。遵嘱题“问学庐”斋额，特寄上。日前与斯舜威先生一小诗中言及二位南北以文扬善弘道之举，今更录兄存念。方今天下，人文紊乱，道德几至沦丧，原吾等有识之士，不辱时命，以扶大雅正道。即颂大祺。甲午清明前一日，黄君顿首。

午后至郑州下榻中州宾馆院中玉兰如灯笼挂树十分美妙闲步至河南省文物交流中心钧瓷而外又见故旧字画乃摄影而归缀以28字以供同好把玩

中州四月玉兰鲜，大宋钧瓷色色妍。
文物店中寻故旧，清闲吾亦小神仙。

5月9日

悼闵慧芬先生

妙音曾伴少年行，今日翻成哭泣声。
绕指柔弦肠欲断，人间世外一张弓。

注：某少年曾习二胡，以闵先生琴声为追模对象，其美妙之声至今犹在耳也。

5月12日

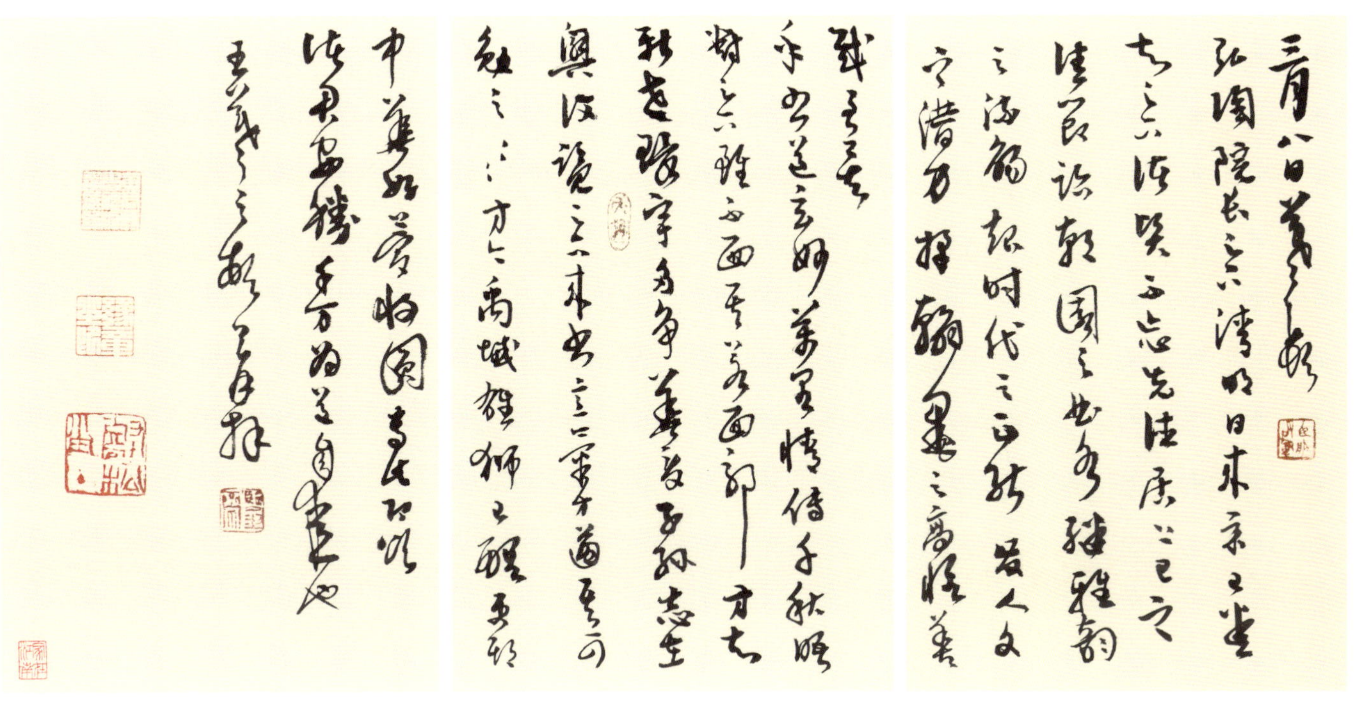

拟王羲之答弘陶（周文彰）信札 19×32cm×3

释文：

三月八日羲之顿首。弘陶院长足下。清明日来示已悉，知足下诸贤，不忘先德，居上巳之佳节，临朝园之曲水，继雅韵之流觞，起时代之正能，发人文之潜力，抒翰墨之高怀，善哉至矣。

乎书道玄妙，万里情传，千秋晤对，足下虽不面，其若面耶。方知新世，怀宇多争，华夏子孙，志在兴复，览足下来书，意气方遒，其可勉之，勉之。方今禹域雄狮已醒，更期中华好梦将圆。专此即颂诸君安胜。千万为道自爱也。王羲之顿首再拜。

题儿女习画照一首

圆花称绣球，稚手作方初。
清香已在鼻，好待茂林秋。

6月16日

贺西中文先生七十大寿和答原玉

佩韦行遍大江滨，嘉树朝阳花事频。
杖国为熏香劲草，论书每到汉魏人。
古稀能饭堂前裕，百折不饶五内真。
诗酒常开西苑乐，一番新作一番春。

坐爱濂溪说碧荷，牡丹经眼乱烟过。
骚人已少弹秦曲，墨客犹能赋楚歌。
清浊不谋耽亵玩，晦明有守近佛陀。
杜陵一脉传千载，到此新钟亦婆娑。

6月17日

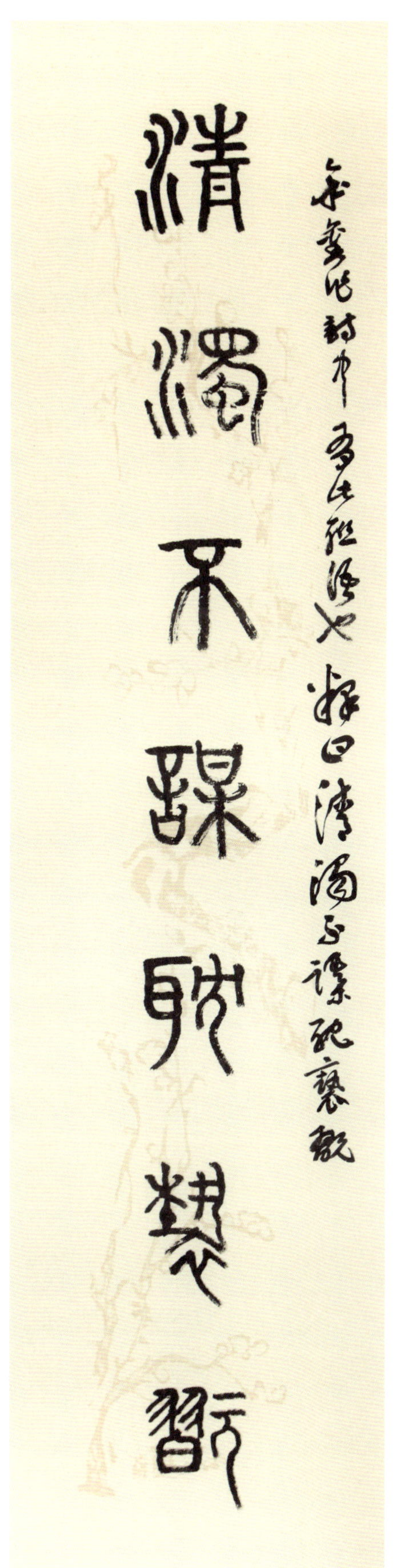

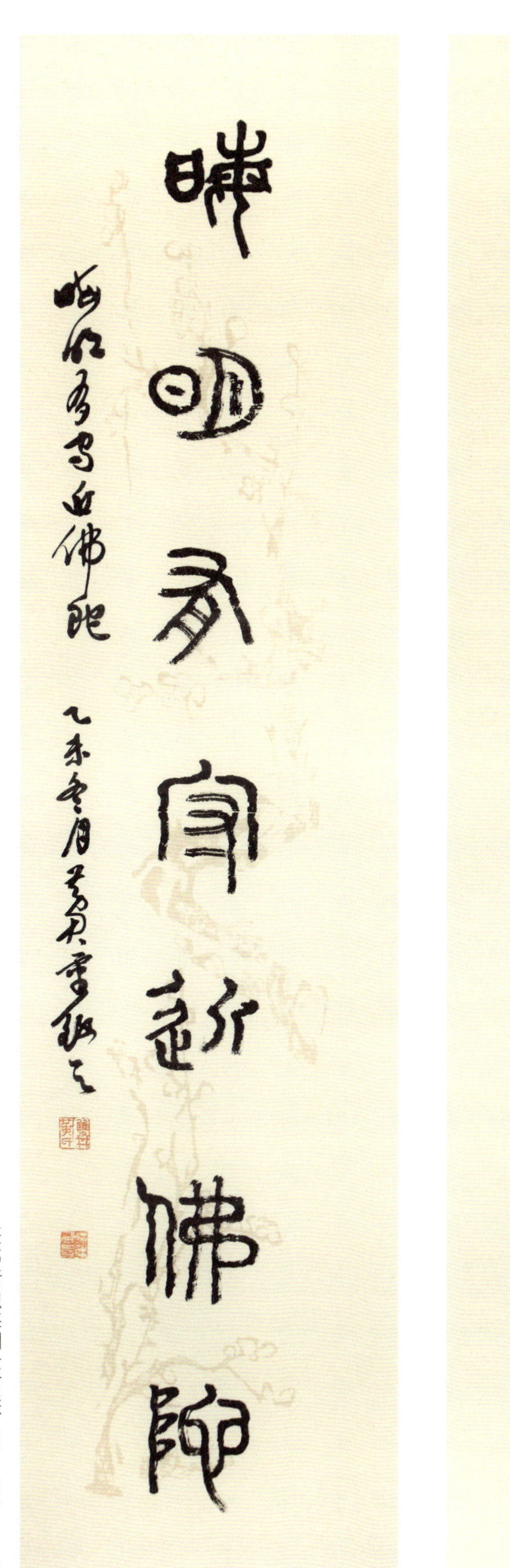

篆书清浊晦明七言联 32×134cm×2

和刘征先生《燕郊》原玉

小序：诗坛泰斗刘征老夫妇入住燕郊，距我家为近，今特往拜会。刘老示以《燕郊》新作曰："巨变不须岁月长，佳城陡起问何乡？飚车掠眼雷霆过，列厦连云金碧光。蓬户劬劳忆耕作，纤夫邪许想漕航。拈髭欲断终搁笔，万感难将入短章。"余感先生90高龄而诗笔犹健，真吟坛之幸也，因步韵庚和如次。

程门常觉路偏长，却喜新居近此乡。
快上层楼亲北斗，欣呼"同志"沐祥光。
交头曲膝平常语，麈尾倾谈砺远航。
最是双双皓首好，风云走笔续华章。

6月19日

刘公岛甲午战争120年纪念馆前有作

依然威海起狂波，百二年来忍辱多。
午夜凶灵犹在目，醒狮达旦请横戈！

7月19日

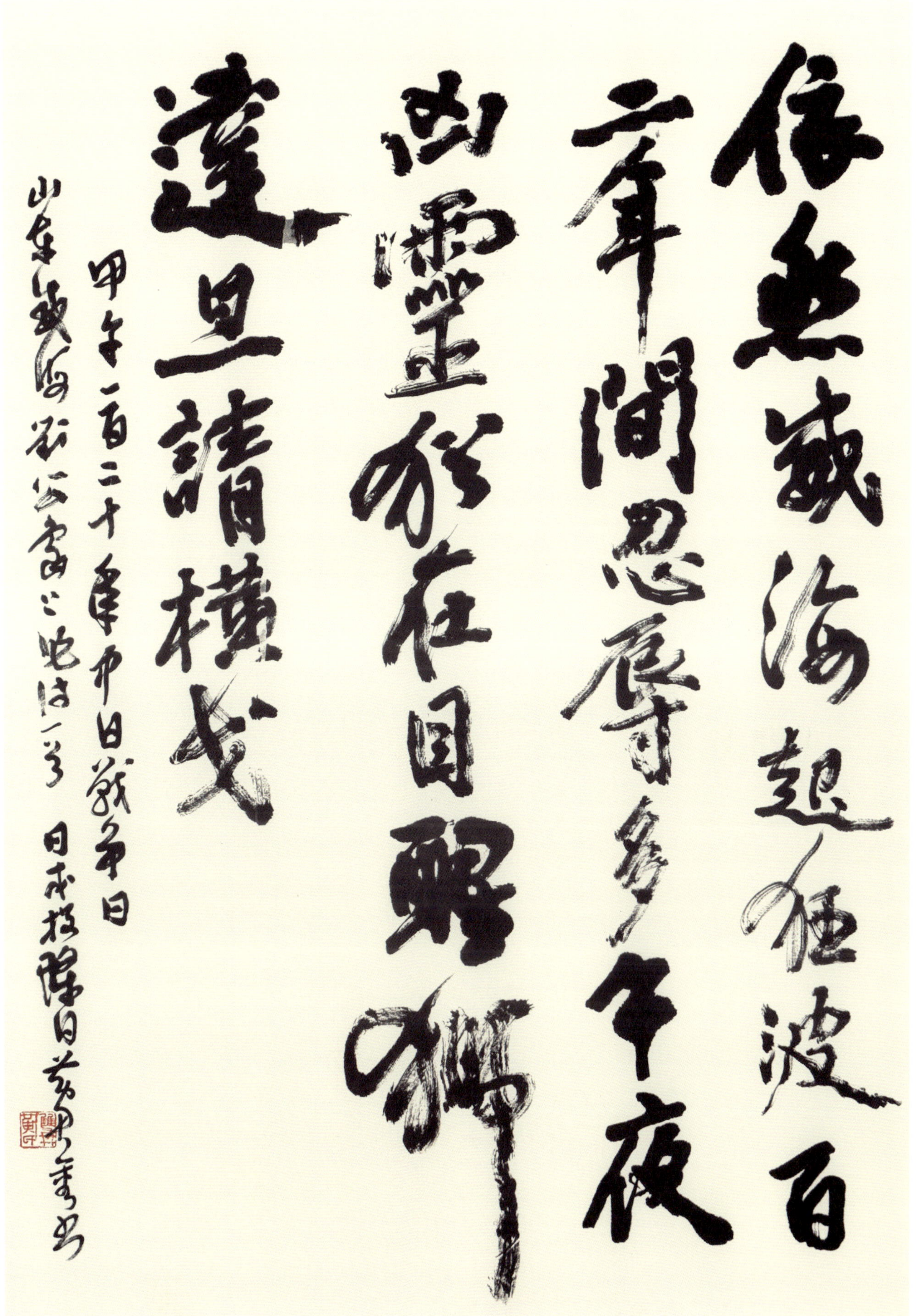

行书甲午战争纪念馆前作诗中堂 90×138cm

向　海

天仙遗落绿如珠，散在通榆作海湖。
碧浪涟涟轻抚岸，微风楚楚慢撩裾。
无边湿地芦苇荡，四溢香花百鸟居。
最是神仙丹顶鹤，相怜不问子非鱼。

7月24日

黑龙江肇原县西海观荷

绿裙款款映灯红，夏日荷姑醉意浓。
不爱吴宫春夜冷，仙姿卓约举莲蓬。

7月26日

松原查干湖印象

白雾濛濛日似丸，盛夏清凉午未间。
湖上飞舟寻一乐，飘然忘却在人寰。

26日补作

肇源县嫩江口之衍福寺
本清代皇家敕修解放前遭火灾唯存双塔及照壁
日前正在大规模修复之中

莫道来登不二门，风前塔影未遗真。
照壁双龙还俊舞，江边榆树应知春。

27 日上午

嫩江与第二松花江清浊分明在三叉口汇合诗以纪之

清者自清浊者浊，也如泾渭两分明。
滔滔汇作洪流后，便有鱼龙混杂行。

7 月 27 日

松花江巡舟得句

松花江上好行舟，两岸青纱织景稠。
物阜民殷歌国是，沙鸥点点绕旗周。

7 月 27 日

天　池

神女幽居镜，天生不许磨。
照人传的是，毫发不爽讹。
团团深睡脸，款款月宫娥。
四周金玉缕，边镶翡翠多。
仙居云雾重，仙姿隐绮罗。
偶尔峥嵘出，脉脉步凌波。
怀春常顾影，对镜恋婀娜。
妆成万人呼，七彩泻银河。
牛郎河干守，织女河间梭。
貂婵河外返，西施河上歌。
玉环初出浴，飞燕舞婆娑。
天宫无限景，一一展佛陀。

佛光天外见，人间惊奇变。
打虎灭苍蝇，肃官整容面。
人心不可欺，苍天不可谩。
如镜当拂尘，莫使哈哈漶。
自古有贤明，观物以自鉴。
得失兴替者，明镜在河汉。
我本号鉴斋，万事心中焕。
静观华夏情，内忧连外患。
故知时政好，兴邦宜实干。
来登长白山，茫茫云雾散。
以手指天池，善哉此今鉴。

吊水壶瀑布

一壶老酒千年提，醉醒人间知是谁？
我爱清凉盛夏景，三伏不必汗沾衣。

辉南龙湾即景

龙王七女下凡来，各领风骚妆镜台。
静如处子方含羞，偶动春心皱却眉。
深意曾经烈火炼，秋波总费俗人猜。
胸藏碧玉容难老，十数万年笑满怀。

8月1日

中秋和周笃文先生

月似心灯日夜明，清幽缓缓伴吟声。
神州此际秋风劲，环宇昭昭黎庶情。

9月8日

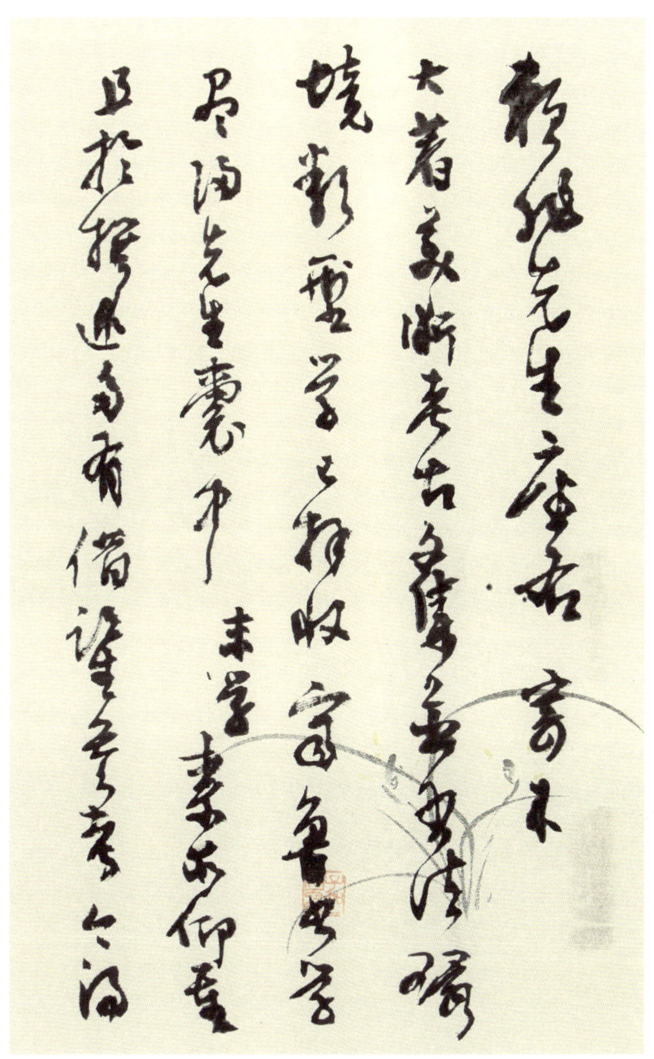

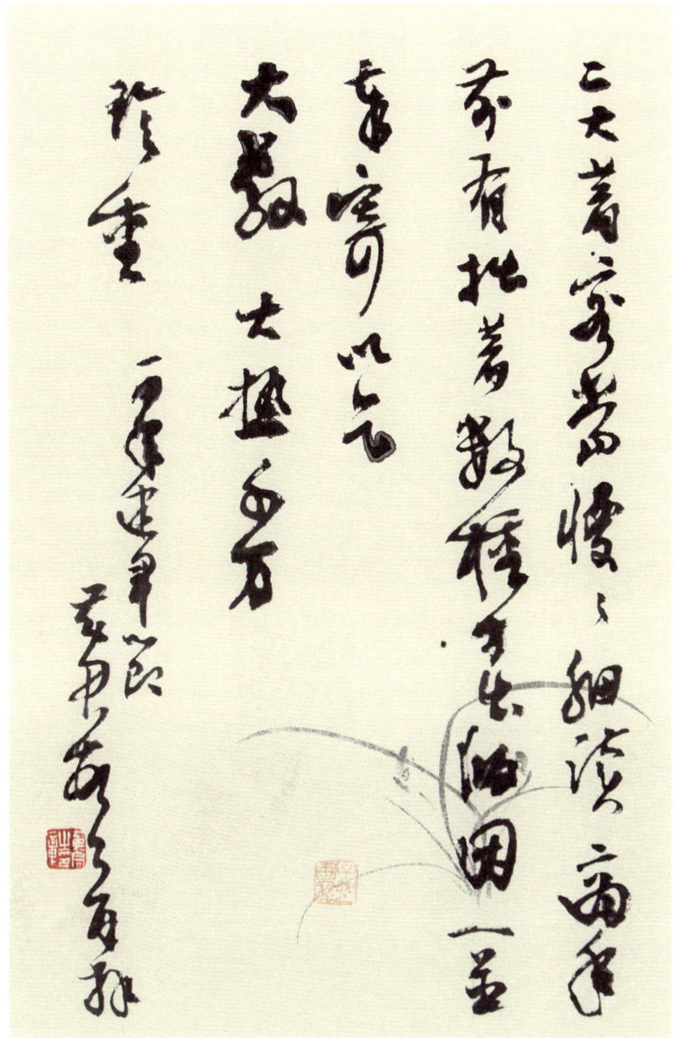

致赖非信札 19×29cm×2

释文：

赖非先生座右。寄来大著《美术考古文集》并《书法环境类型学》已拜收。齐鲁书法尽归先生囊中，末学素所仰重，且于撰述多有借鉴参考。今得二大著，容当慢慢细读。适年前有拙著数种方出版，因一并奉寄以乞大教。大热，千万珍重。一四年建军节。黄君顿首。

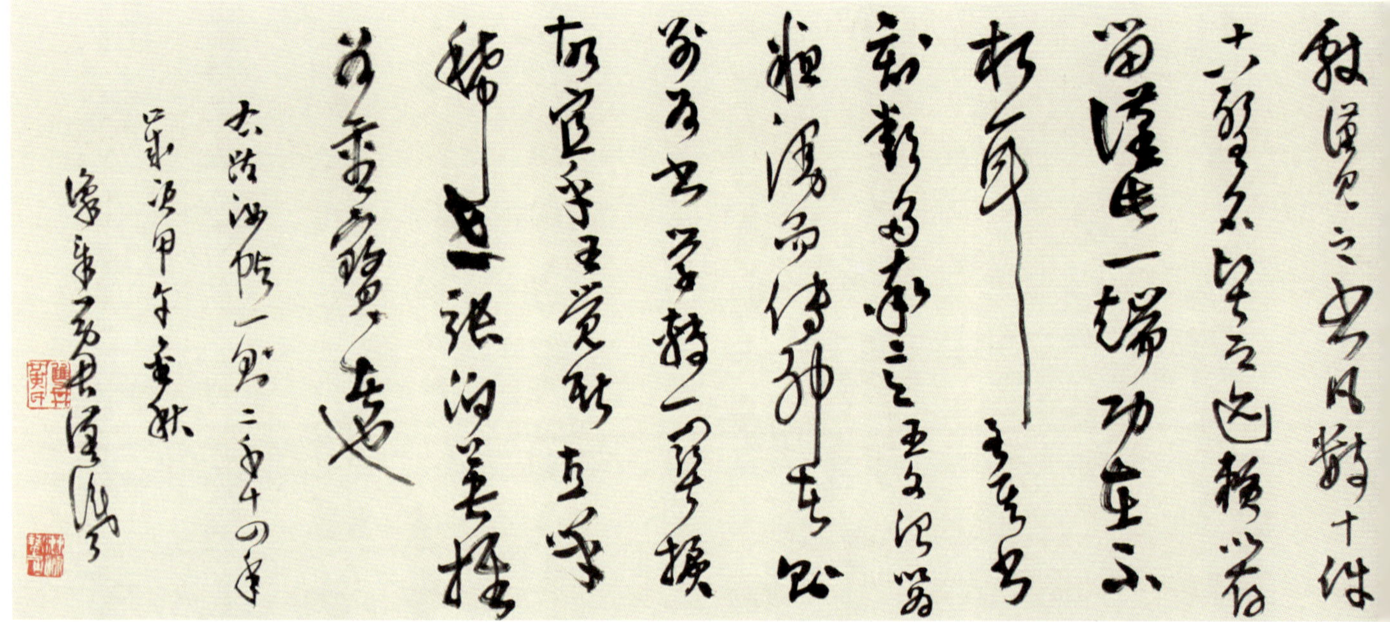

释文：

汝帖者，北宋大观年间汝州太守王寀（字辅道）以家藏三代至唐书迹所摹刻也。大抵当时所刻意在论世，不重摹写，故书家每愣视之，而斯刻原石独得保存至今。

呜呼，物之无竟者，时也。《汝帖》之传，殆天意乎？然笔史之谓，本自鉴也。余观斯刻，文献仅见之书凡数十件，古圣名贤之迹赖以存留，仅此一端，功在不朽耳。至其书刻类多率意，王文治以为粗漫而传神者，则别为书学转一关捩，故宜乎王觉斯直呼“希世”，张伯英推为重宝者也。

二千十四年岁次甲午金秋豫章黄君谨识

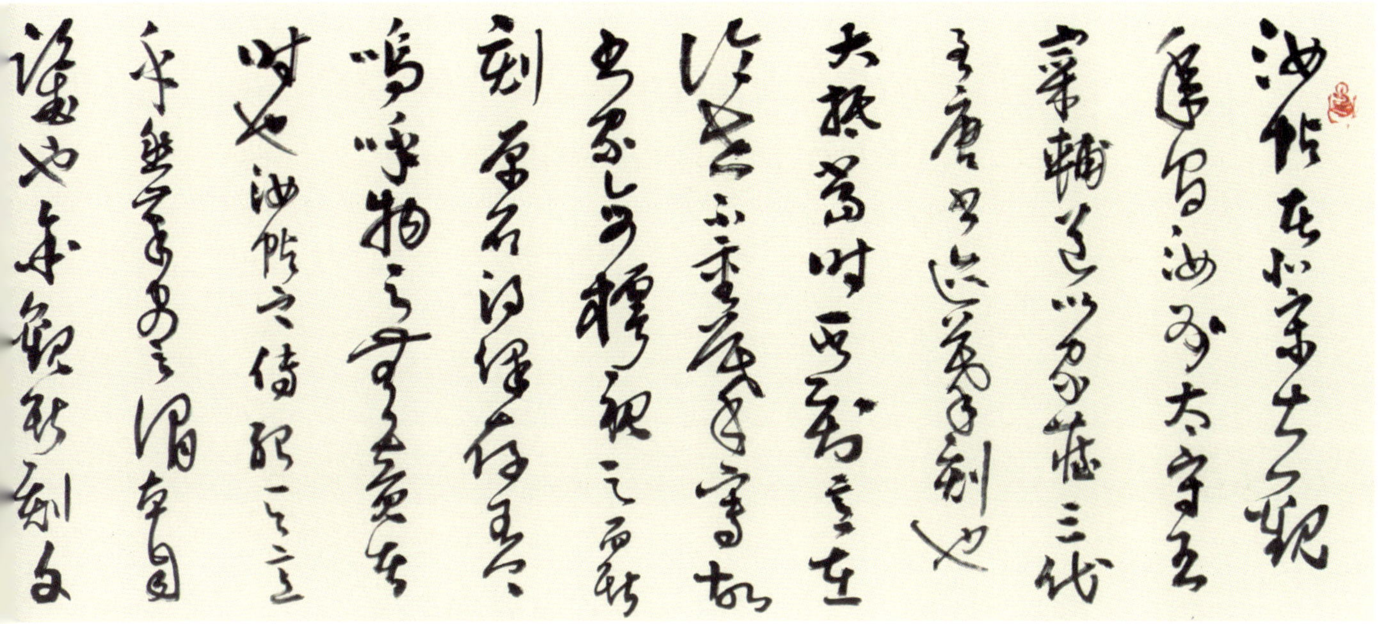

草书汝帖跋 35×180cm

出门赏月六岁半女儿说中秋是月亮的生日天上很多星星来为他祝寿因翻然有作

月亮老人今夜生，繁星拥簇意嵘峥。
年寿不知千万亿？云间划过孔明灯。

9月8日

江南好·《周笃文诗词论丛》首发暨周笃文先生八十华诞座谈会和答吾师赠玉

风日好，嘉会醒人神。大雅同登隆福境，三星拱照晓师辰。诗梦一番新。

10月1日

向晚踏雪游敦煌鸣沙山月牙泉得句

雪里塖畤隐约间，鸣沙未起碧天蓝。
月牙欲挽流光驻，唤醒胡杨水一湾。

12月2日

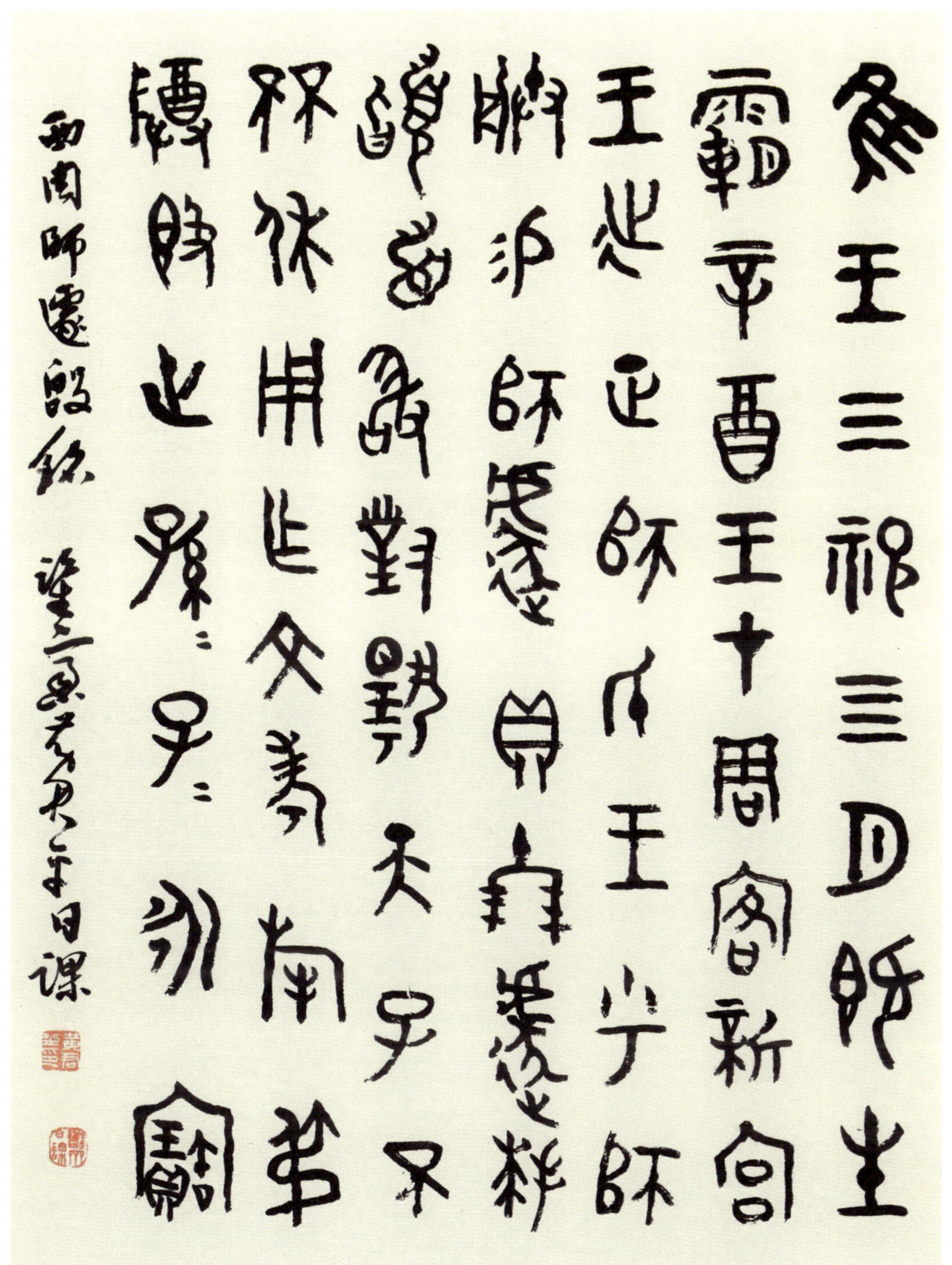

篆书临西周师遽簋铭斗方 50×60cm

释文：

佳王三祀四月既生霸（魄）辛酉，王在周，格新宫。王征正师氏，王呼师：朕赐师遽贝十朋。遽拜稽首，敢对扬天子，丕显休用，作文考旄叔尊簋，止孙孙子子永宝。

西周师遽簋铭。鉴斋黄君平日课。

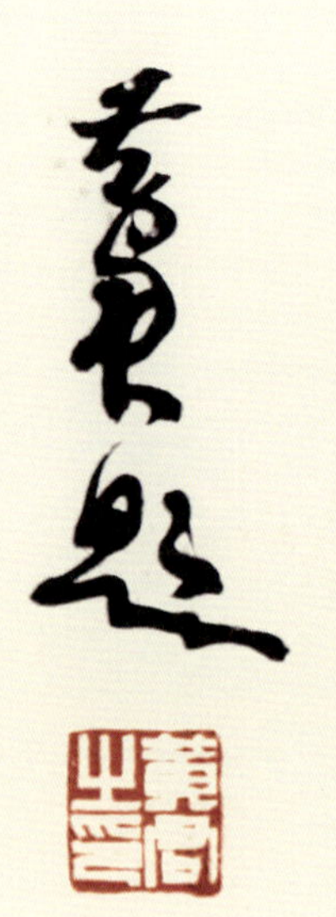

悼何西来先生

学问渊深道义真，堂堂人格艺坛尊。

先生一转西山去，只恐良知少护神！

后记：何西来先生，中国社科院文学所原副所长，当代著名文艺评论家，散文作家，著作丰厚。先生尤重文艺中的风格形成与道德、人格研究，数十年不遗余力地关注当代文艺创作，弘扬道义，呵护良知，学问文章为天下敬仰，桃李满天下。我虽不是先生弟子，但十年前有幸相识于南京，后多交往请益并得其赏识器重，深为其广博渊深的学识所叹服，为其道义情怀和古道热肠所感动。今忽闻先生逝世，悲痛不已，聊赋小诗，以志悼念。

12 月 10 日

戏为一绝句

纷沓频来祝好安，耶稣昨夜已生还，

我家孔孟邀佛老，要在东方聚大餐。

12 月 25 日

隶书和悦轩题匾 48×180cm

草书知行合一四字扇面 23×50cm

观谢云先生书展即兴

美曲清音又绕梁，铿锵钟鼓响明堂。
谢公笔展金文字，好梦中华插翅膀。

1月10日

汝州之行六首

《汝帖》论坛即兴

笔尖上的中华史！三代文明直到今。
后九百年论王寀，始知此道啸堂心。

附记：刻帖是宋代以来书法传播的重要形式，《汝帖》是北宋大观年间由当时的汝州太守王寀所主刻。今天来参加汝州论帖者，多为书法史研究尤其在文字学、碑帖版本学方面有成就的专家，包括我所尊敬的长辈故宫博物院施安昌研究员、上海古籍出版社水赉佑先生、黄敦教授、曹宝麟教授、侯开嘉教授和老朋友刘恒、叶鹏飞、穆棣、张天弓、吴振锋、郑晓华、姚国瑾、胡传海、陆明君、尹一梅、张金梁、方爱龙等人。

1月17日

研讨会间步王寀原韵

论帖言开未到空，晋唐而后看书风。
“初装”莫奈“油条”变，帖学唯留一点红。

注：初装、油条皆文物修复中术语，论坛中得于尹一梅女兄。

1月18日

草书游香积寺条幅 35×138cm

游香积古寺用王摩诘原韵

四围山色亦从容，塔影青苍向晚风。
少室灵仪滋法乳，慈泉古镜映寒松。
重楼鼓击千峰乱，叠彩云收客气钟。
想见路滑潭又静，奈何未伏此间龙。

1 月 19 日

叶县访古题旧县衙

千里来寻宗祖迹，至今县府气堂皇。
戒石有铭天下刻，廉明新政继繁昌。

1 月 19 日

访黄文节公祠遗址

叶公城外三十里，山峙卧阳有旧题。
只今相见唯残石，费我盘恒梦不齐！

1 月 19 日

草书叶县访文节公祠诗条幅 35×138cm

呈李志军博士

相逢有约故人初，虽掩尘烟意未枯。
武阳旧事谁能记？漫尉如今作漫书。

注：山谷任叶县尉时曾至武阳办理案件，一路马背上勤奋读汉书也。时尚年轻，风流倜傥，生活不拘小节，自称“漫尉”耳。

1月19日

观张继兄千字文诗书画印展有感

诗书画印衍千文，笔底纷披肆力深。
盛宴饕餮呈盛世，我来独自探氤氲。

1月21日

参观江西十大青年书家作品展感赋

天遣清才倍觉亲，豫章十子墨痕新。
轻灵每念匡庐秀，质朴原知陶令心。
笔底宜沾山水气，胸怀应转炼炉金。
我今寄与诸君意，江右风华已到今。

1月22日

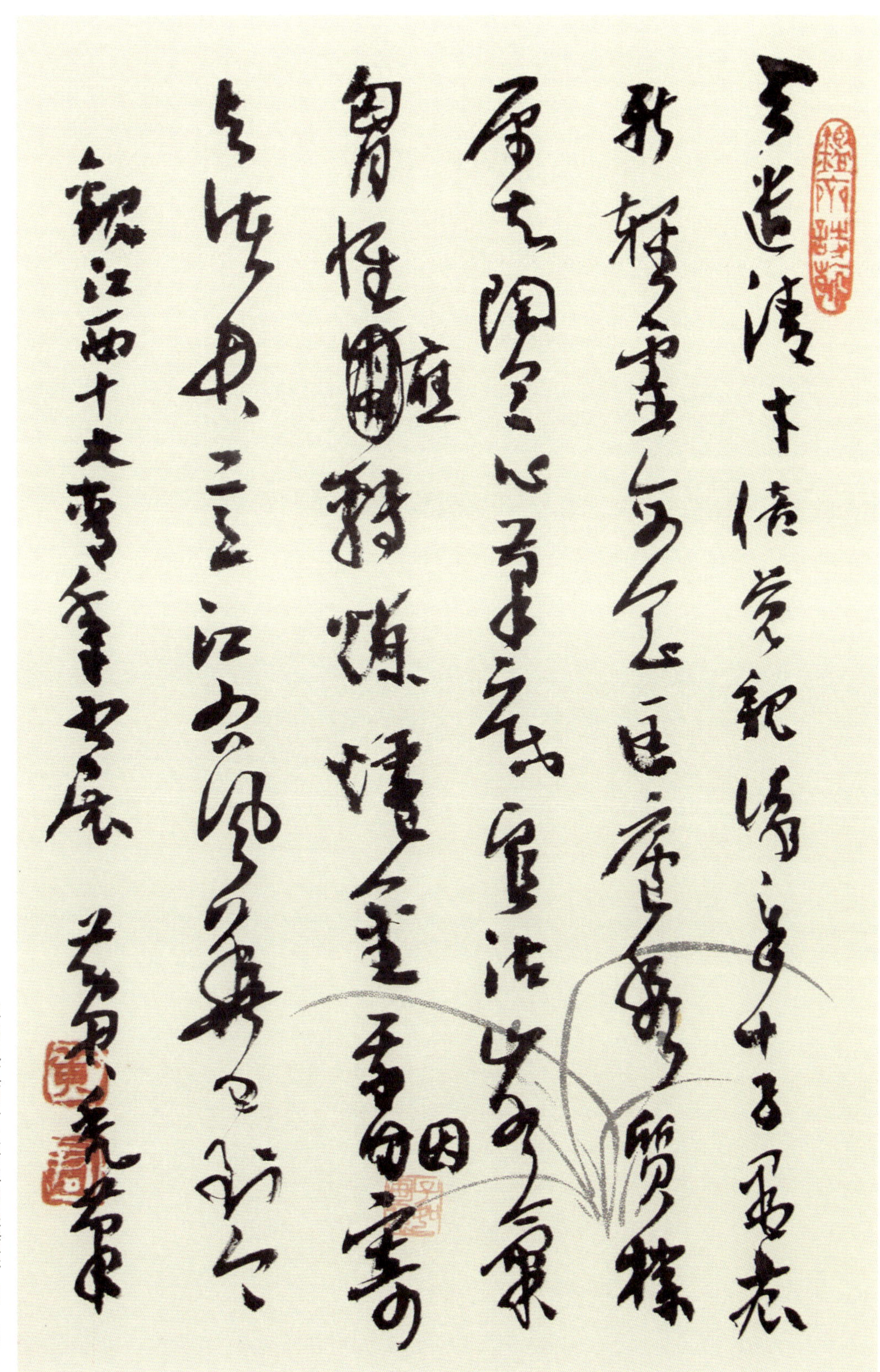

草书观江西十大青年书展诗笺　19×29cm

沈阳行五首

南歌子·2月3日夜Z1次动车枕上得句

一夜飞车迳北行，风驰电掣隐雷声。人不寐，月朦胧，中天似见又擒龙。

哈尔滨观冰雕有感

剔透晶莹玉女藏，寒宫欣遣到龙江。天南地北同呼吸，四海方今梦自强。

南歌子·夜游冰雪大世界

丹阁琼楼历历崇，寒光夜衍梦由衷。琉璃界，水晶宫。原知极乐在环中。

立春日太阳岛公园观21届全国雪雕展览

阳光素雪两相催，百种玲珑梦幻堆。王者归来还一啸，长空回应已春回。

注：雪雕作品有王者归来一尊，狼群中一王者仰天长啸，时正在雕刻之中，雏形已成。

极乐寺礼佛有感

善养欢欣恶养悲，轮回六道爽难追。我来但着佛头粪：极乐人间慎些子！

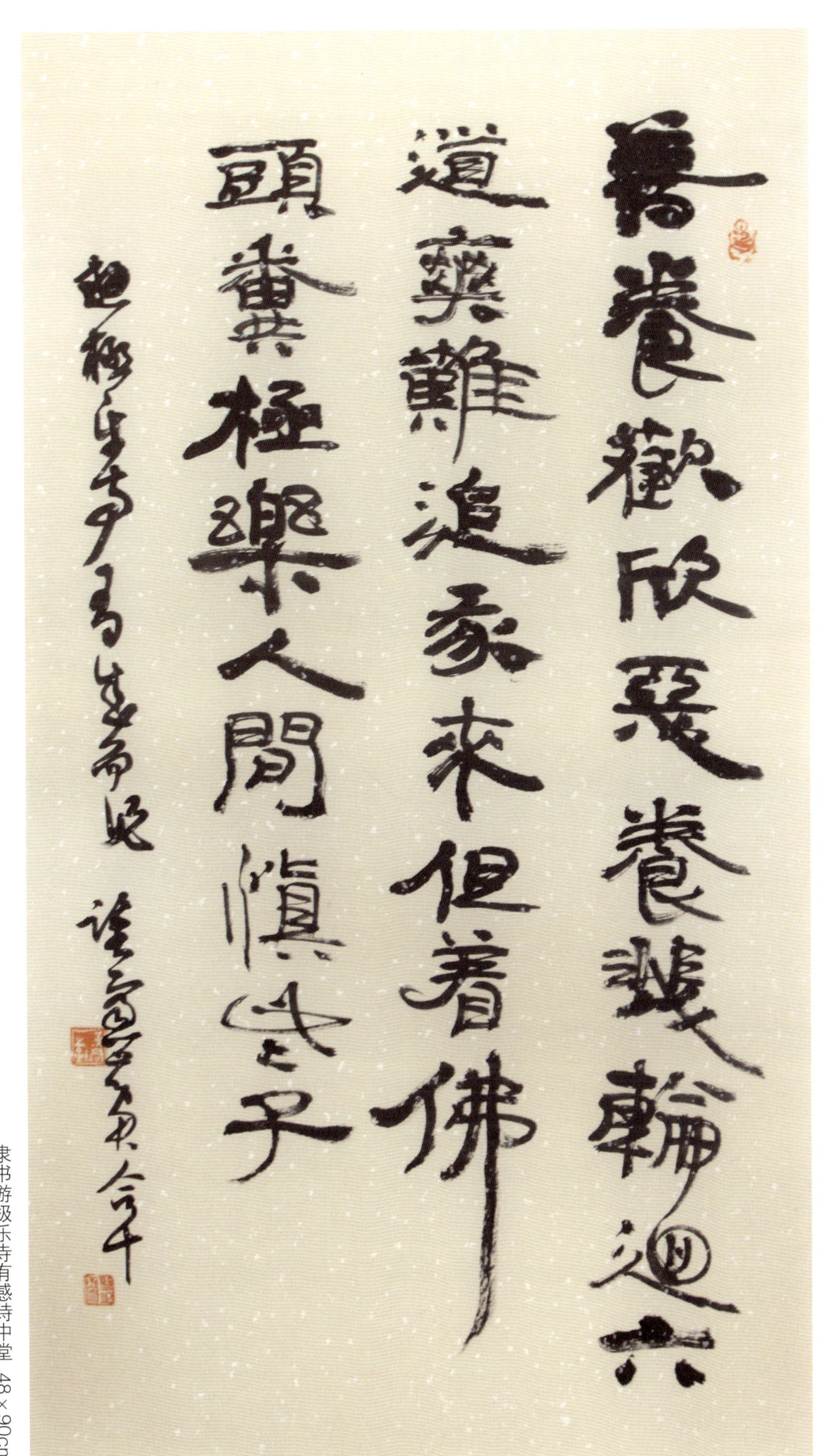

隶书游极乐寺有感诗中堂 48×90cm

卷四 · 黄君诗书近作（乙未卷）

湖南衡阳大云乡即景

来客宝山点竹松，丝茅夹路意从容。
田间碧绿多油菜，初绽金黄花几丛。

2月15日

门人艾青远自福建邮来水仙花豆置案上笔砚书丛间盘中清水养之碧芽齐生仙花绽放芳香满室诗以纪之

室有书香更墨香，原知风雅亦堂堂。
花中仙子来相伴，便引诗情到梦乡。

2月17日

游古兴城后感赋一首

来看兴城五百年，至今石坊立巍然。
城隍寂寂乾坤在，文庙幽幽松柏寒。
耕读人家声已渺，宁边督帅事犹传。
儿童争说袁崇焕，不解凌迟几许残！

2月25日

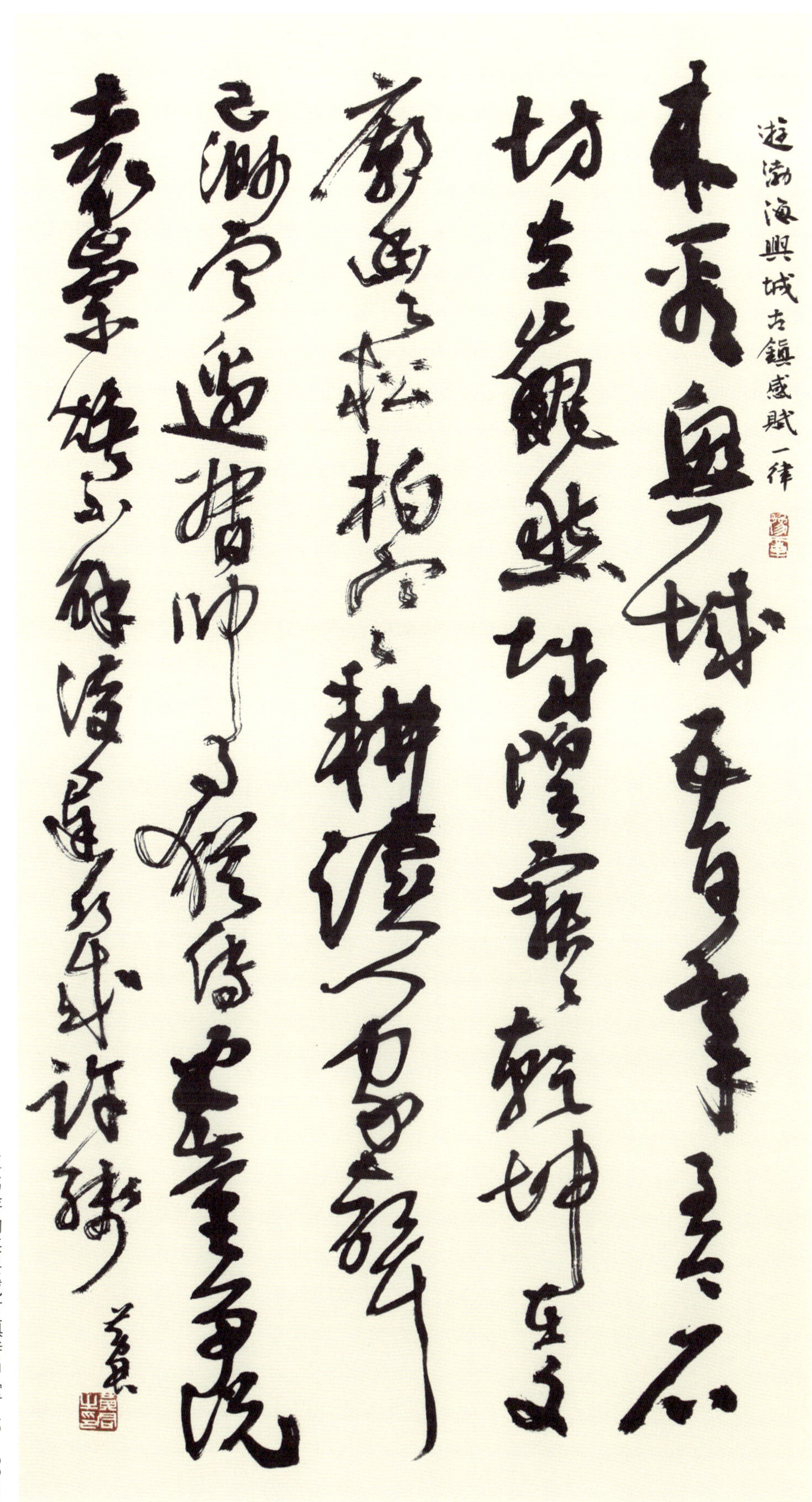

草书游渤海兴城古镇诗中堂　48×90cm

海棠花

繁繁密密重重意，朵朵清清淡淡香。

但愿海棠花下醉，未须富贵且堂堂。

后记：小区后面花园里的海棠花又开了，那样的繁盛，让人爱惜不已！陪伴家人一起坐在花下，享受这份天然的清乐！诗句似乎显得过于平淡。

4月17日

参加“笔墨随心·林阳诗书作品展”研讨会上即兴

朴拙渊深似老庄，碑情帖意自成双。

林家笔墨裁新样，想见安闲对北窗。

4月24日

草书陶渊明饮酒诗条幅　35×138cm

《巢湖胜景图》歌（并序）

小序：吾友周逢俊，丹青妙手也。其所作巨幅《巢湖胜景图》，深得山水之神韵。吾感于自宾虹老人之后，山水画渐少浑穆之气，时人所作，或囿于古法，或偏张个性，求其宏阔而具山水真性者鲜矣。因慨然作歌以咏之。

天地钟灵秀，山水本情俦。九州四海星棋布，万水千山脉络舒。江淮汇处景绮靡，巢湖三月景成堆。银屏翠障环忠庙，秀谷奇峰掩霸祠。王乔洞外阴晴雨，姥山风物叹旖旎。白石为开金牡丹，阿娇挽手伴周瑜。

北牡山下路崎岖，周家有后此山居。本是关董远弟子，丹青练达动京师。前生友善清湘客，搜遍奇峰好山水。读书晨昏明至理，诗性仁怀友三子。画成争传比摩诘，齐名欲论似郭熙。情怀独爱巢湖家，一湖烟雨梦兼

葭。百摹千写犹不厌，一朝泼墨醉流霞。展纸寻文画卷开，悠然纸上展奇才。峰峦次第皆信手，壑涧随之类苍古。悬泉夜发洪蒙声，宿鸟归巢息远踪。湖山相映两相宜，湖边山隐路萦回。屋舍俨然风细细，童叟村头相游戏。峰岭盘旋气壮宏，宝塔巍峨心所崇。氤氲崖壑花点点，波光帆影意浓浓。

吁嘘呼，牵人笔墨彩叠生，无尽意兮画嵘峥。苍翠多神韵，灵明紫气蒸。清幽宜人住，朗朗物华丰。人间有清境，谁为一写真？善哉周逢俊，湖山赋得魂。挥洒苍茫惊天地，神来一洗黑乌尘。每恨绘事亦浮沉，偏张怪异何纷纷。浑穆难求雅未深，河岳大道庶几已无存。惜此宾翁不得见，见之堪慰风华后继有来人。

2015年5月7日

洪洞县谒女娲陵有感

霍太山前拜女皇，四方人面笑声扬。
一杯黄土年年续，补石天丹何处藏。

5月13日

登广胜寺礼佛塔一首

绕塔三周非是敬，持心千载转灵泉。
谁知宝藏开新局，唤起弥陀说梵天。

5月13日

访洪洞大槐树有感

华夏由来护本根，伦常休戚已渊深。
一从洪武分迁后，槐树茵茵情益真。

后记：我非大槐树村人，但理解这里的人们分迁四海后，真心朝祖，向往团聚的深刻情感。

5月13日

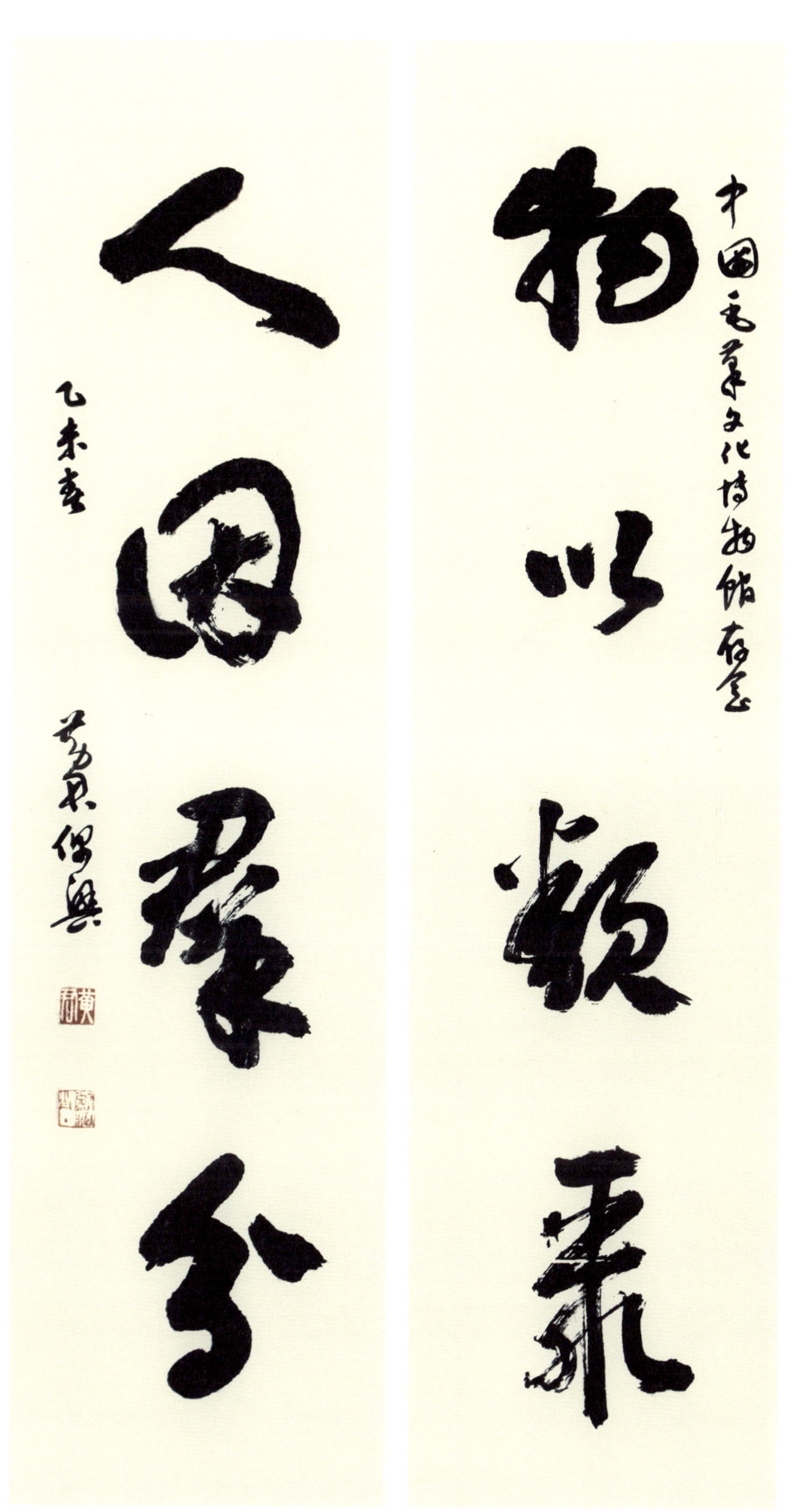

草书物以人因四言联 35×138cm×2

杭州西溪宾馆晨起独步得句

鸟语玲珑惊晓梦，溪鱼咬璧弄环波。
芦葭苍翠怡人眼，惜此清幽境未多。

5月30日

水调歌头·西山八大处晨起登翠微峰有感

来倚清幽境，且上翠微山。但见峰峦峻秀，云白一天蓝。亦是千年古道，石路坚实磊磊，健步好登攀。意与神仙聚，汗湿布衣衫。

精印谷，宝珠洞，显津关。开怀送目，朗朗京阙眦瞳间。塔影高楼碧树，丽日光芒普照，点点沐斑斑。占得乾坤气，浩荡五洲环。

6月11日

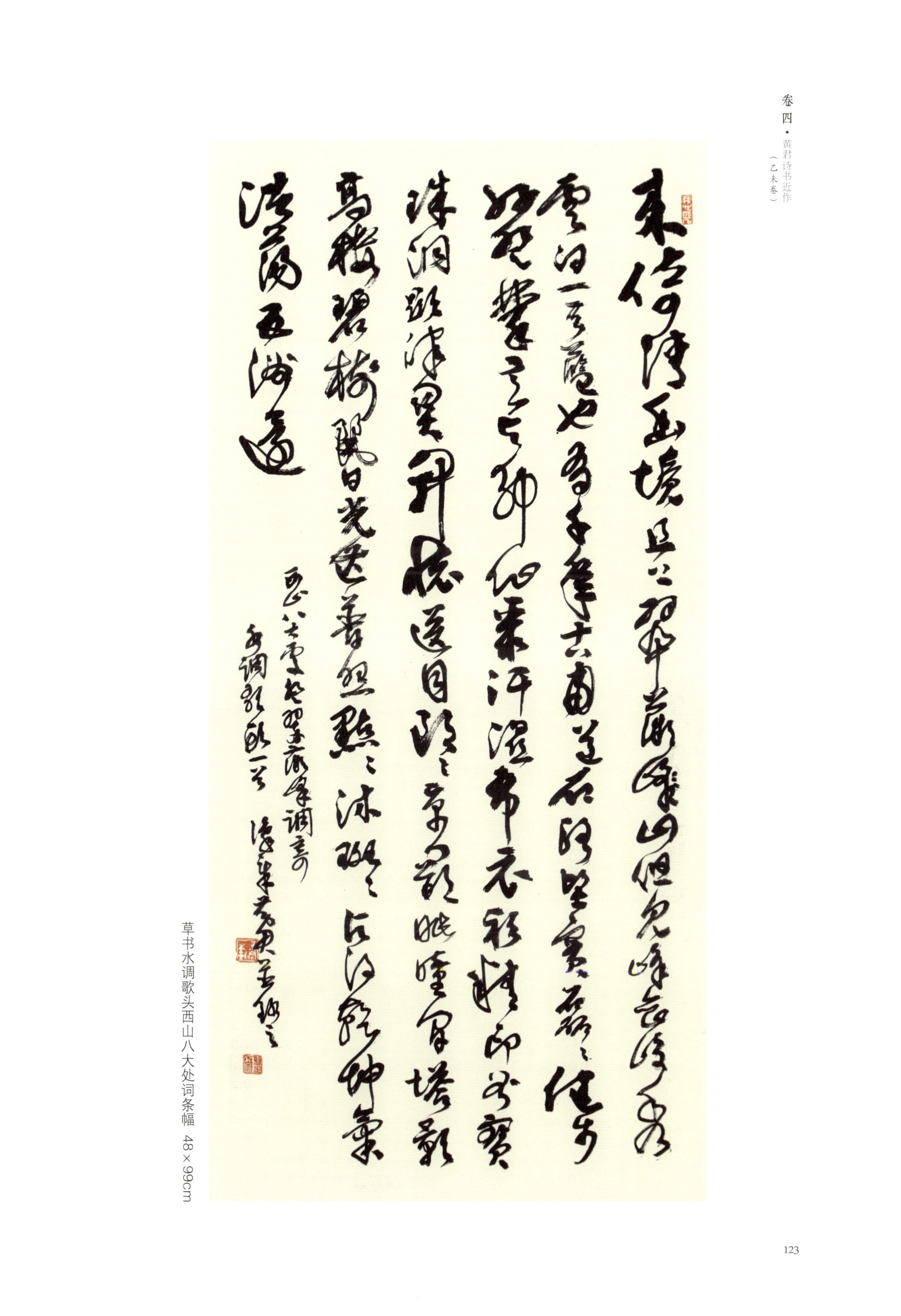

草书水调歌头西山八大处词条幅　48×99cm

端午节拜谒刘征先生呈句

诗到端阳感喟深，美人香草意缤纷。
拜谒高楼犹论虎，好随造父上昆仑。

6月20日

刘征先生诗书作品展及研讨会在现代文学馆举行高人胜会名家云集十年前有幸策划组织先生八十寿诞雅集活动今先生年登九十因吟成一首以献

八零后登九零后，刘老不老心仁厚。
并峙双峰共朝阳，诗书四海温敦透。

注：先生夫妇齐眉，阿姨也已88岁。

6月27日

作者与刘征夫妇在一起

篆书四时大朴七言联 32×135cm×2

释文：

四时为乐吾行简，

大朴不华子道深。

石鼓字集联，乙未三月，黄君客京师漕源之畔。

再住西溪宾馆得句

又入西溪住，石榴子正开。
田鸡声唤早，曲径未需猜。
芦笔描风细，豆杉喜客来。
枝头鸟唧唧，欢乐尽其才。

7月20日

贵州贞丰县偶得二首

别了杭州到贵州，黔中风物已然殊。
贞丰县里农家乐，布衣田祭宰鸡猪。

奇峰双乳献，丰韵本天姿。
造化垂真意，人间托恤思。

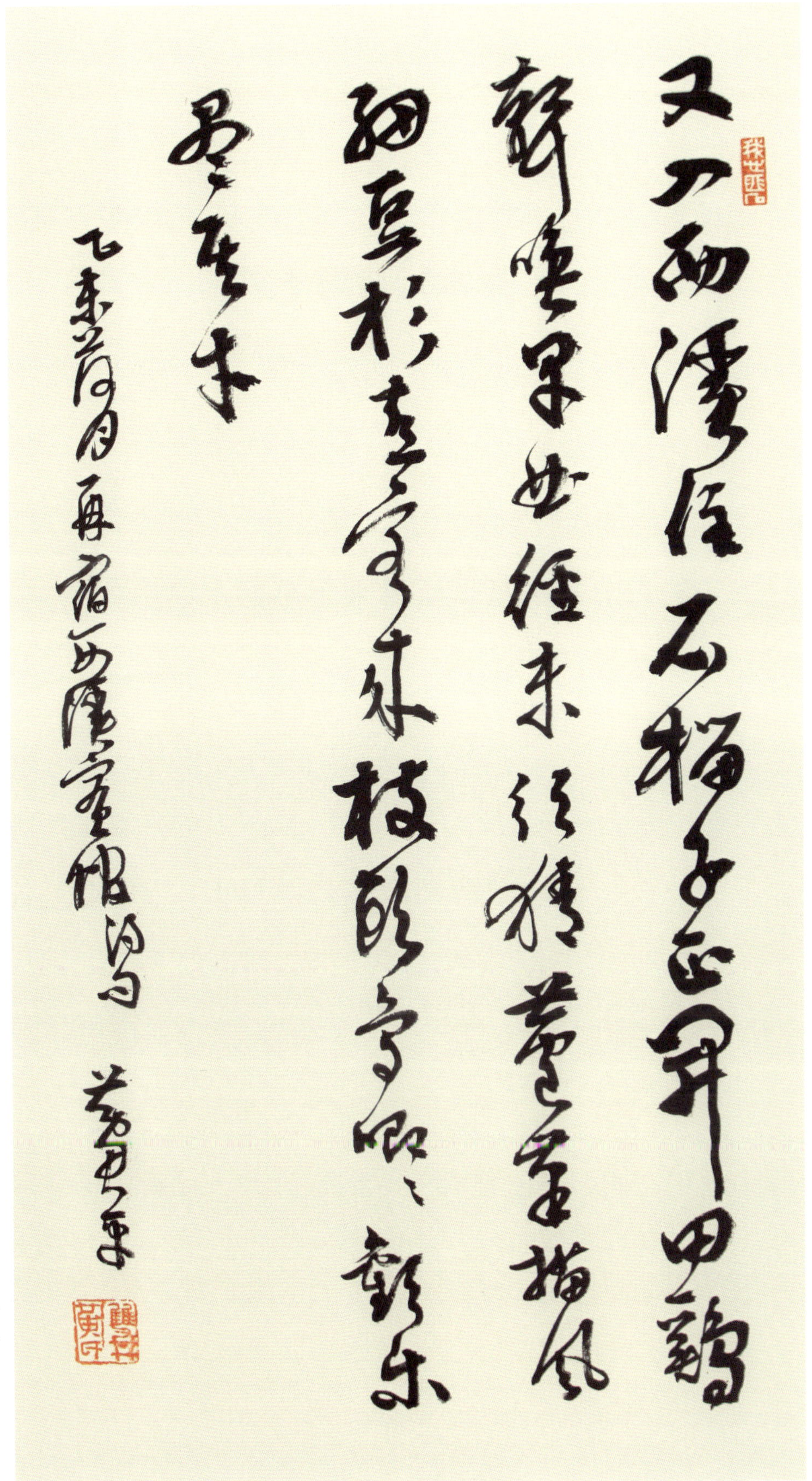

草书再住西溪宾馆诗镜片 34.5×62cm

彭水行诗词十首

小序：8月21日至27日，应重庆彭水苗族土家族自治县政府之邀，特往考察讲学。其地乃古黔中道所在，北宋绍圣年间，先远祖山谷先生黄庭坚曾贬居于此三年，得当地官民礼遇甚厚，而先生则不遗余力在当地传授道德文艺，教化一方，留下很多遗迹和故事。此番考察，拜谒观光、讲学交流，感受良多，随行所作，得诗词凡十首。

自北京飞抵重庆后乘车至彭水途中作

穿山越谷向黔州，一水乌江伴在周。

天外险奇都不见，三巴此日是通途。

向晚初到彭水县城口占

九百二十年里梦，来寻踪迹有耶无？

高楼栉比摩围下，不见渔歌唱晚舟。

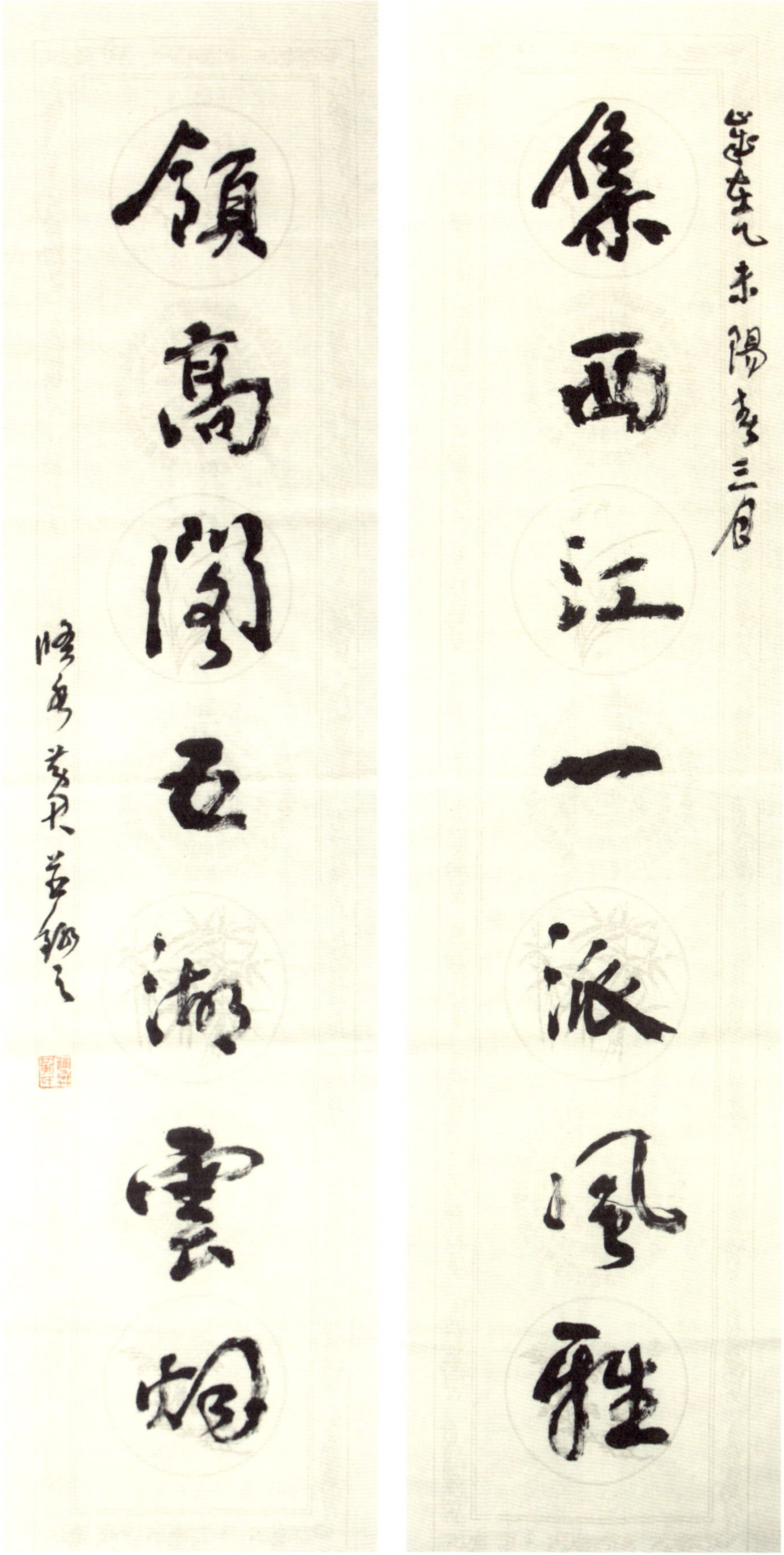

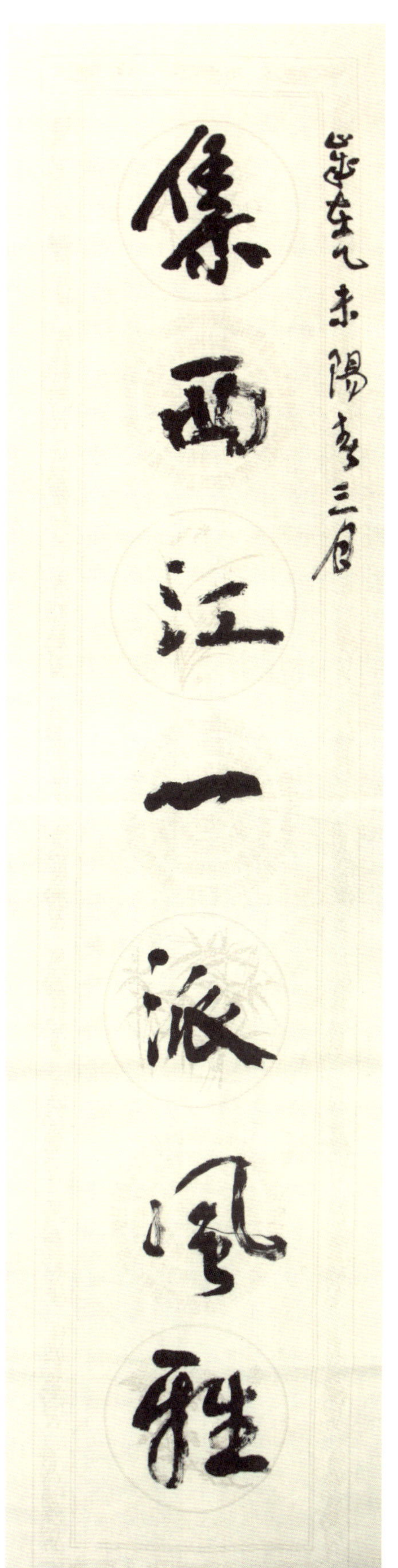

行书集西领高七言联 35×138cm×2

彭水县卧佛岩观山谷老人绿阴轩题刻有感

沛然大块存风物，九百年间剜痕深。
不见卧佛心渺渺，犹欣古木荫森森。
岩迎碧水桴枷老，山谙清音俚曲温。
竖子来登轻抚手，城头已见听潮真。

游彭水县山谷公园后作

登临绝胜是名园，郁水乌江共仰贤。
孝友早垂青史册，诗书竟拍古人肩。
天霓博望三千里，盛德慈添十万缘。
父老能歌别驾曲，摩围堪对此梵天。

乘游轮观乌江新景

自古娄关猿落泪，乌江滩险旅人愁。
只今天堑平湖起，浪打飞舟豁此眸！

草书彭水县观绿阴轩题字诗轴 49×179cm

减字木兰花·黔州拜祭先远祖山谷公衣冠墓

玉屏山翠，此老精魂早安睡。万里朝宗，百拜唯呼山谷公。
我来虽晚，欲问风骚谁领管。清水悠悠，又近中元巴蜀秋。
（“清水”为山前河水之名）

减字木兰花·访开元古寺遗址

千年古寺，石级台高却不是。门阙犹支，散尽灵花苦未知。
依稀寻索，昔日草庵摩围阁。人物俱非，绍圣时光没处追！

减字木兰花·游郁山黔州古城

当街石滑，乌黑浏光千载话。古镇辉煌，商贾东南聚一方。
丹砂盐井。玉女炼成秦世憬。曾见涪翁，蔚起文章翰墨风。

草书访开元寺词轴 40×92cm

减字木兰花·游阿依河后作

长溪有韵，野马无缰原不驯。母子溪边，峡谷唯留一线天。
筛岩仰望，溅玉飞珠头顶上。竹影阑珊，慈手南山挽北山。

注：阿依河又名长溪，古名都濡水，黄庭坚词作中曾提及。

木兰花令·彭水县访仙翁蔡盛炽先生（并序）

小序：蔡盛炽先生为彭水县文史专家，《彭水县志》主编、诗人、作家，越历丰富，饱经苍桑，著作颇丰。先生为苗族贤哲，性情豁达，饱读诗书之外，尤重养生，今虽年已85岁，犹步履稳健，思维敏捷，宛似仙人一般。吾此番至彭水采风讲学，得先生高度重视，不仅亲自听《黄庭坚与彭水》专题讲座，又隆重邀请至其“醉山楼”作客，畅谈文史，故作此词以志其感。

高峰独秀登临急，要谒仙翁求广识。
仙翁住在醉山楼，坐拥书城连晓蜜。
欢欣握手初交膝，论古谈今犹不及。
黔州但说涪翁来，自此苗家文盛炽。

2015.8.28 整理

行书艺上艺匾额 35×80cm

近日多雾霾9月3日晨起见天空万里无云日月同辉感赋一首

同辉日月映天光，紫气氤氲祐我邦。
要我雄师为检阅，神州崛起在东方。

观9月3日大阅兵典礼后作

轰鸣礼炮启天机，利剑精兵大国威，
“必胜”三呼唯正道，中华检阅是雄师。

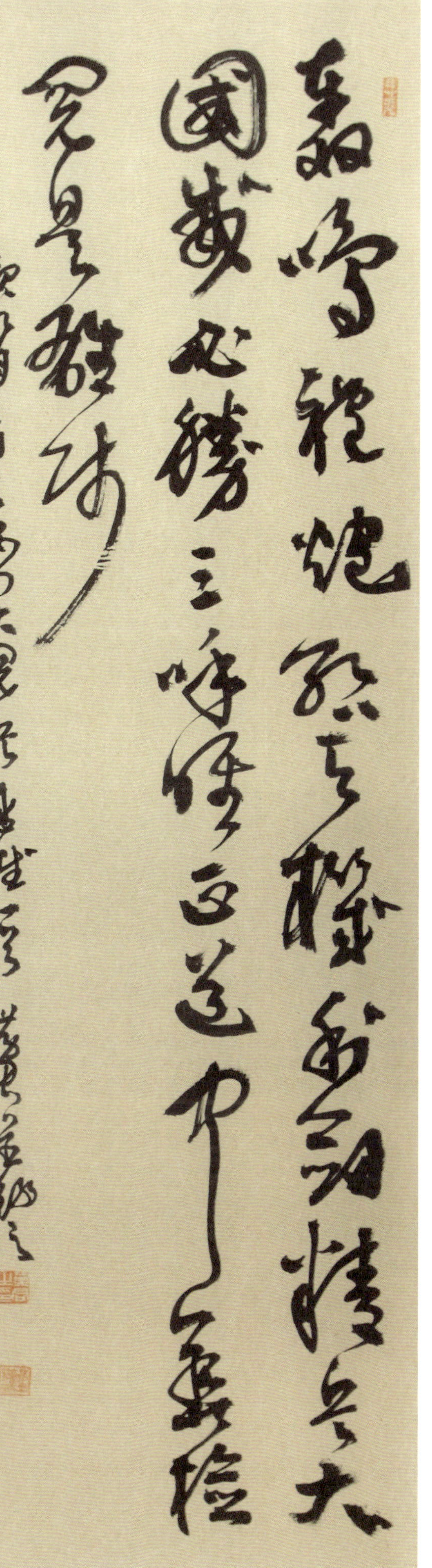

草书观大阅兵诗条幅 34×115cm

读沙曼翁先生书作及书论感时下书风繁杂而乏味步言恭达先生原韵作（绝句六首）

纷繁热闹总林林，底事卅年忙到今？
石破一言“痴钝汉”，书心亘古是诗心。

篆尊上古意多丰，齐鲁三分辨楚风。
省识六书秦汉字，岐阳石鼓正而雄。

孤独百年引曲觞，此中遗爱似甘棠。
知虚守拙犹能散，笔墨天真有妙光。

书艺何能得道深，钟情百载履尤真。
一朝醉里翻穿袜，便把吾狂笑古人。

篆隶情怀数此翁，“二分割取”血殷红。
汉家气韵碑阴识，了却凡夫半世功。

字作画时画亦字，苍苍笔墨已堂堂。
逍遥岂待时人悦？成就终身履一行。

9月6日

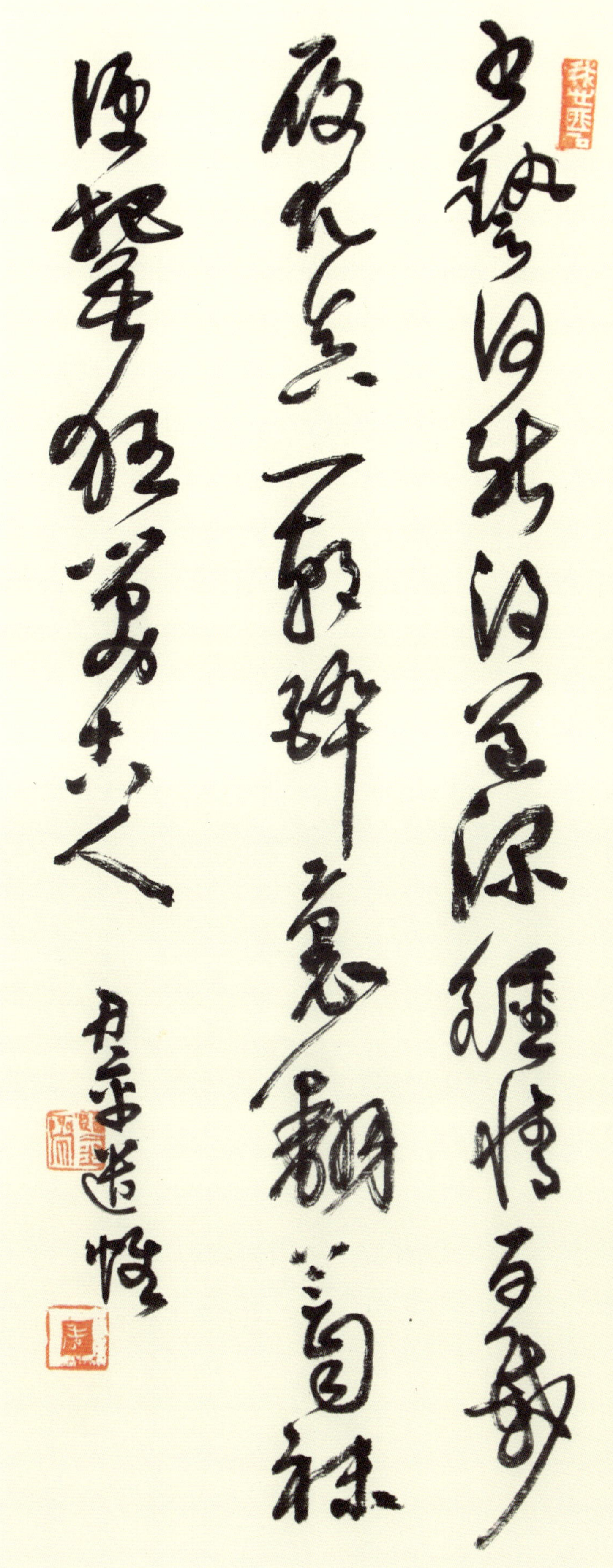

草书读沙曼翁有感诗轴 22×52cm

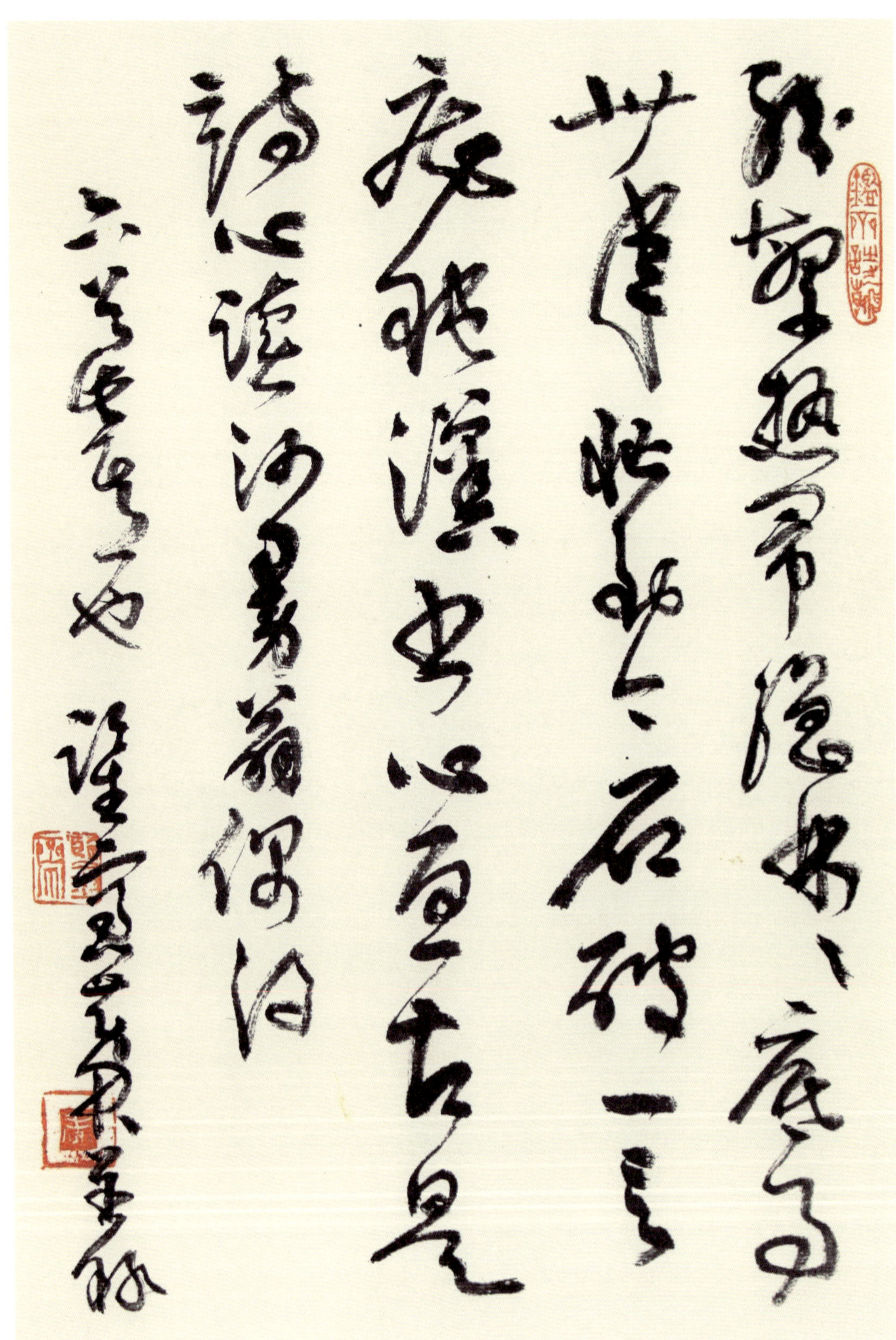

草书读沙曼翁有感诗笺 14×34cm

篆书临史颂簋斗方 56×69cm

释 文：

隹三年五月既死霸（魄）甲戌，王在周康召宫。旦，王各（格）大室即位，宰引右颂入门立中廷，尹氏受（授）王命书：王呼史虢生册令颂。王曰："颂，命汝官司成周，贮鉴司新造贮用宫御，赐汝玄衣、黹屯（纯）、赤芾、朱横、銮旗、攸勒，用事。"颂拜稽首，受命。册佩以出，反入（纳）瑾璋。颂敢对扬天子，丕显鲁休，用作朕皇考、恭叔皇母，龚始（姒）宝尊毁，用追考，祈丐福纯、祐通禄康，永命颂其万年眉寿无疆。畯臣天子，灵终，子子孙孙永宝用。

颂簋铭文凡十见，结字风格各异，可见当时风气。黄君并识。

乙未仲秋以讲学致上饶友人杨剑遣诸弟子延至其家欢谈竟日堂中得句以赠

前日三清方揽胜，风光奇绝咏之难。
如今静远室中坐，始识风光汇此间。

10月7日

光牒十二盘

闪闪寒光十二盘，封条开启觉鼻酸，
半生心血凝成此，幻化原知梦未残。

10月30日

观“以古求新·书写心源”张桂光先生书法展有感

商周书契果然新！端赖心源有异馨。
却道当街银杏好，潇潇摇曳是黄金。

11月7日

张桂光先生书法展研讨会后和答培贵兄韵

朴素心源悬古镜，纵横篆引展枝柯。
信有仁怀归道统，张公内外友朋多。

11月7日

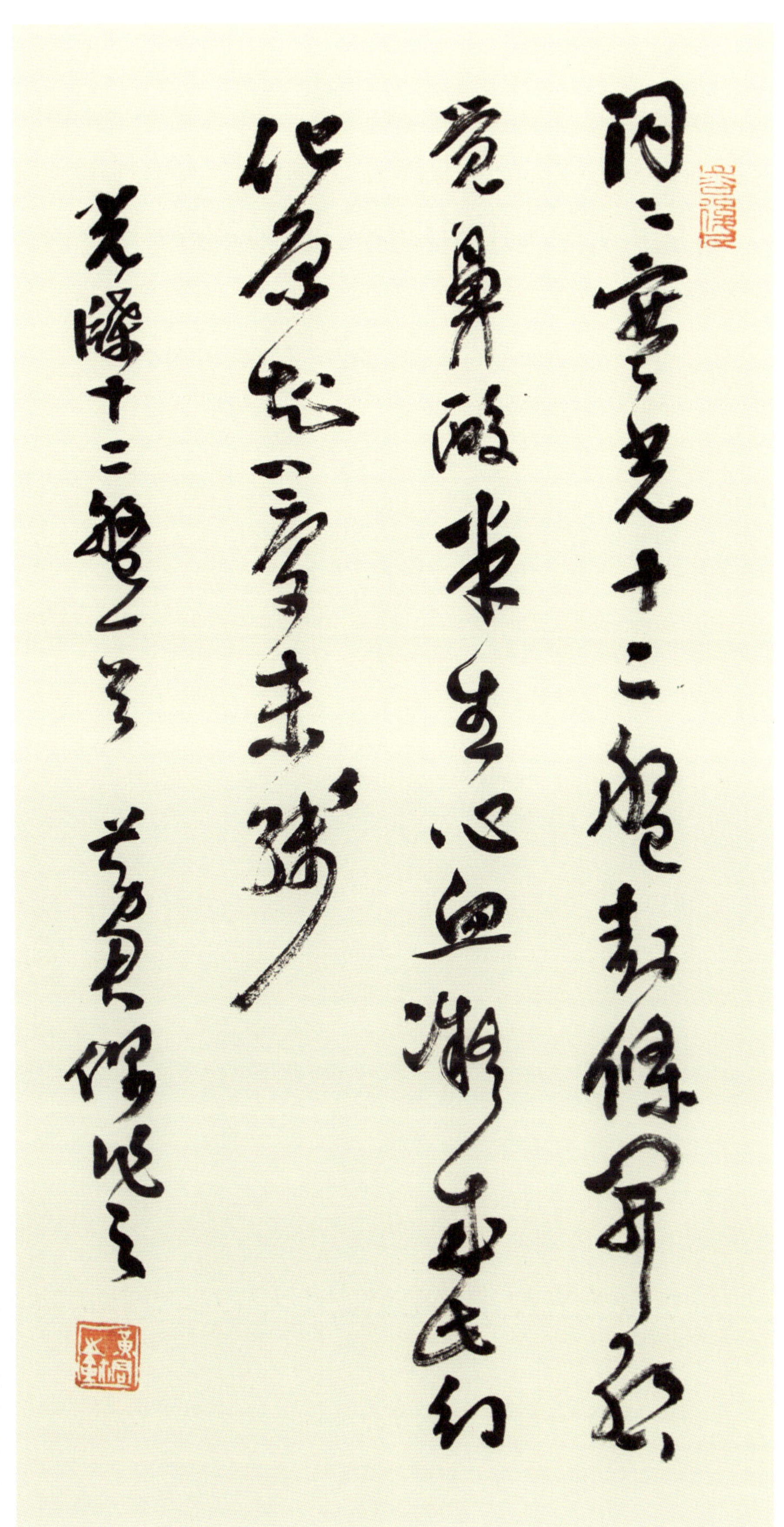

草书光牒十二盘诗轴 27×51cm

首届黄庭坚与中国文化高峰论坛赠别与会诸公

九百十年一转轮，高坛要铸是时魂。
诸公论道真而切，思与横渠类等伦。

注：此次论坛举行于农历九月卅日，正当山谷老人910周年忌日也，因有小诗第一句。横渠先生张载有言："为天地立心，为生民立命，为往圣继绝学，为万世开太平"，此次高峰论坛诸公之心，不与横渠先生类等伦乎？因有小诗末后一句也。

附：诸家和诗一组

修水澄波印月轮，千山落木拜诗魂。
诗书若个能双绝？除却东坡莫与伦。
（刘 征）

义宁十月响飚轮，景仰千秋双井魂。
忧世亲民光耀史，吾侪碌碌肯谁伦？
（蔡厚示）

长存浩气转时轮，忧乐从头议国魂。
双井未瞻先得月，人文大旨恤人伦。
（沈鹏。第三句有注云"黄庭坚论坛举行，余未便参与"。）

天地玄黄孰斫轮，文明华夏有真魂。
陶甄万类归淳璞，双井黄公自绝伦。
（周笃文）

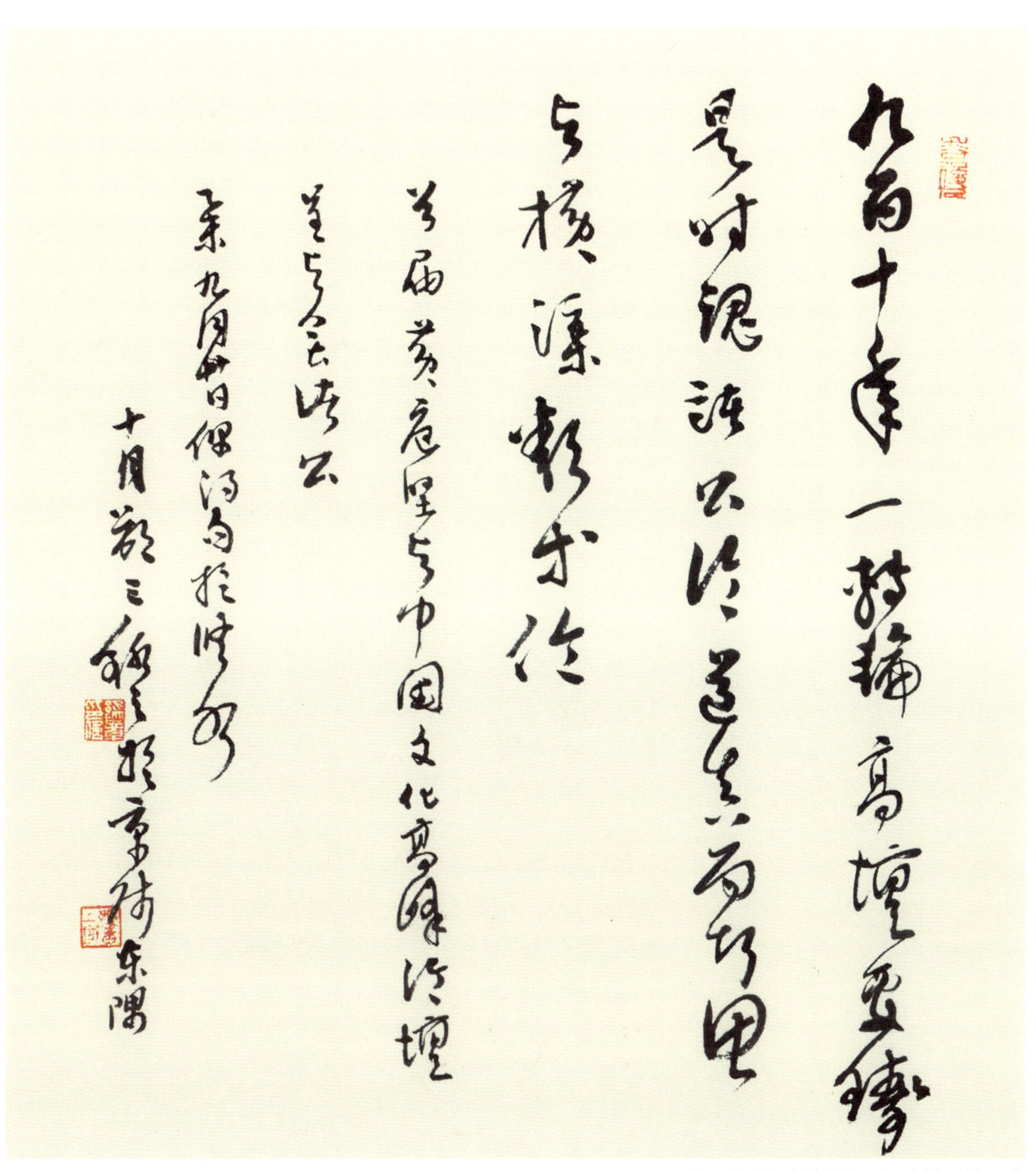

草书黄庭坚高峰论坛赠与会诸公诗斗方

四百里驰风火轮，伞擎秋雨吊诗魂。
澄江一道分明月，不妄豪奢石季伦。
（钟振振）

白头恨不驻曦轮，修水高坛系梦魂。
归去天山思绪盛，也随飞雪念群伦。
（星 汉）

水驿山程转火轮，吴头楚尾吊英魂。
致君事业成空幻，惊世诗书熟比伦。
（刘庆云）

谁使金车玉作轮，湾前祭酒悦遨魂。
啜词摹字揣三昧，长许初心守大伦。
（朱 啸）

汤汤云汉转琼轮，长映江西亘古魂。
一脉诗心传不断，遥遥我辈拜无伦。
（郑欣淼）

杲杲中天日一轮，诗国江河万古魂。
正是乡邦风物好，高坛盛会更无伦。
（朱仰池）

如梦人生快似轮，千年不死是诗魂。
更期高论到双井，宋调传今孰比伦。
（胡迎建）

烟岚明月浣精轮，浑脱浏离书有魂。
今日夺胎谁化境？宁州道义正时伦。
（吕书庆）

杭山凤哕耀金轮，一代宗师万古魂。
今日高坛弘大道，长教风骨正人伦。
（张玉清）

明月湾前月一轮，光华千古照诗魂。
开宗共仰江西派，齐赞涪翁是异伦。
（王改正）

黄庭坚研讨会间答蔡厚示先生

峭壁犹存一线天，神州古道在先贤。
只今浩叹人伦丧，故垒高台到奠前。

附：蔡厚示先生原作《赠黄君》
民胞物与说光天，华夏几人承古贤？虚执教鞭多少载，贪官墨吏满门前。
原注：此自责也。

11 月 18 日

晨起得郑欣淼先生和诗原韵再答

幸有瑶章助法轮，归来鲁直已招魂。
泱泱古国中兴梦，美德吾歌最上伦。

11 月 20 日

感谢诸公和诗原韵再复

仰望高天月一轮，清晖亘古是灵魂。
人间此日疏道义，唤起归来作比伦。

题赠沈鹏先生诗书新作展并祝其八五华诞（步晓川先生韵）

挥毫走笔曲中直，觅句传心柔里刚。
想见周公事文武，殷殷多士佐成王。

注：《多士篇》原为周公辅佐成王时所作治国方略文书，西周成康之治赖乎于此者多矣。

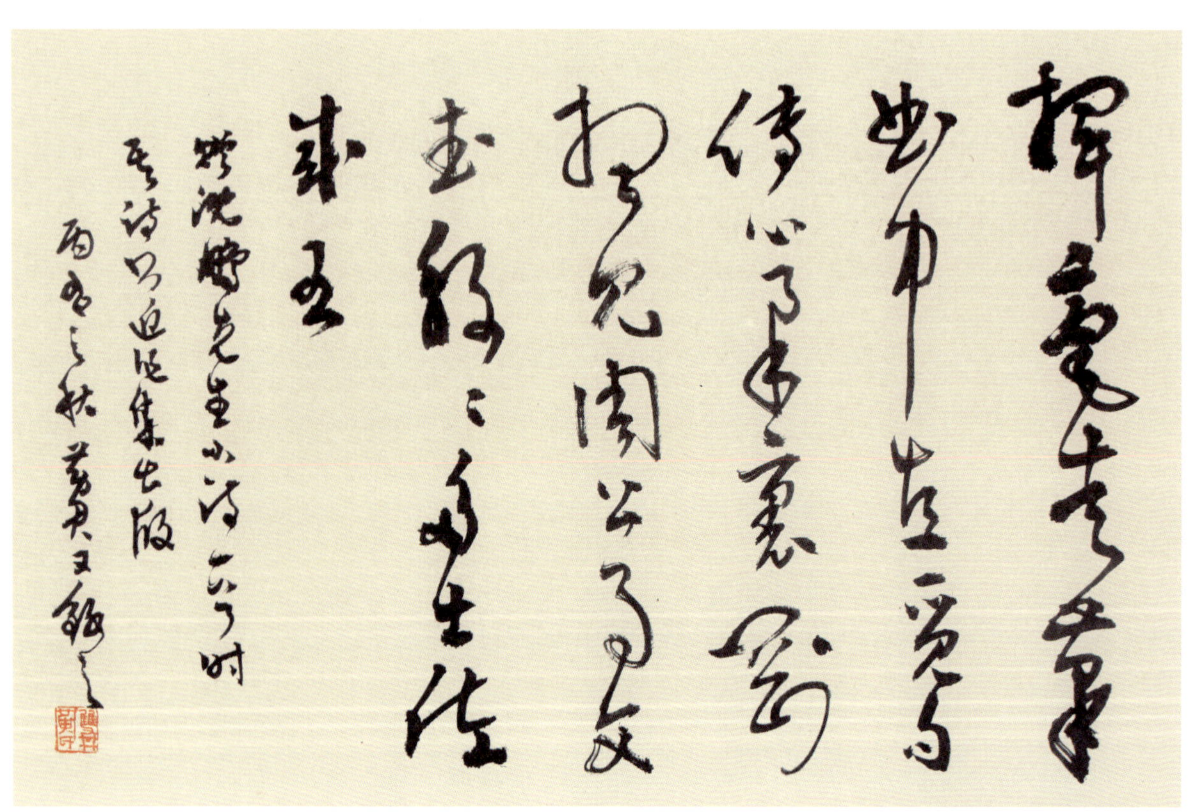

草书赠沈鹏诗镜片 49×77cm

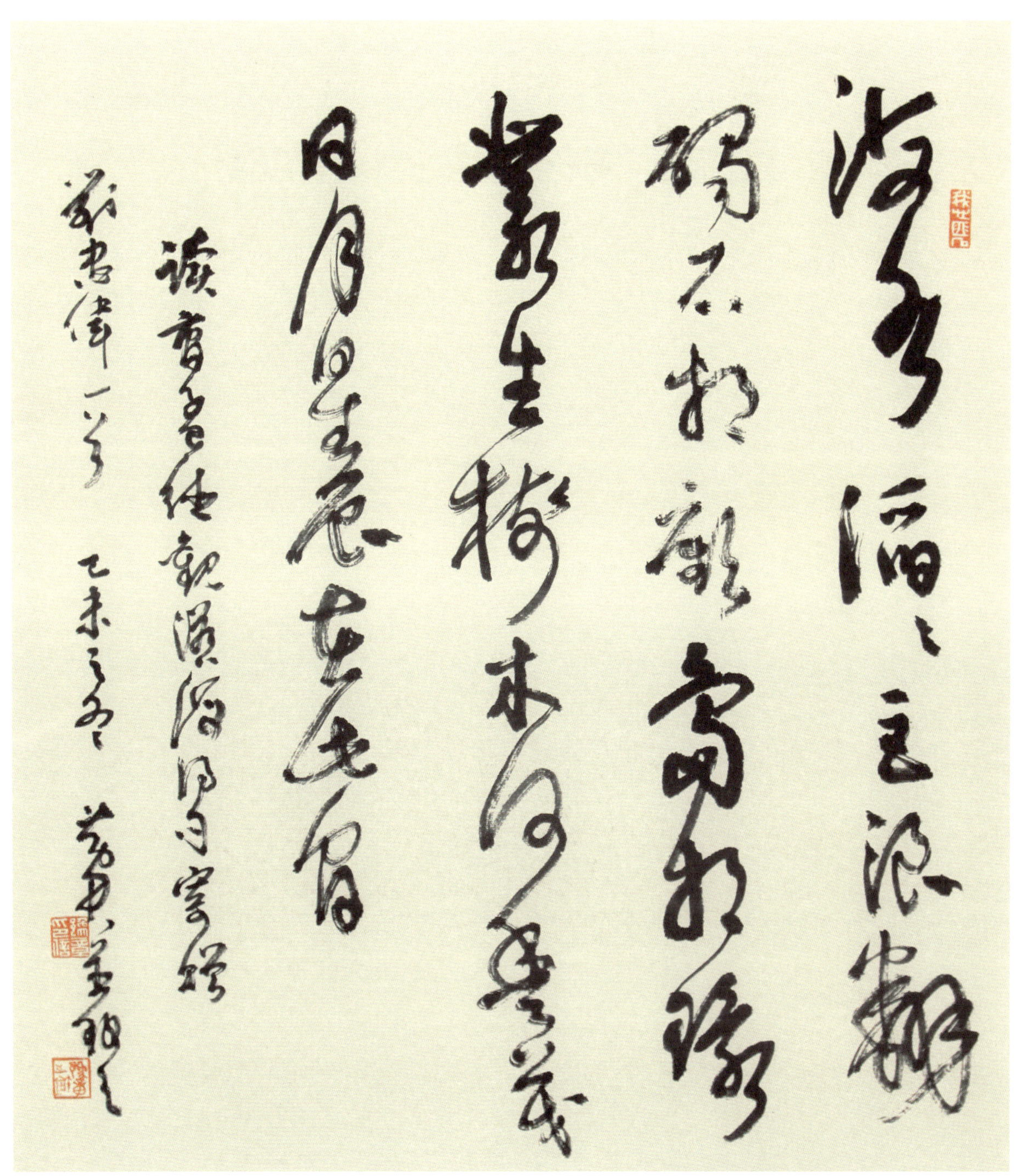

草书读曹操观沧海有感诗斗方 49×54cm

读曹孟德《观沧海》有感寄赠刘忠伟

海水滔滔巨浪翻，碣石相顾岛相环。
丛生树木何丰茂？日月星辰在此间。

2016年元旦即兴

承平一页又翻新，微信频来亦觉亲。
影里韶光陶令句，悠然忘却世间心。

贺望高兄书画篆刻展步卢象贤原韵

不值钱而胜万钱，新情旧谊赖将传。
苦庐笔墨成方阵，江右丹青染半天。
字骨但钤心画印，诗魂好寄楚声弦。
亦从简省遥相贺，风雅无非纸一笺。

1月8日

贺冷望高书展诗稿 42×48cm

释文：

右《金缕曲》二首，乃清季词人顾贞观远平所作，致其友人吴汉槎者也。其时，汉槎以科场事受陷，谪戍宁古塔凡十八年。顾欲事营救，因以词代书，致其消息，曲尽其意。后竟得纳兰性德父子相助而返汉槎于边塞，成一段佳话。乎词者，诗之余，然其叙事言情，曲尽其美，故高人雅士每可得其奥赜，而通于大道，吾则喜其意而入于书艺笔墨之间，而求乎意象瑰玮，变化传心。右之所录，欲以追顾氏之胸次，而形诸点画挥动之间，庶几得异时之心曲乎？幸为识者鉴。乙未将终时节，修水黄君并识。

（这是应山西收藏家之约而写一个长卷所作跋，原卷5米多长）

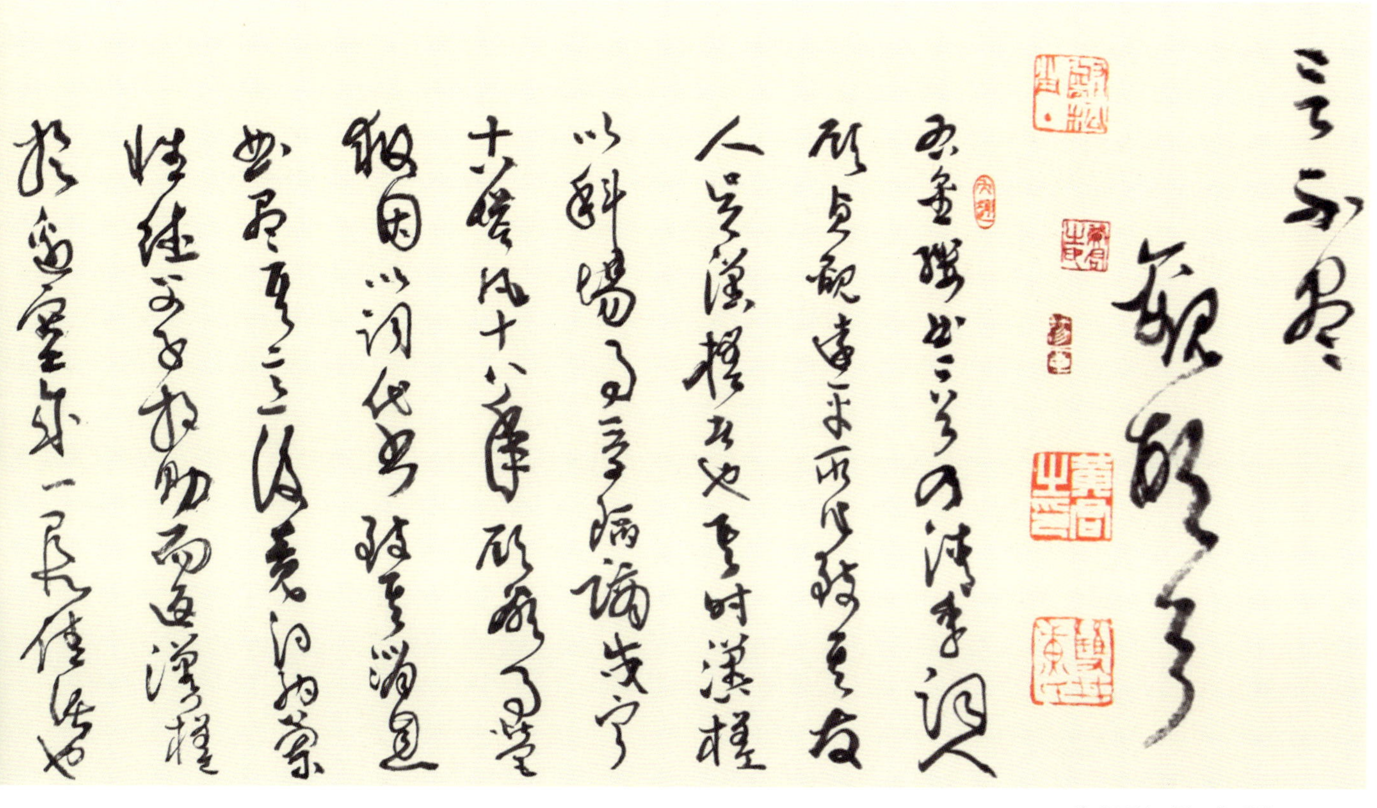

草书顾贞观词卷后跋

绿水清清鱼闹乐青山[illegible]

映香[illegible][illegible]村居[illegible][illegible]理

流能也似桃源亦可[illegible]

丁酉 [illegible][illegible]书

卷五·黄君诗书近作

题段力心山水画五十首

题段力心山水图诗五十首

山中白云图

山中白云起，高岳自扬头。
相与陈今昔，清风不理愁。

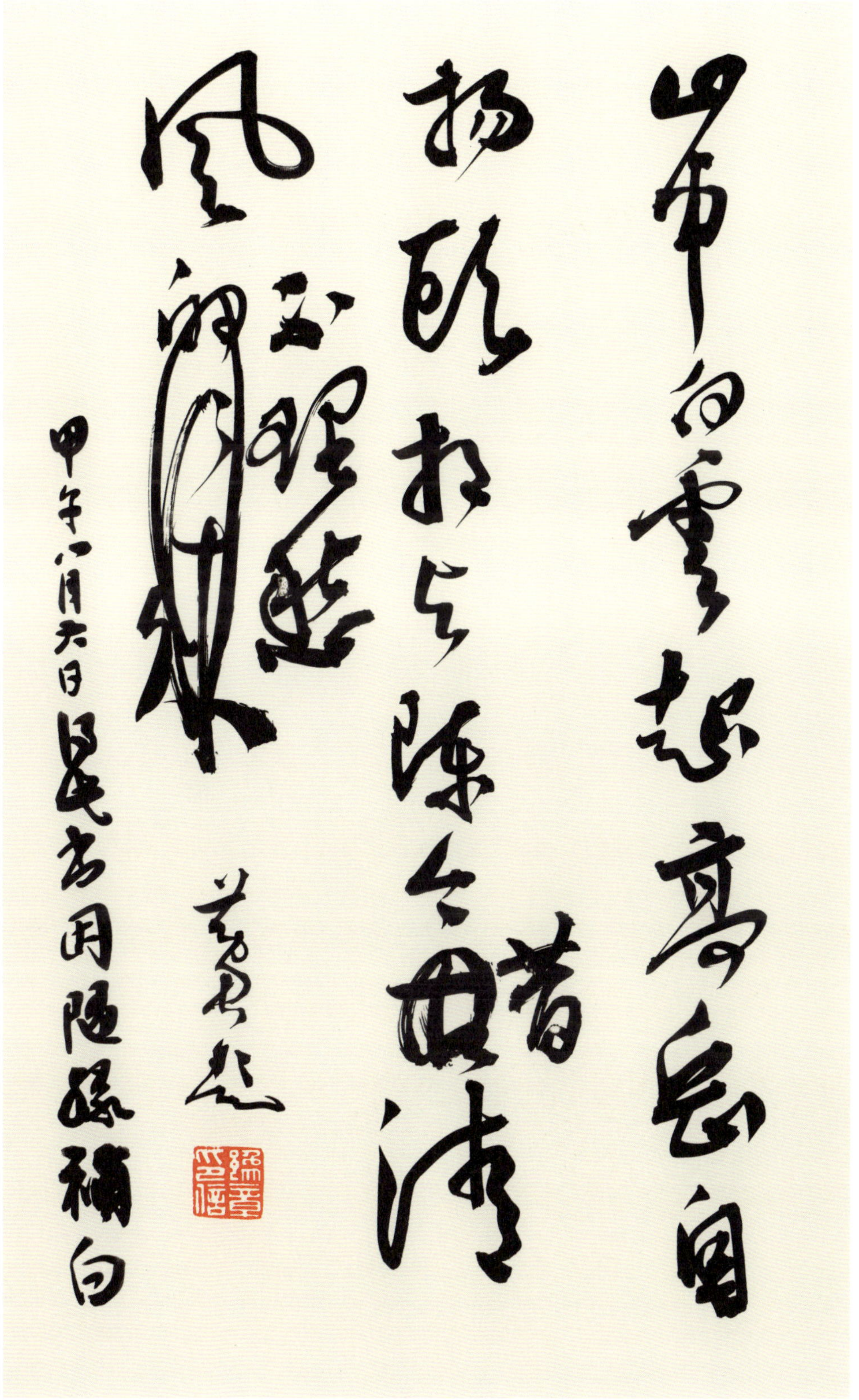

山居图

山居何所事，明月最相知。
昨夜风声起，催生两句诗。

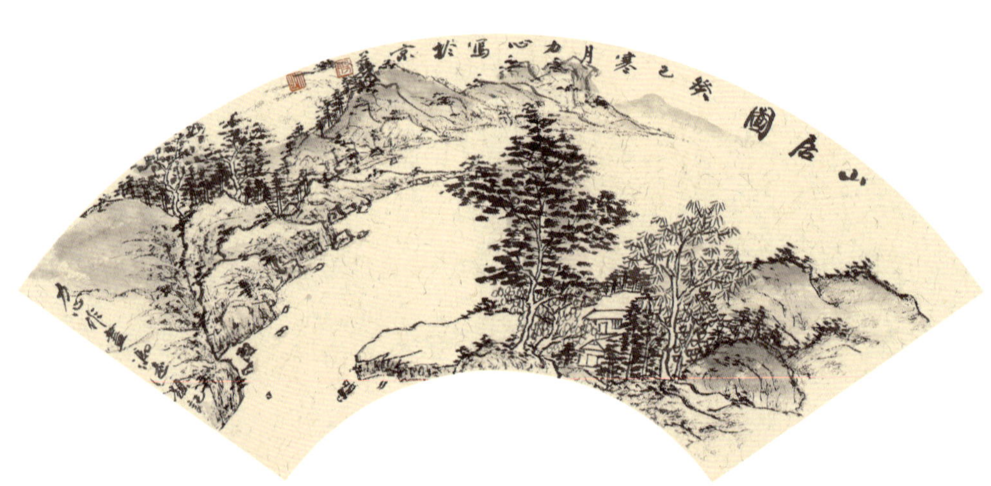

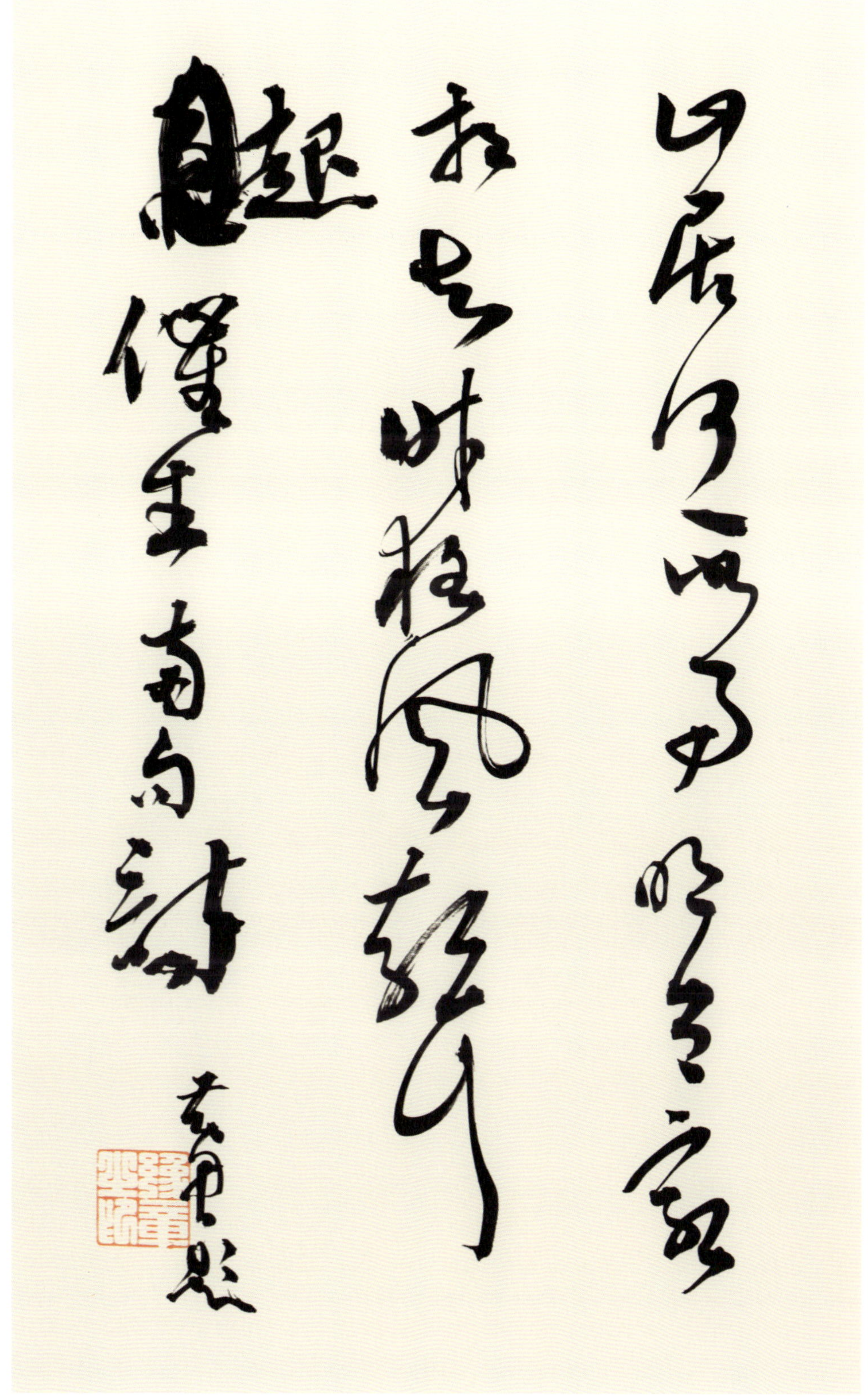

秋山话旧图

相逢话旧卅余年，人间巨变了如烟。
溪山省识离人面，一样香花到眼前。

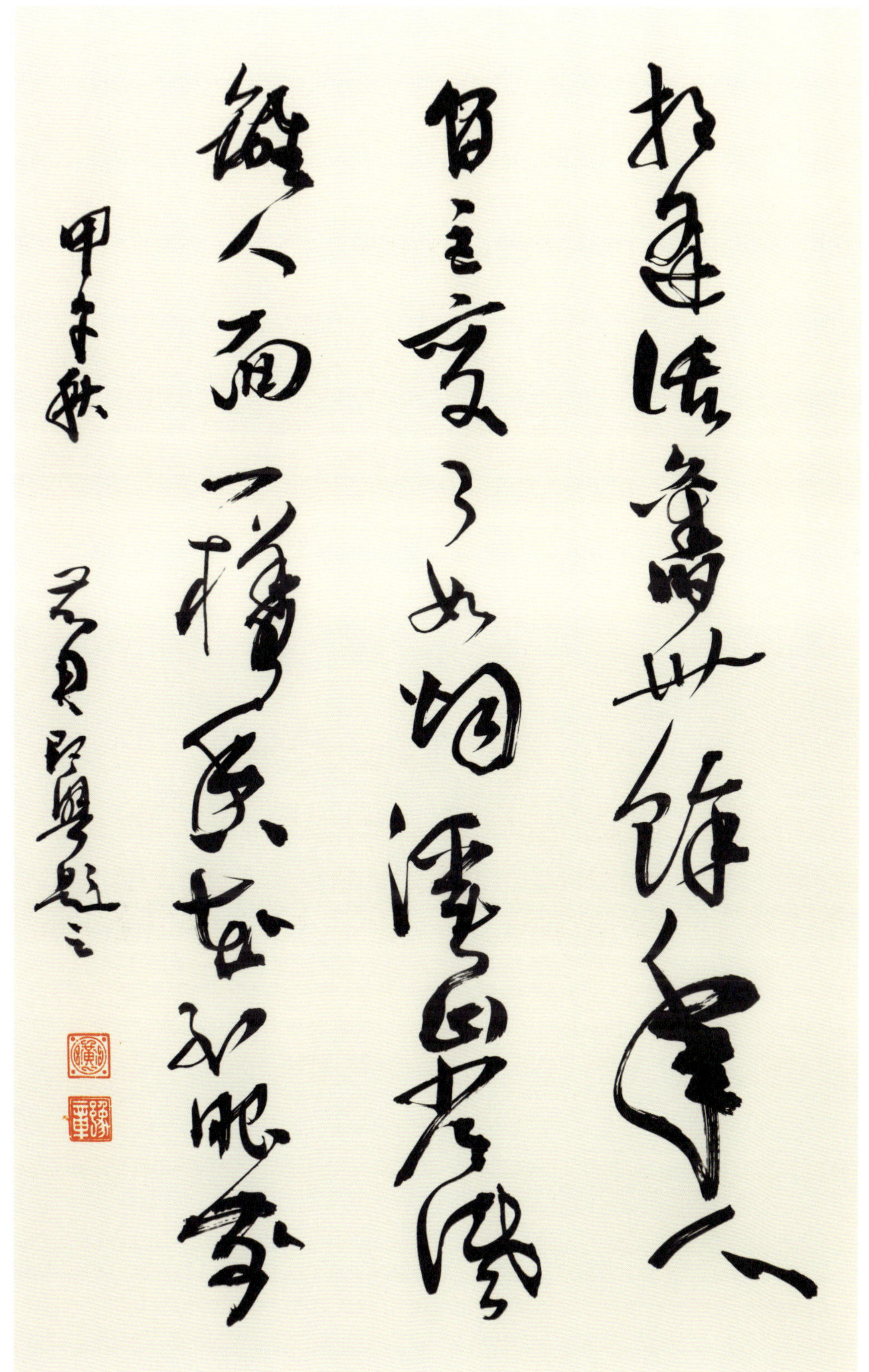

烟岫叠翠图

叠翠云山眼自开，婆娑烟树一排排。
小舟撑过泠风谷，但见飞泉挂碧岩。

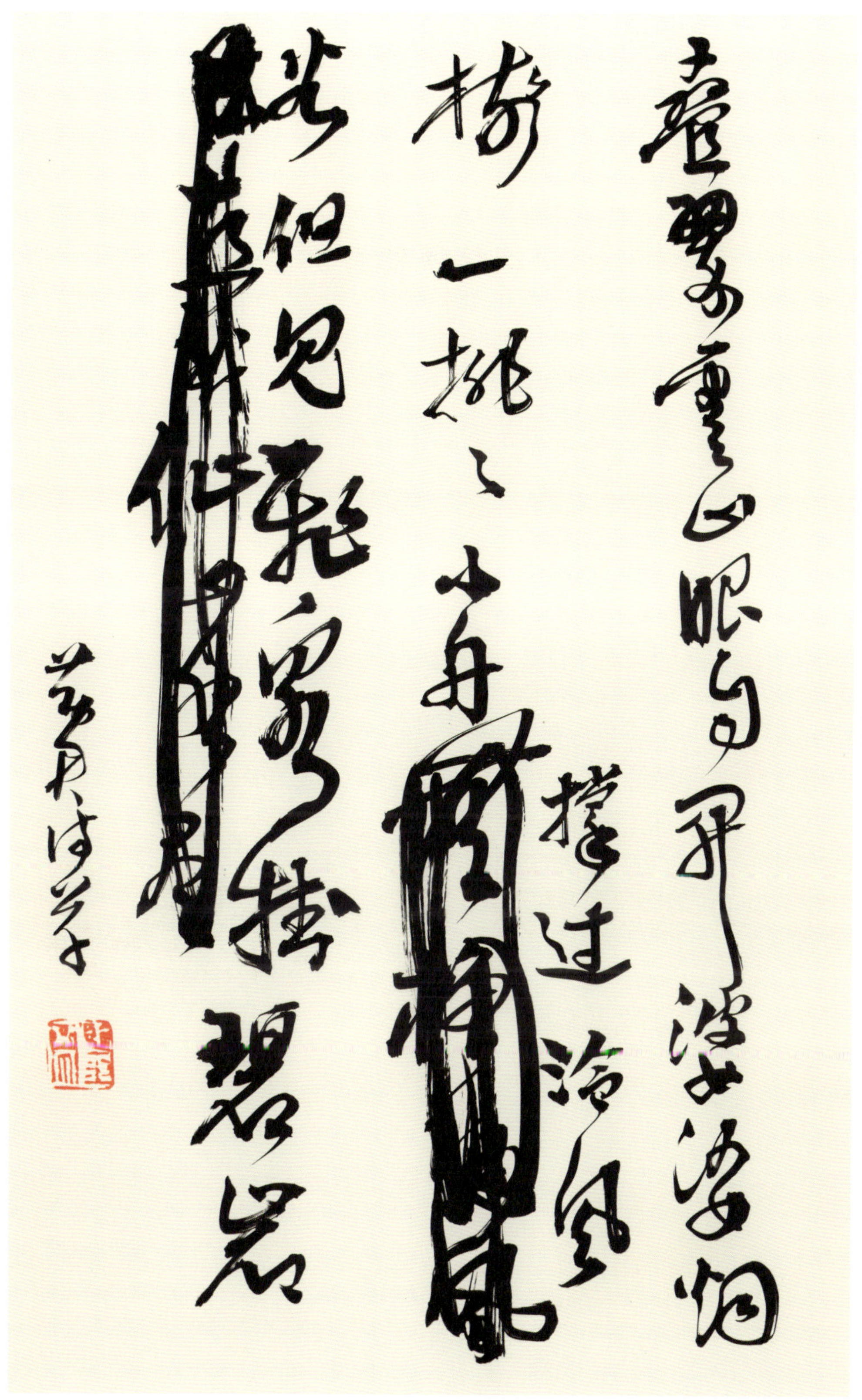

空林秋风图

四时山有色，九曲水无声。
烟树皆成趣，任他南北风。

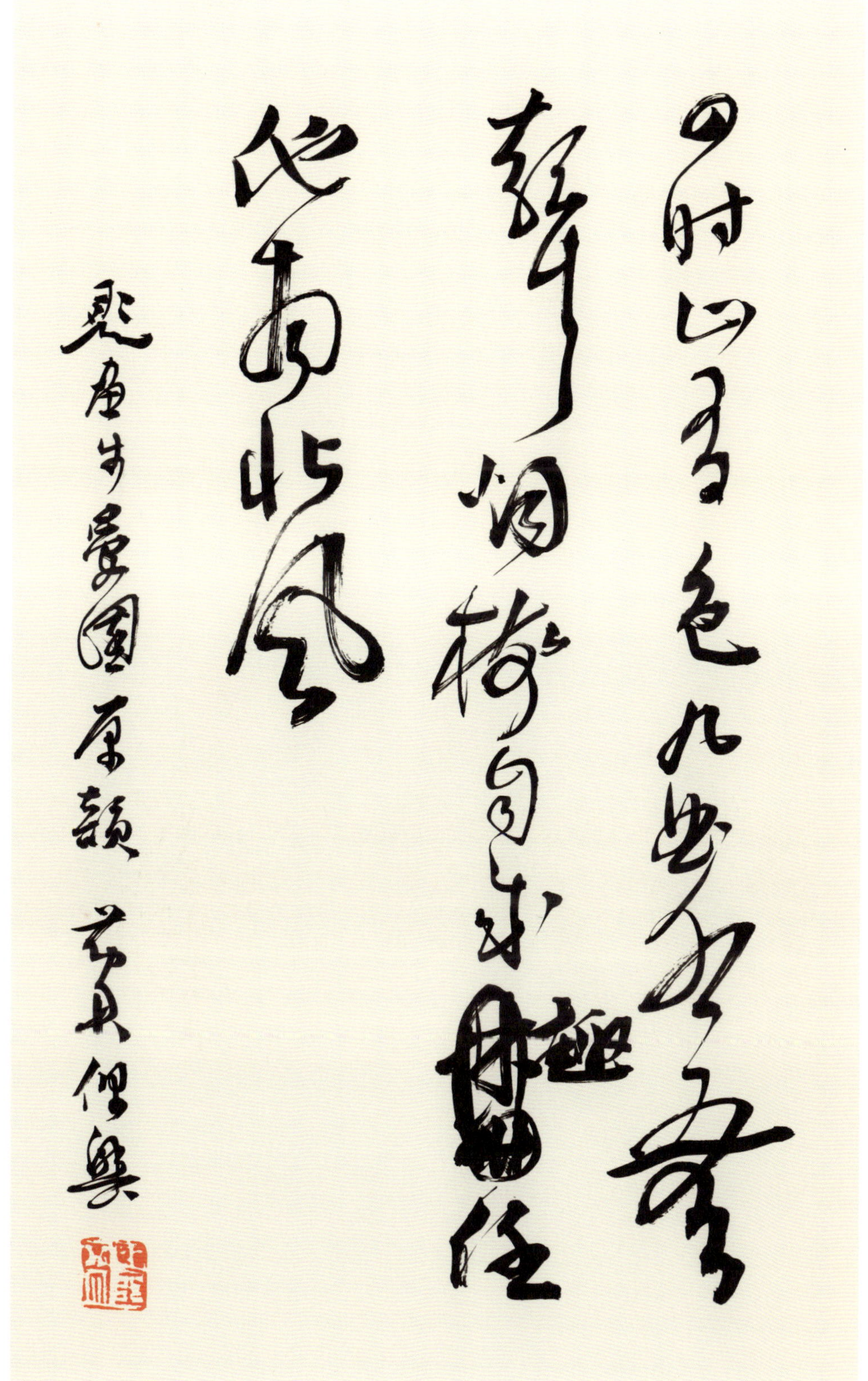

江天送航图

远去征帆何日回？长天浩浩水依依。

人间话别知多少，待得相逢换子衣。

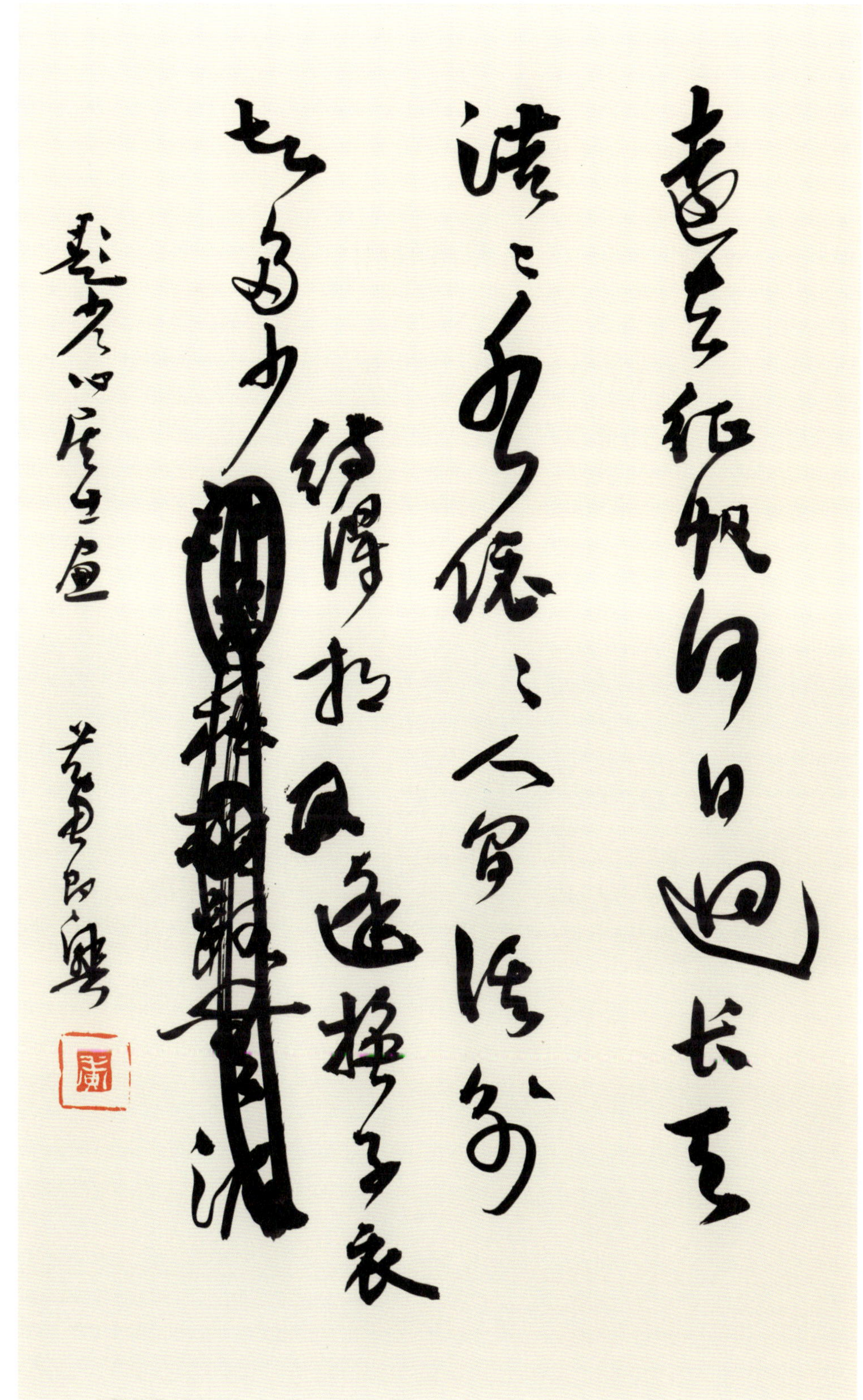

霜林读易图

霜林无雪冷清清，冬至乾坤气自凝。
山水有知人未识，书生推演也堪行。

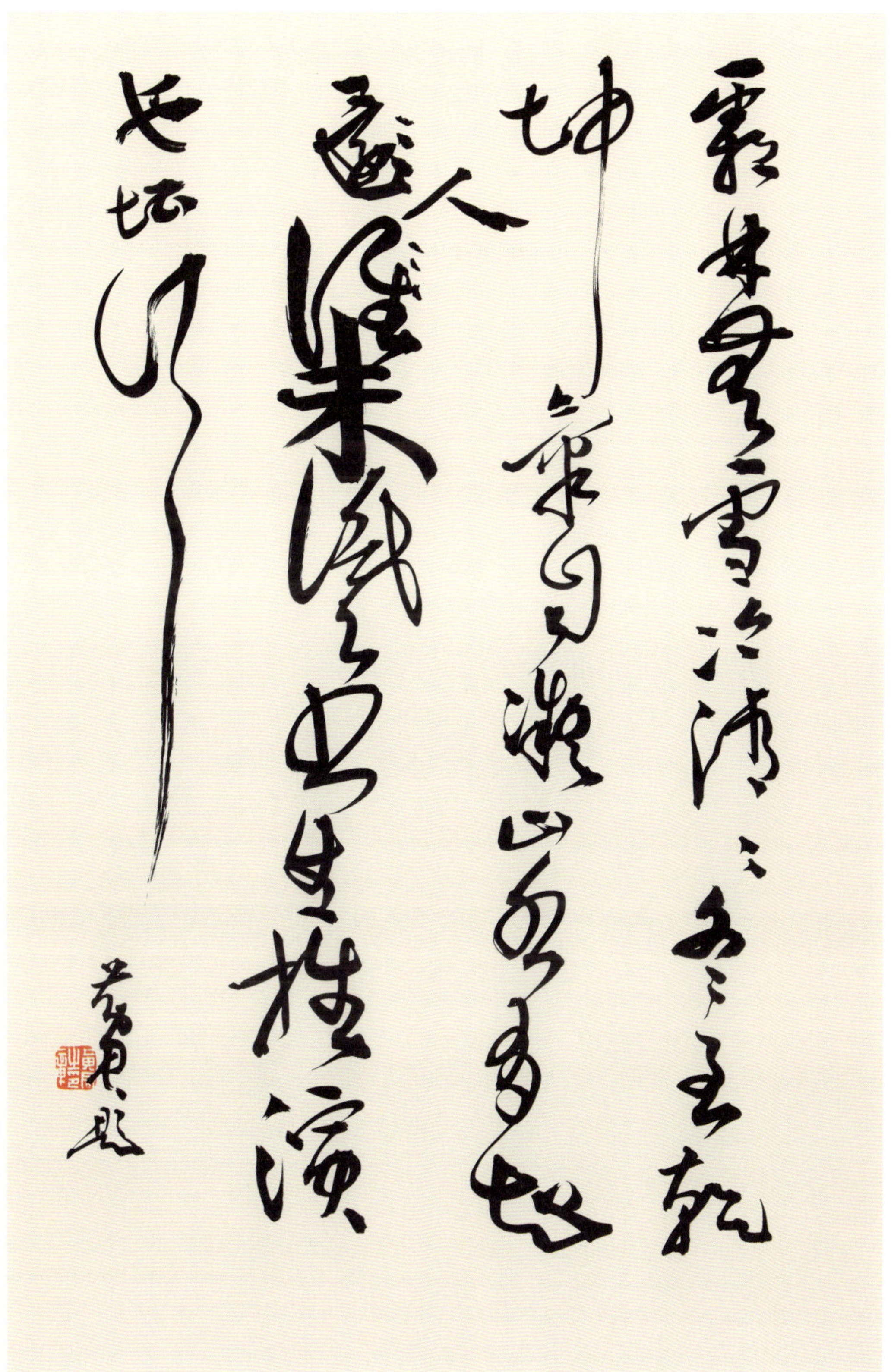

携琴访友图

老友情而切，想思来梦中。

携琴出涧壑，泉水伴松声。

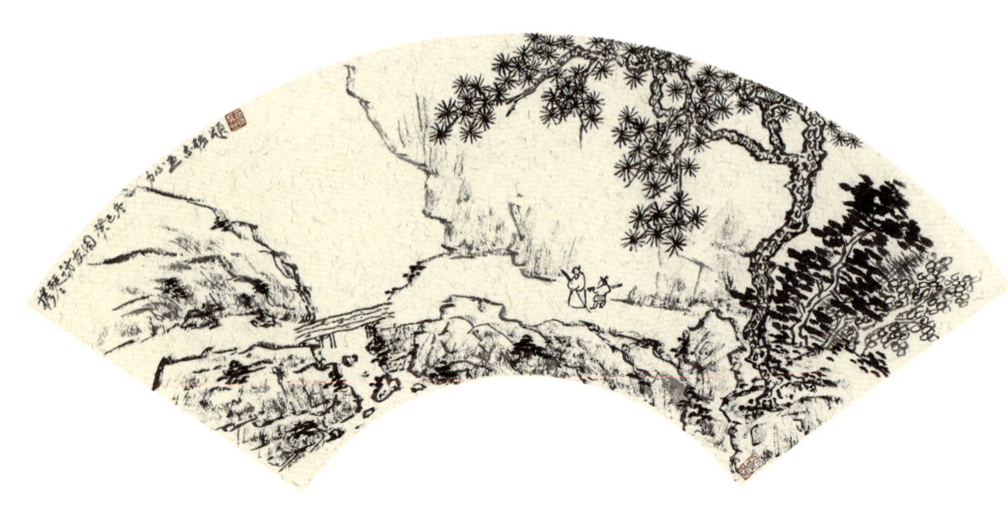

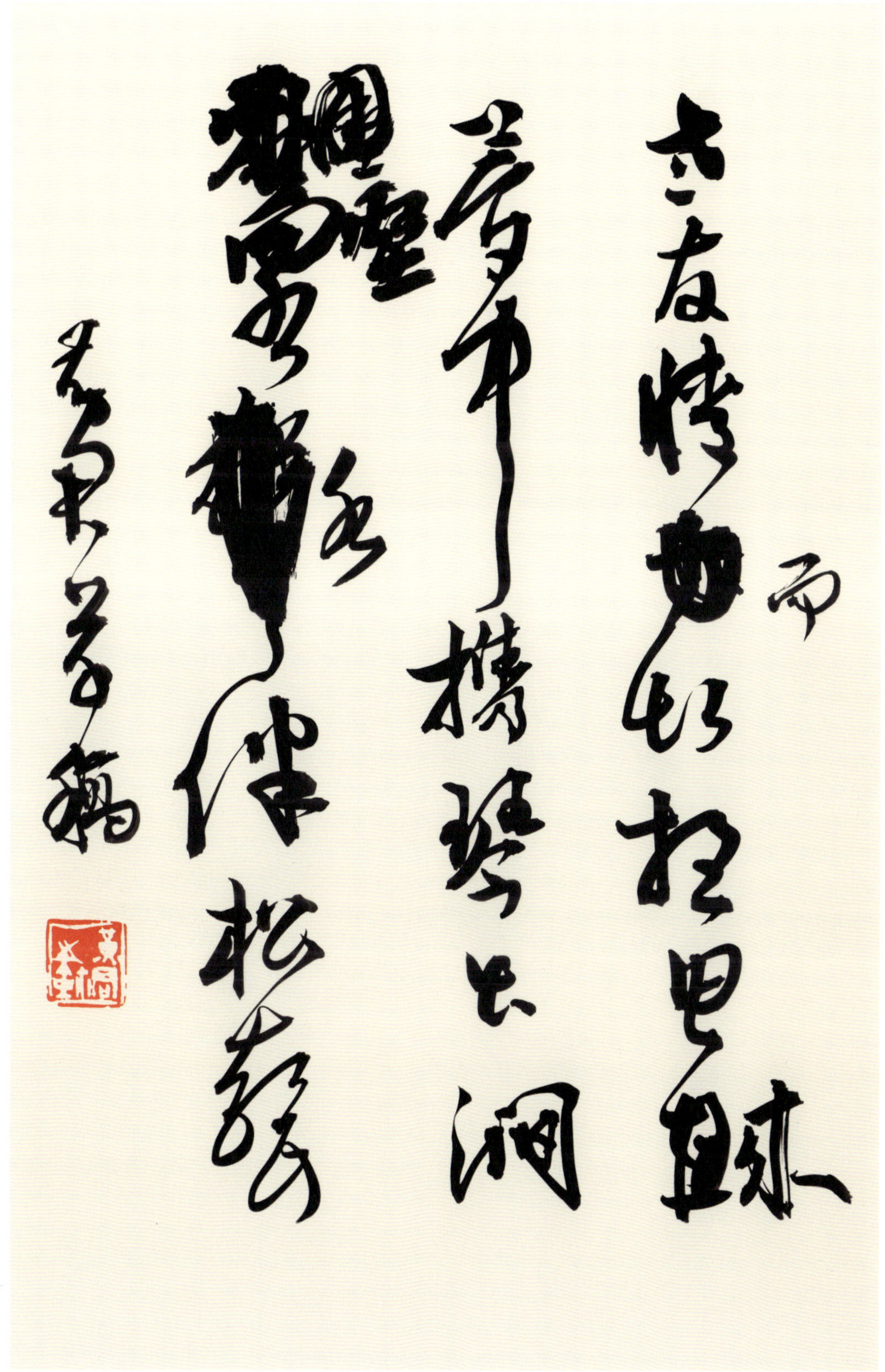

清江独钓图

野烟迷远岫，老树立清江。
一叶风波外，忧乐两茫茫。

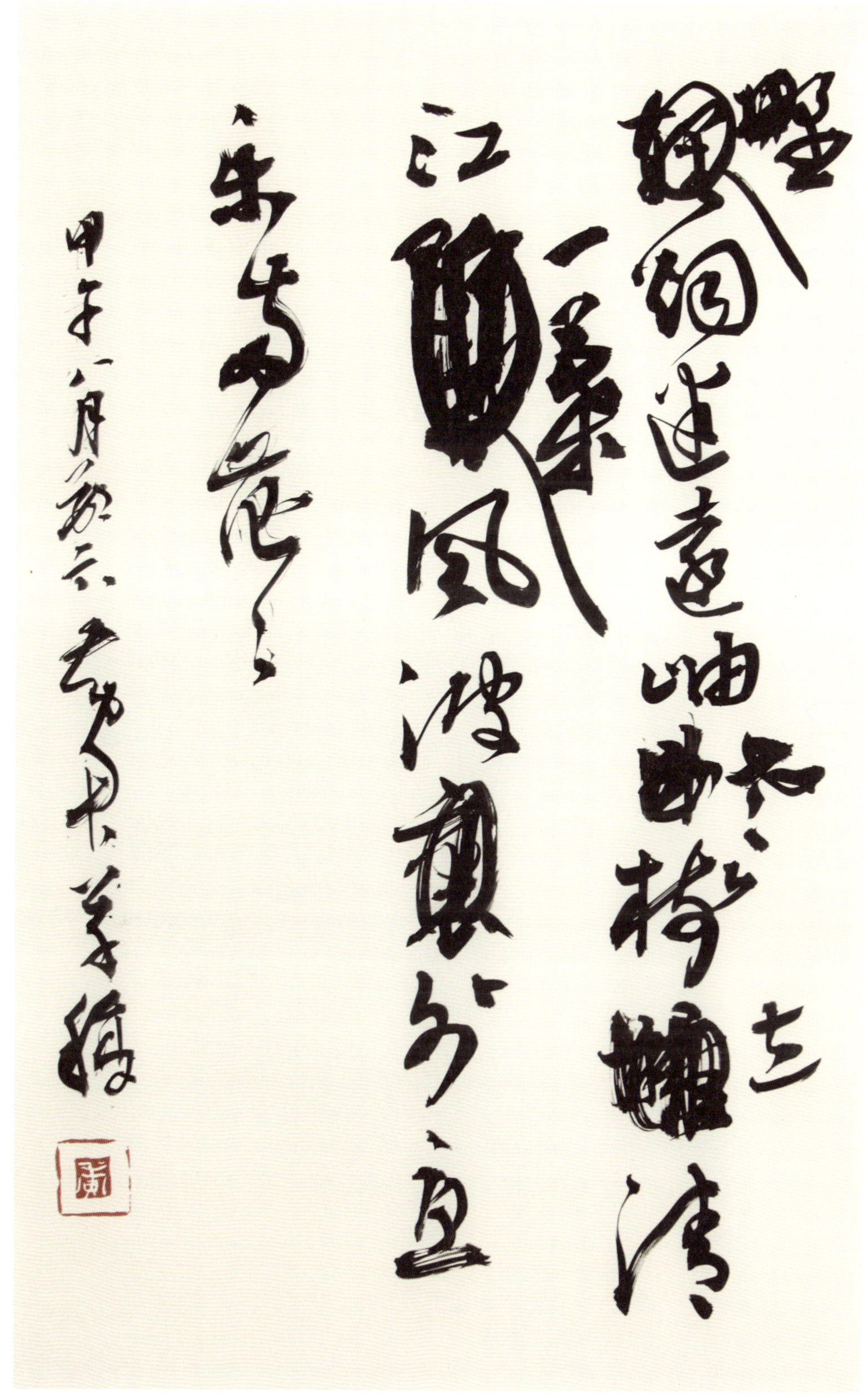

天趣图

绿水清清鱼自乐，青山掩映有鸣禽。
村居无事唯温饱，也似桃源不问秦。

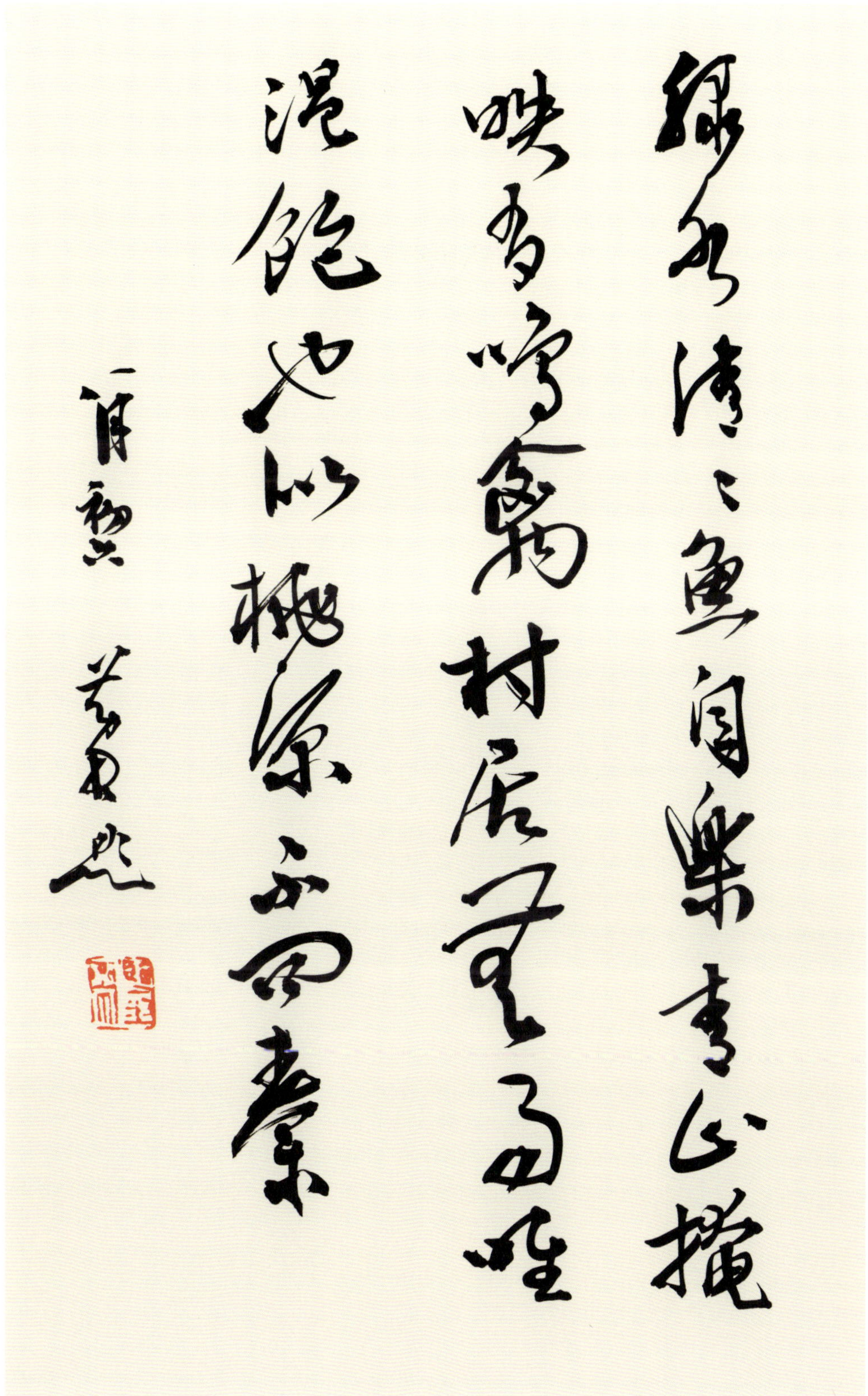

送别图

山似眉峰聚，水如眼泪流。
故人摇橹远，叶落不知秋。

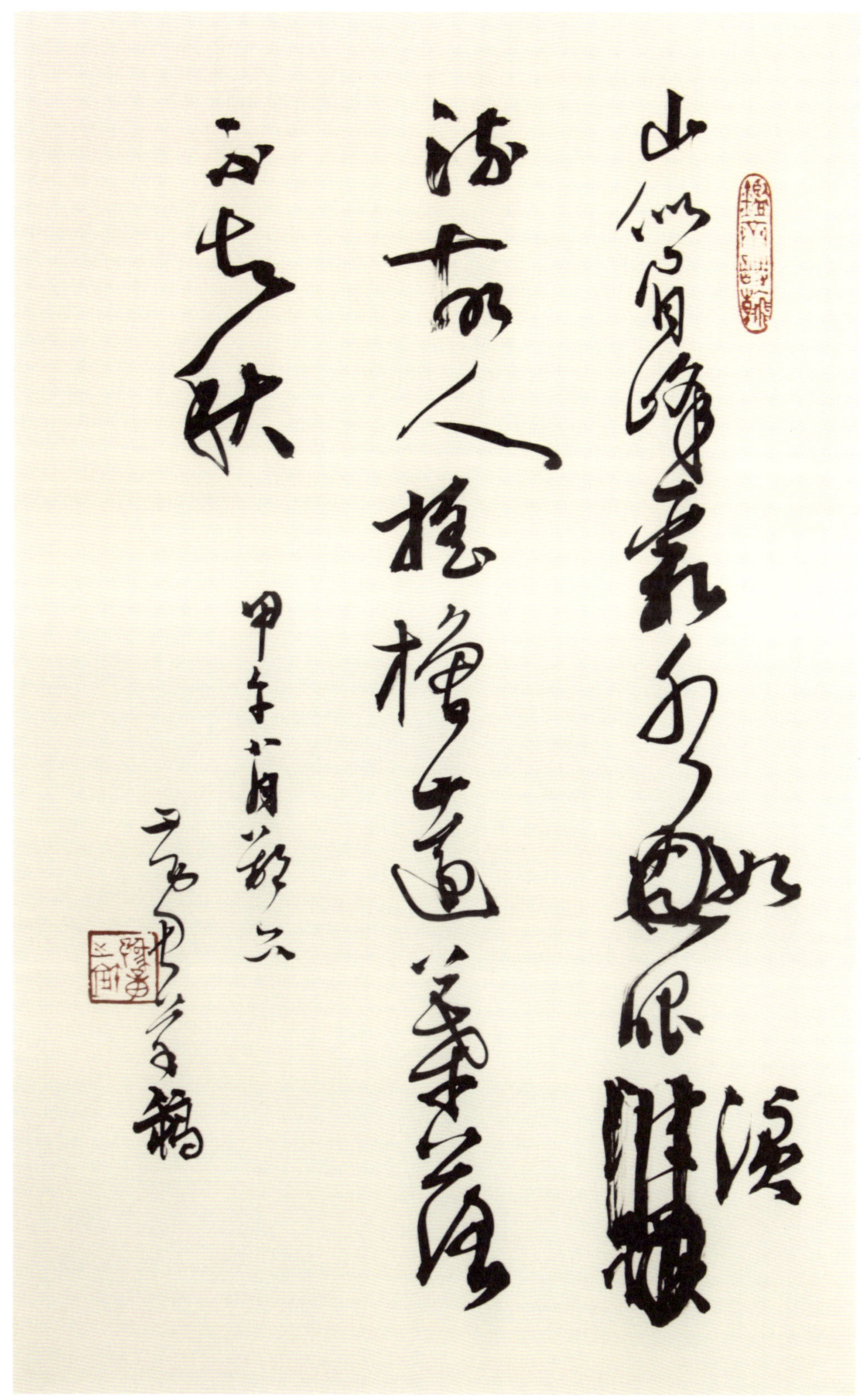

息心图

岩壑清幽百草菲，双双鹤影自徘徊。
远山如黛非关我，独坐松间待日西。

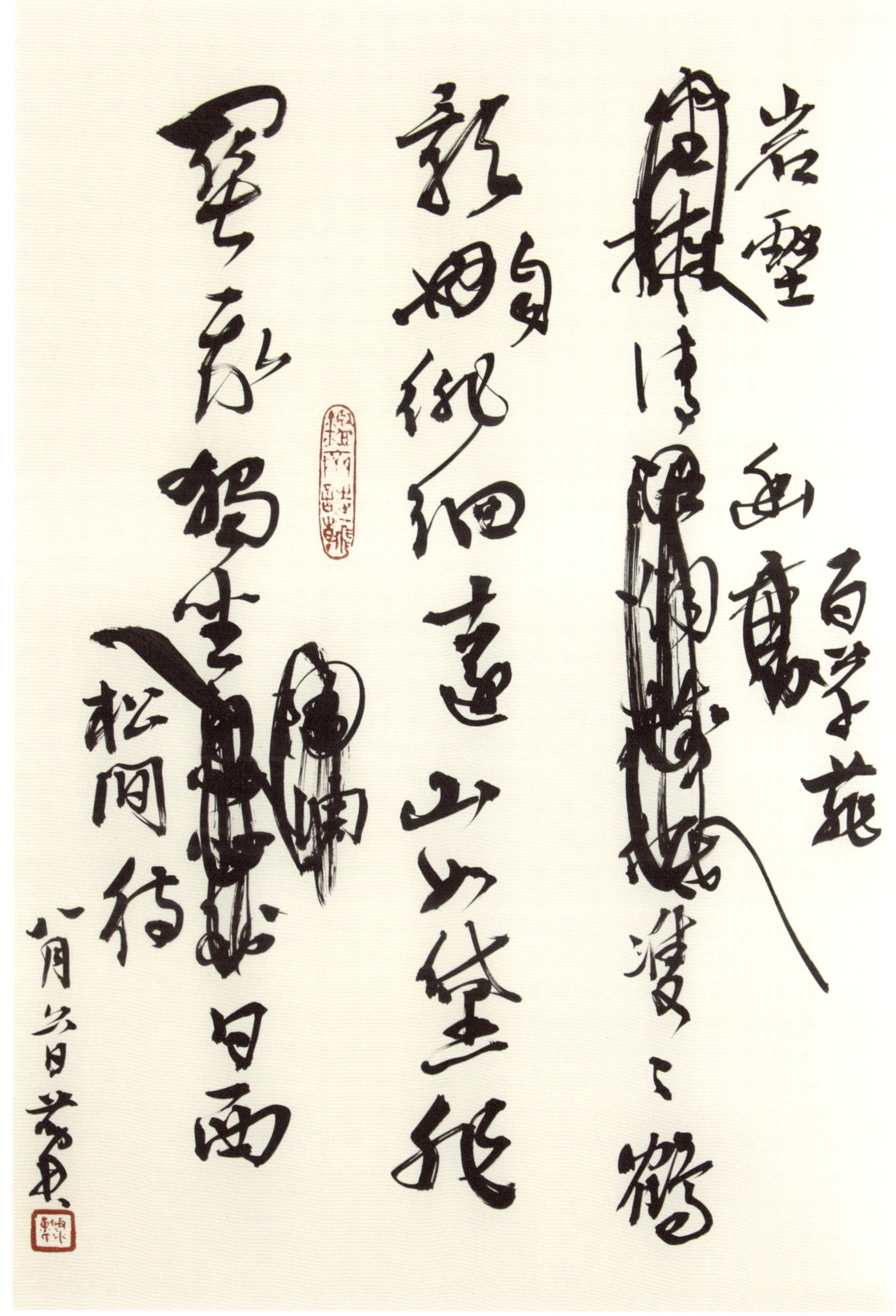

观相图

岩石坚贞意却空，撑云直向九苍穹。
瓦全玉碎谁知重？相对无言双颊红。

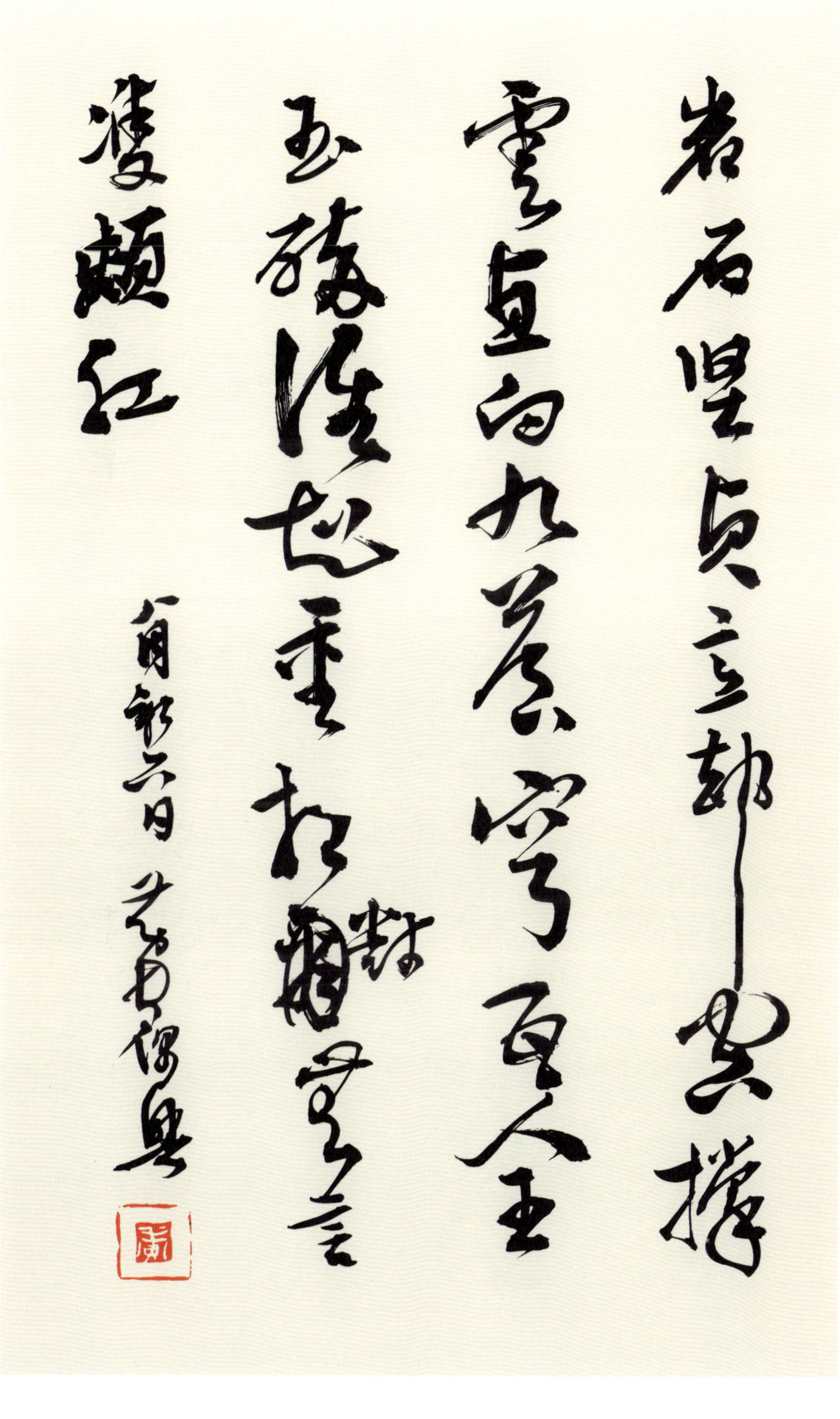

观云图

本自高山住，相知壑涧云。
何必下山去，尘烟染污深。

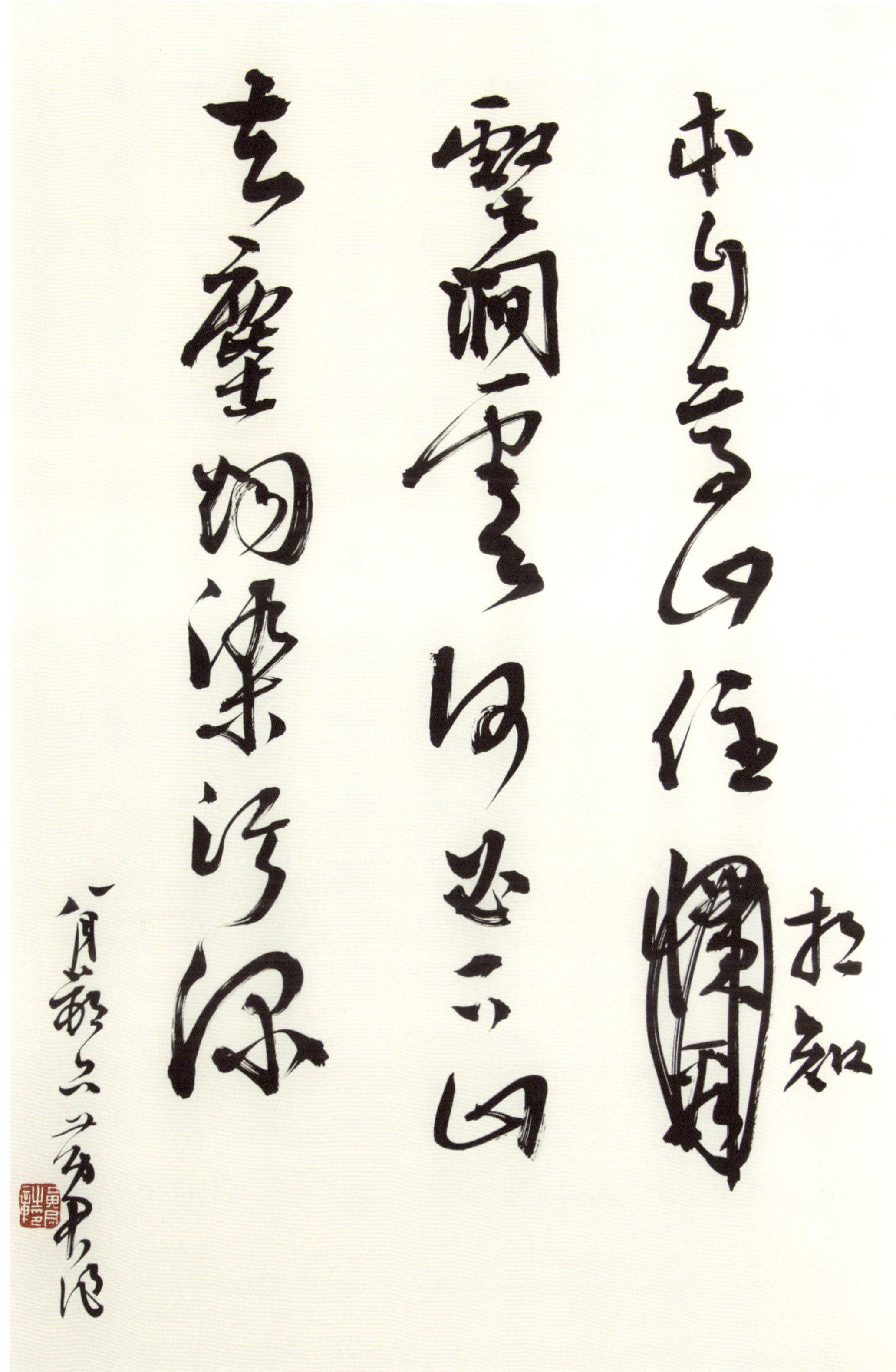

望岳图

世间何物名而利，扰乱丹心不自由。
君看奇峰生五岳，何曾名利与相求。

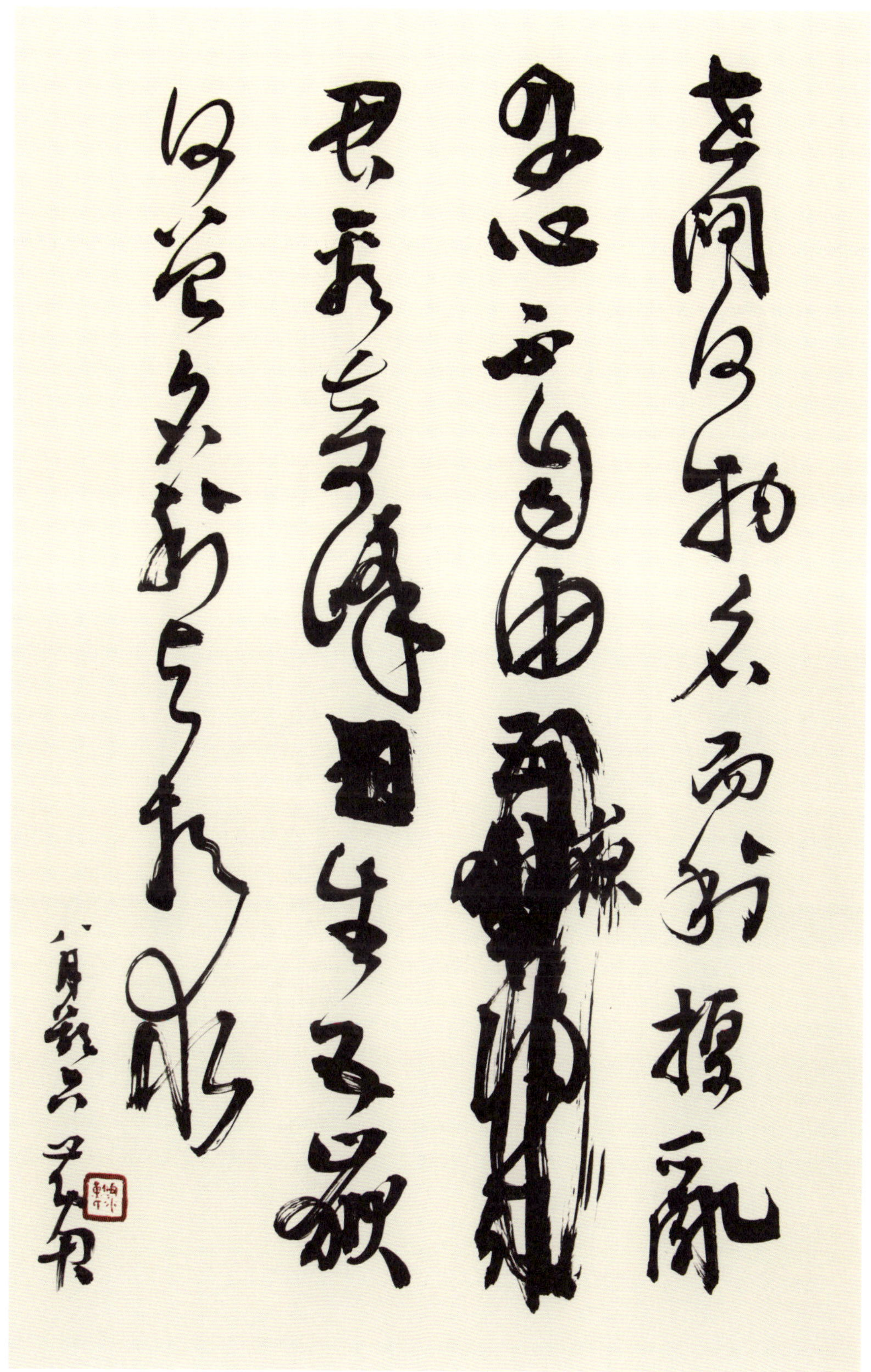

林泉清话图

山如星列水如琴，太惜秋高好放吟。
林泉坐对不知夕，碧树枝头鸟自鸣。

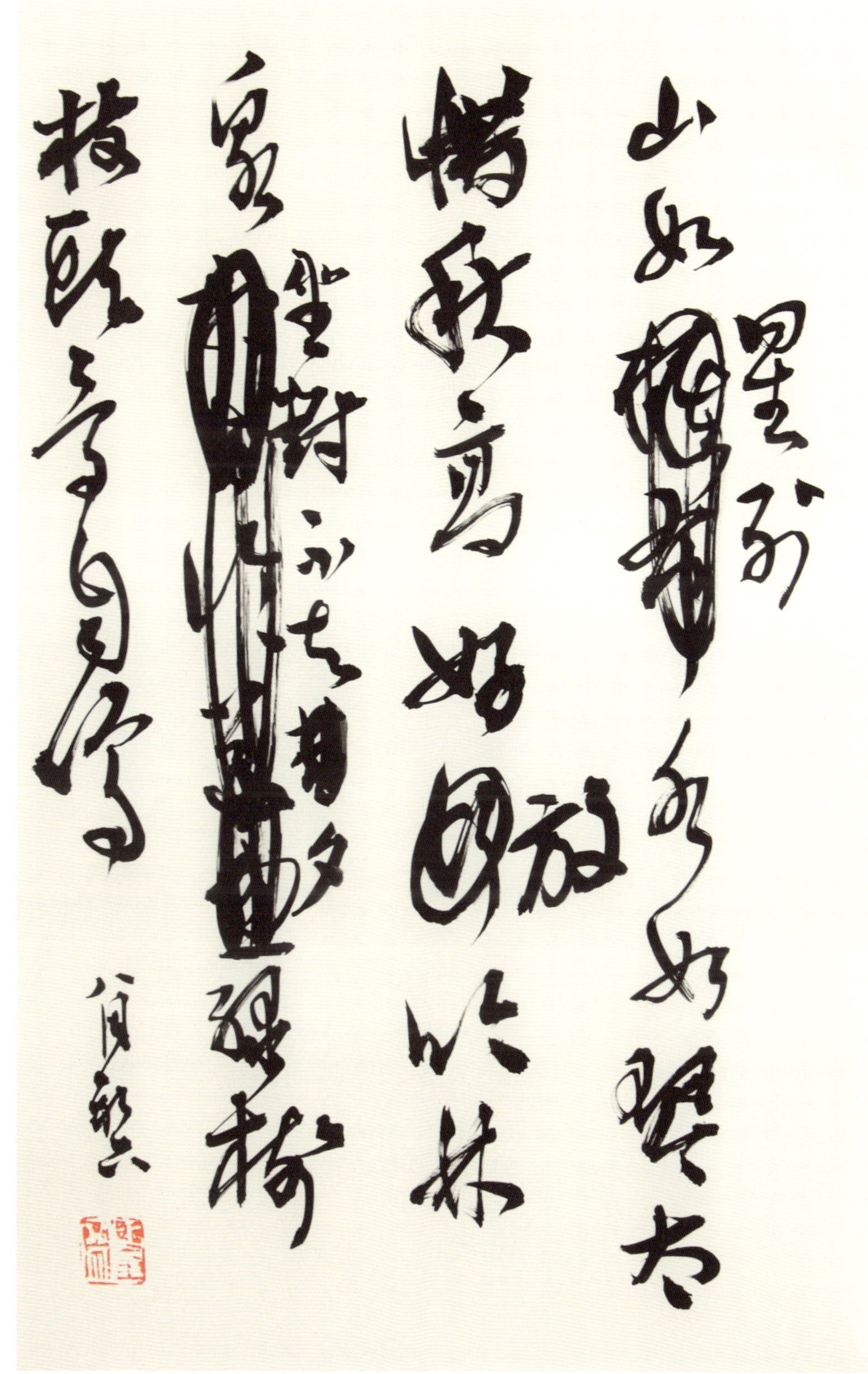

清江帆影图

曲水崇山意自浓，波光帆影在凡中。
渔家清乐太平世，碧树红云二月风。

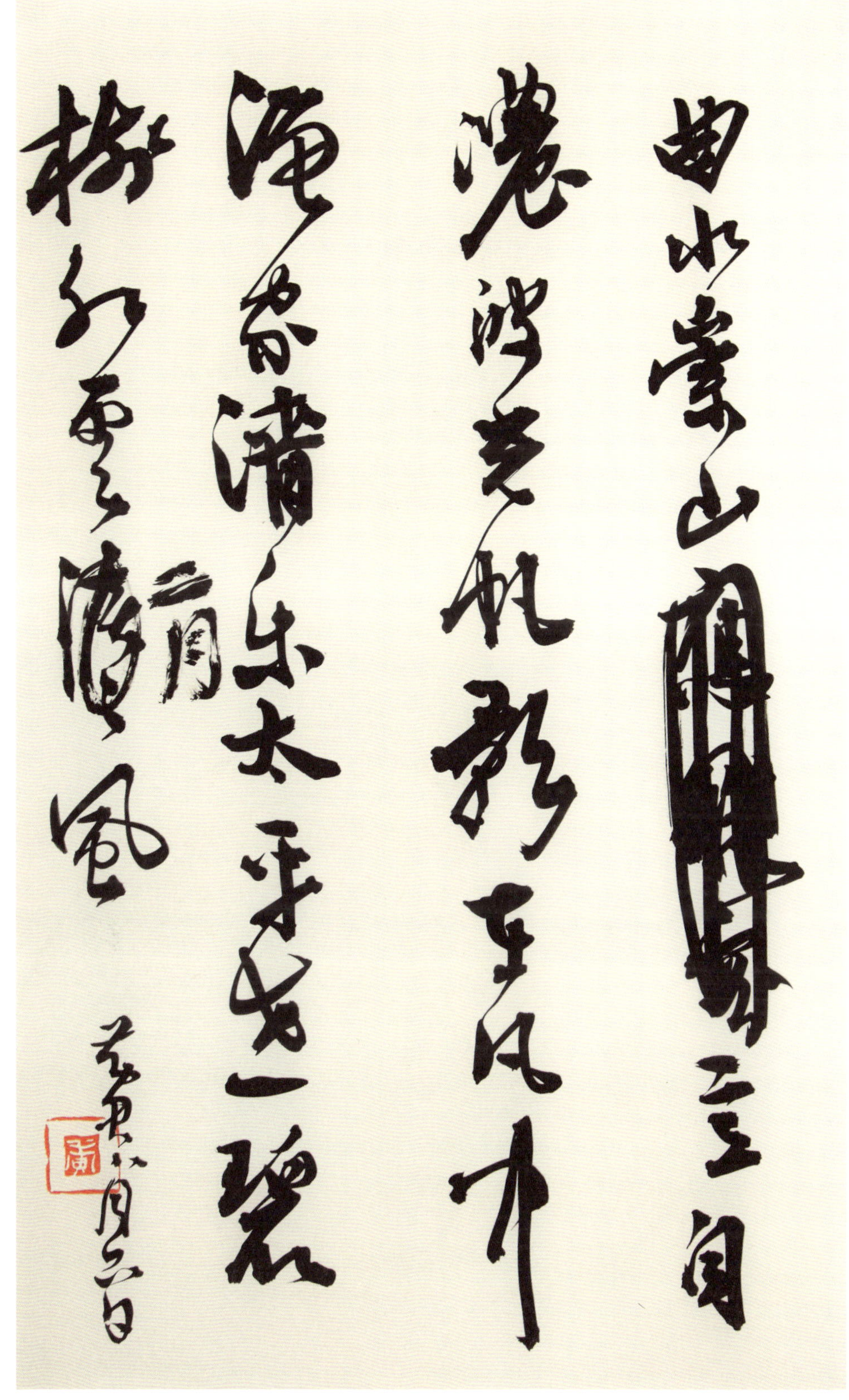

棹歌图

山峦叠障水清幽，棹歌欸乃茂林秋。
渔家江渚亦无事，满载斜阳网自收。

溪山观云图

溪山自在画图中，相伴白云四季风。
老我山居形影瘦，逍遥忘却万般空。

晴江放舟图

远近山峦一望收，晴江碧水好行舟。
曾经恶浪狂潮变，四海风波几度秋。

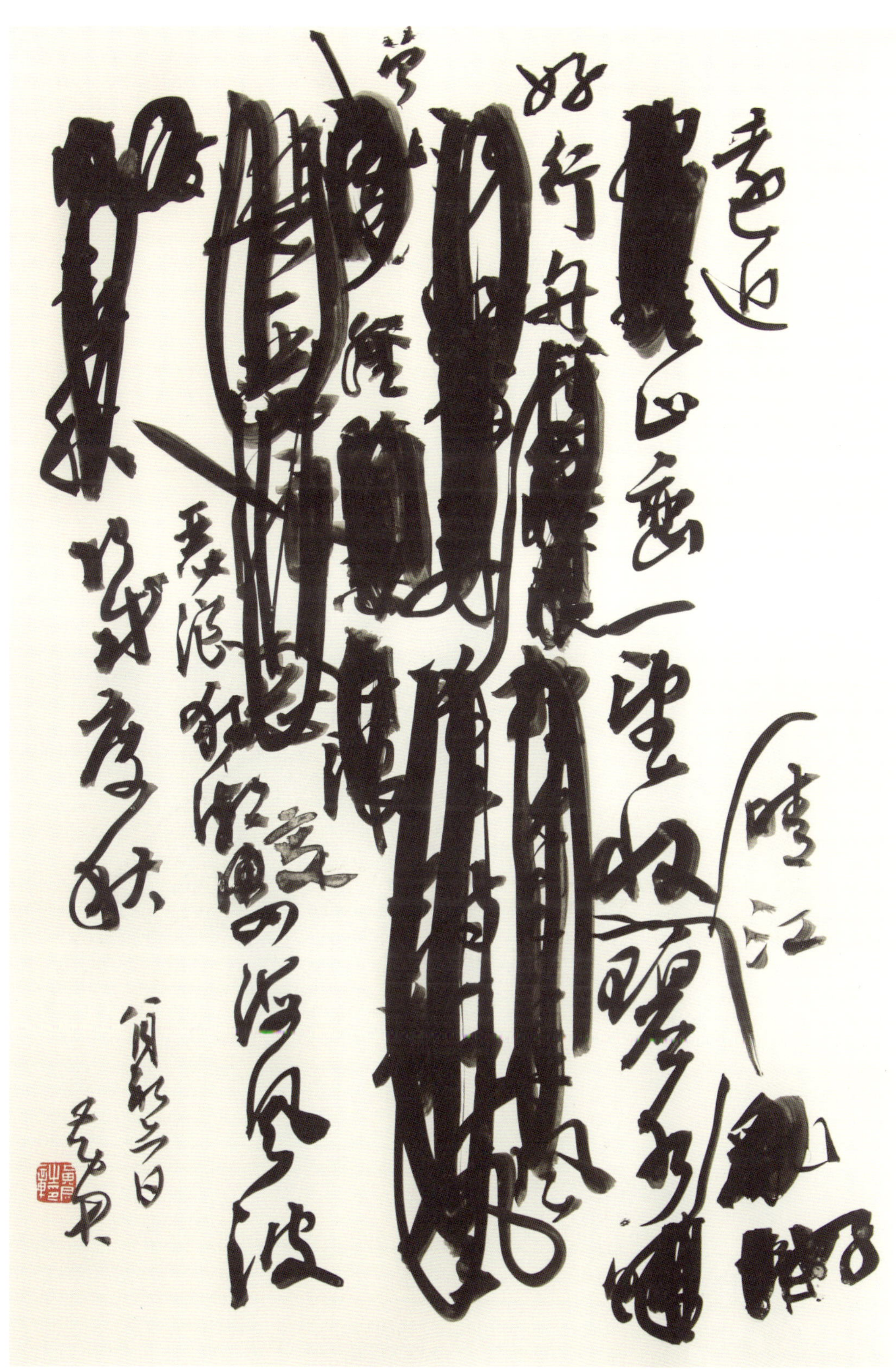

松坪独坐图

青松生涧壑，瘦骨已经冬。
独坐一何似？耳边淡淡风。

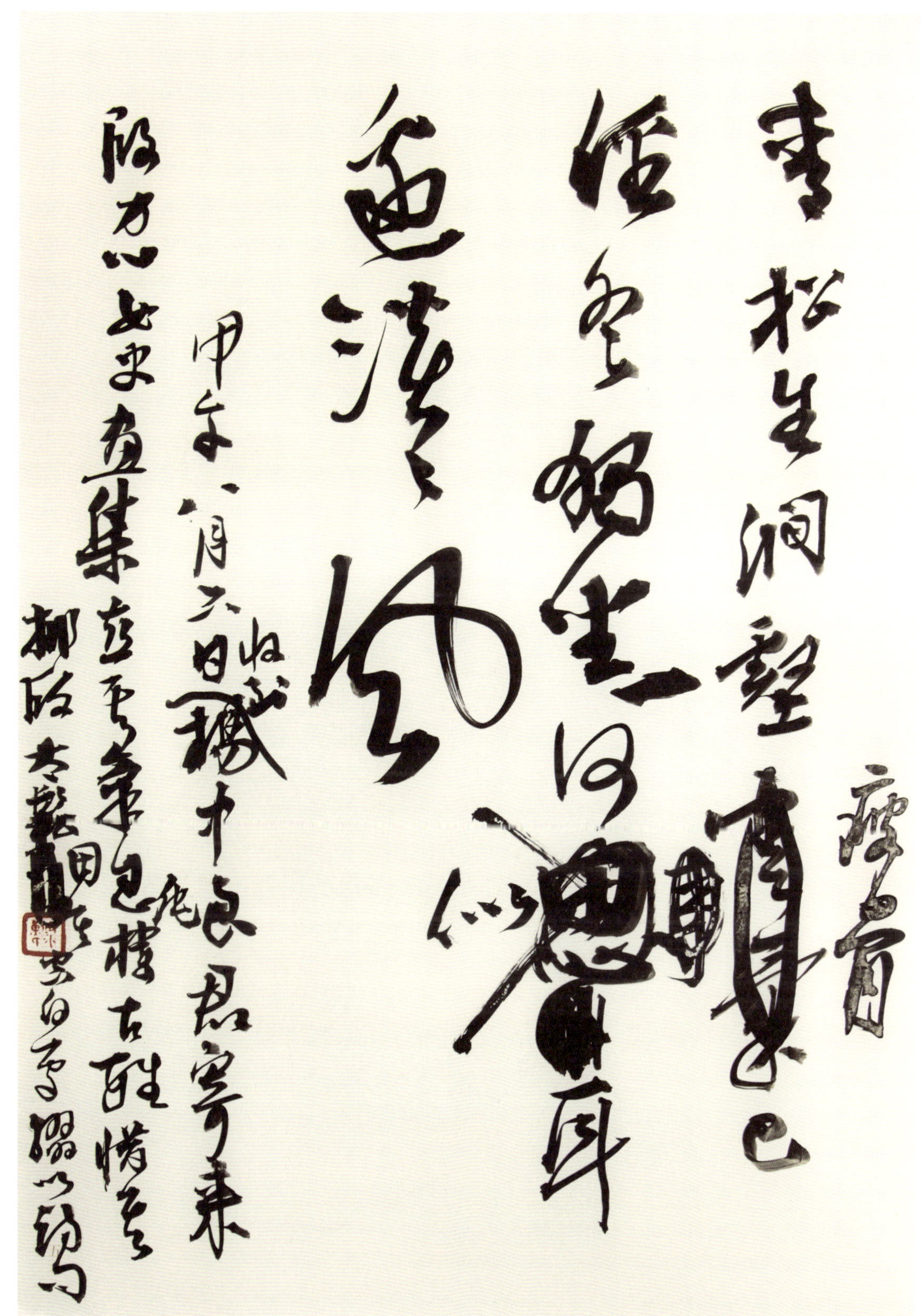

轻舟图

一角楼山景未收，数支帆影下扬州。
长江万里送秋雁，直到繁花海上头。

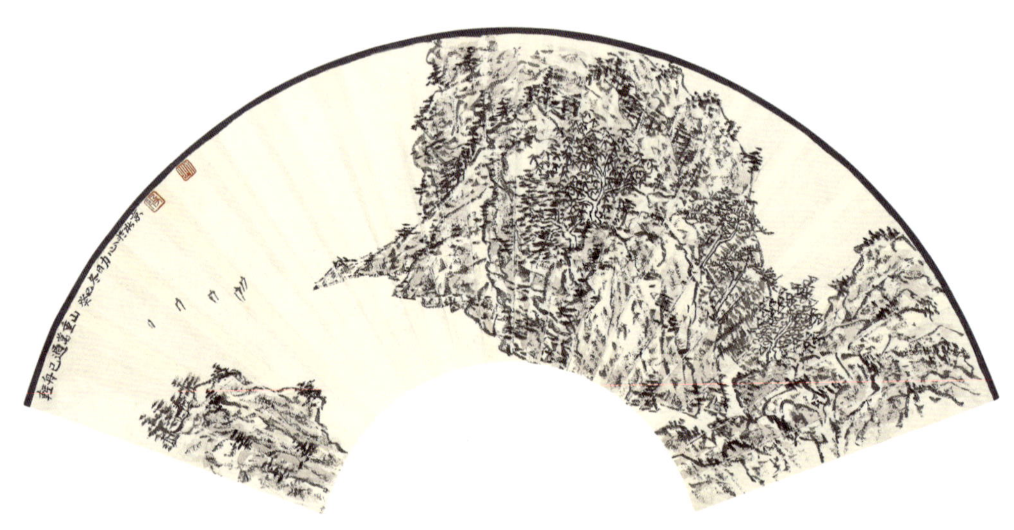

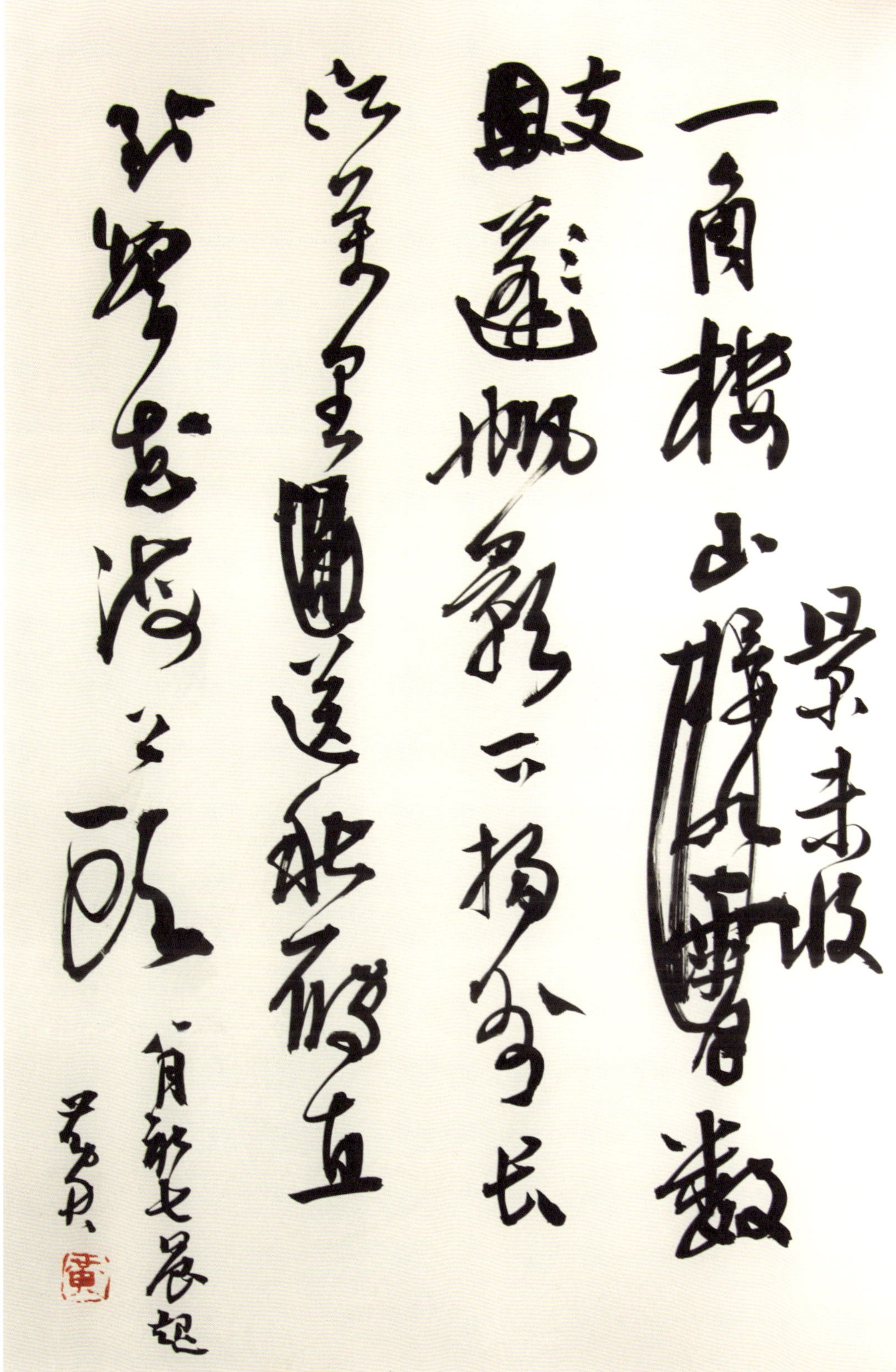

归舟图

家在灵山第一峰，偶因商贾去山行。
空囊意倦归舟晚，始识丰宁在此中。

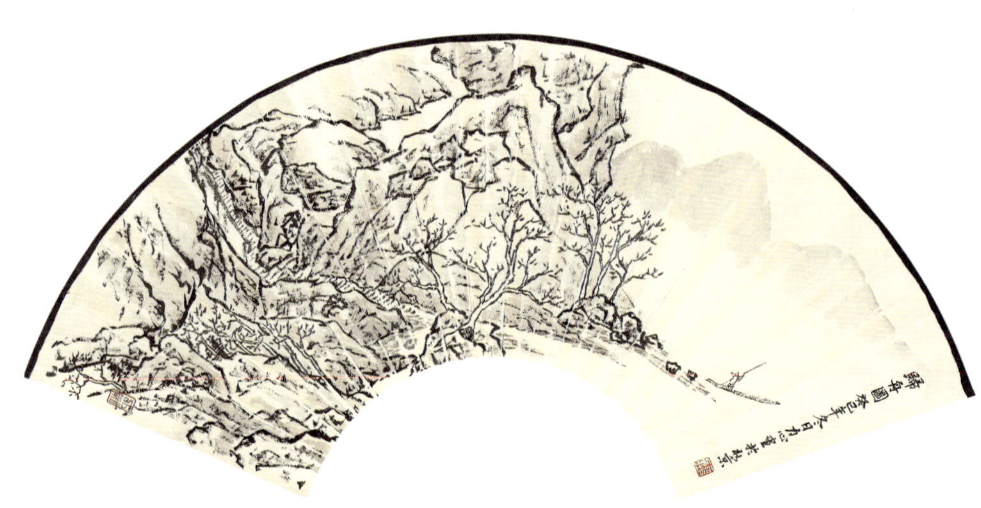

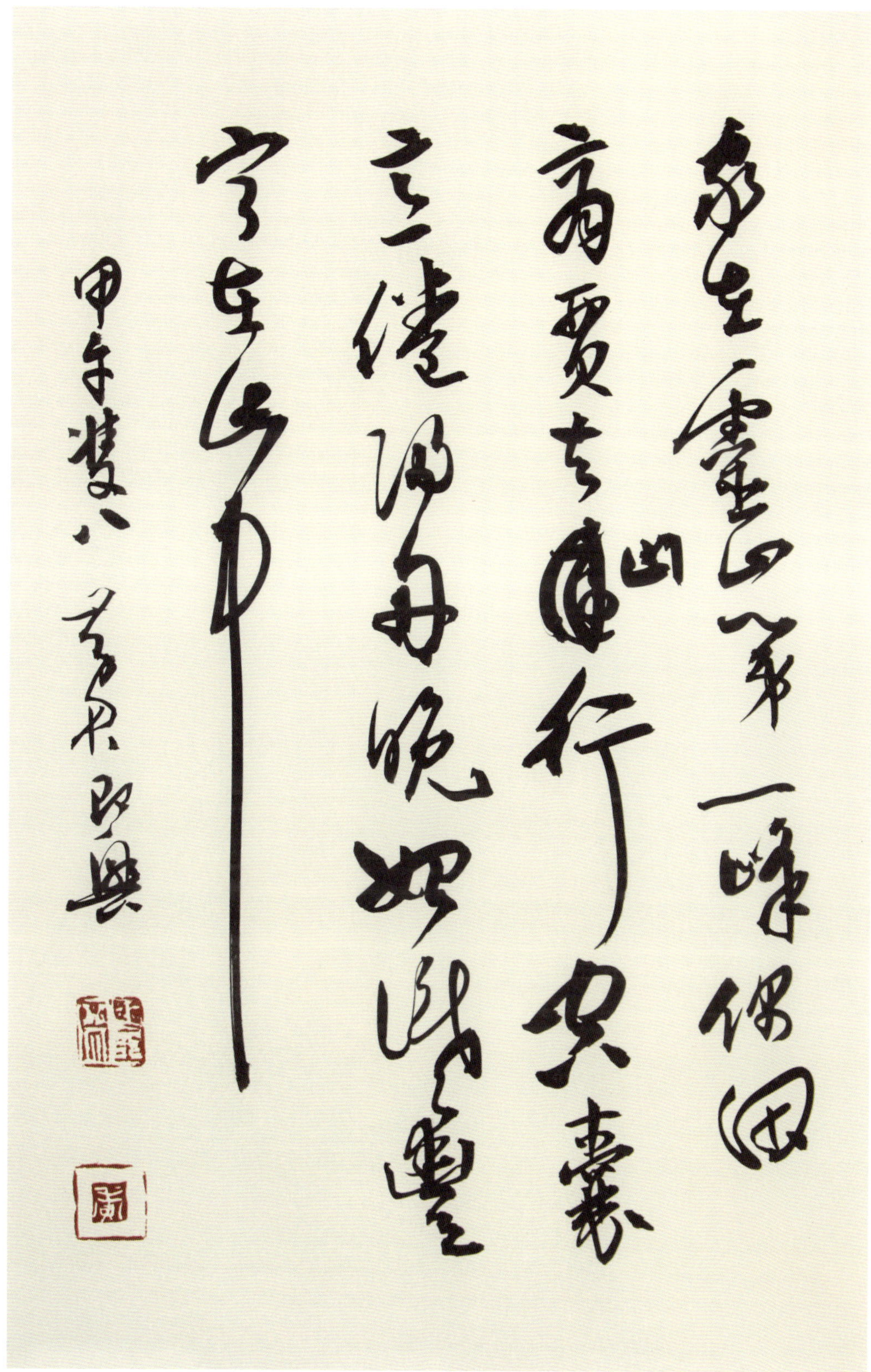

水村澄明图

山明水秀是渔村，四季花香亦养人。
楼阁清幽近水岸，日观鱼乐夜闻莺。

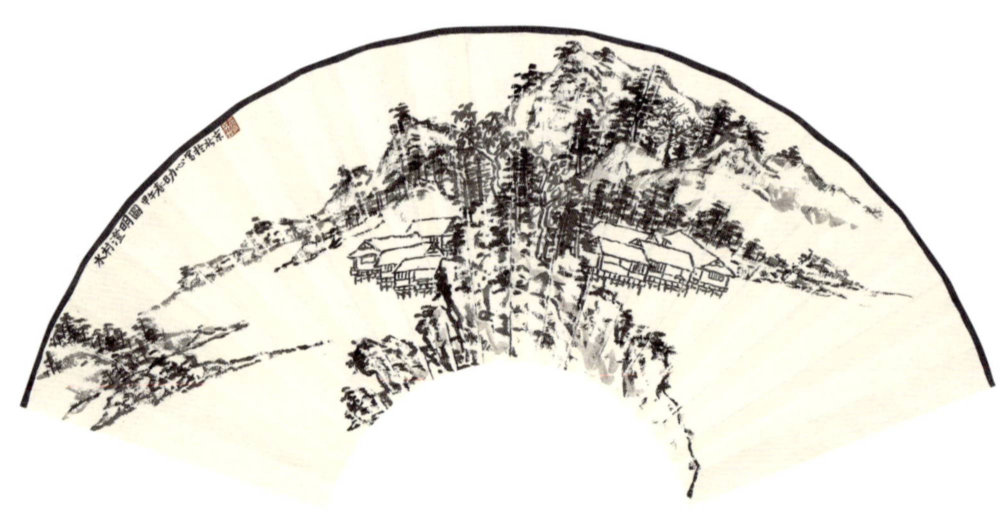

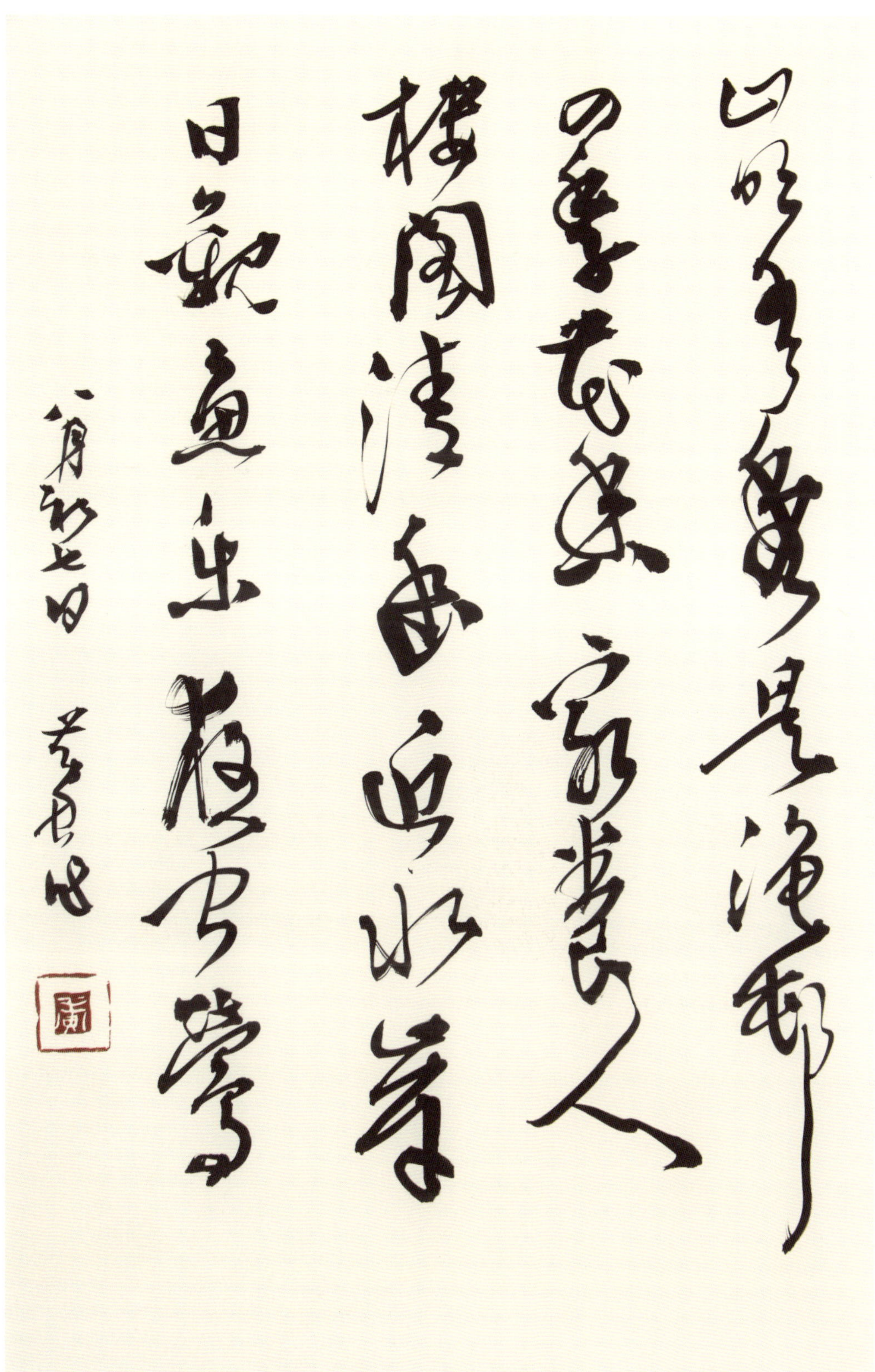

雨霁鱼乐图

黑云铺墨到沧关，卷地风来碧树翻。
雨霁忽然云又散，芙蓉朵朵米家山。

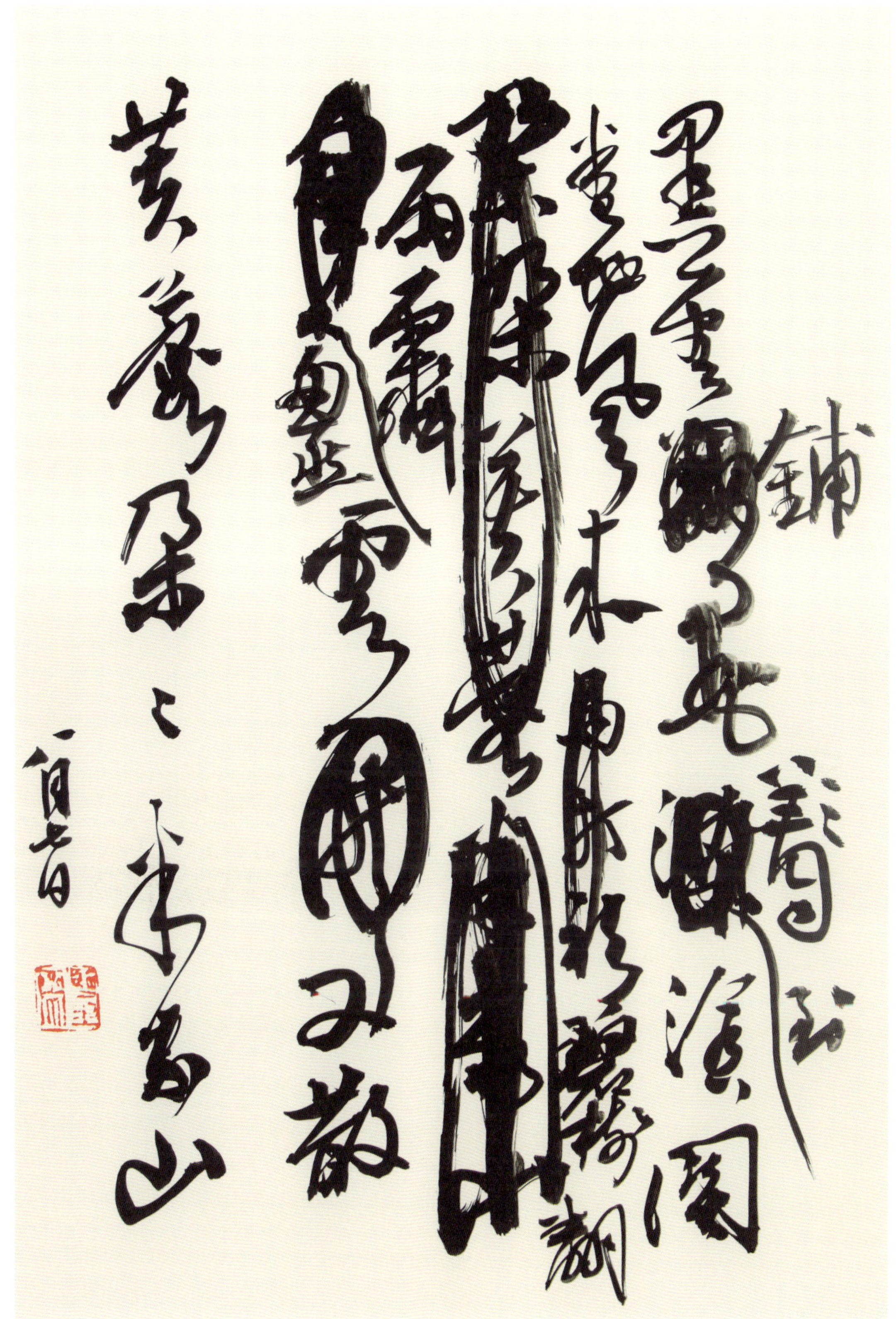

野水行舟图

嶙峋怪石蕙兰牵，绿树苍苍似老贤。
野水闲山行不足，小舟撑到密林边。

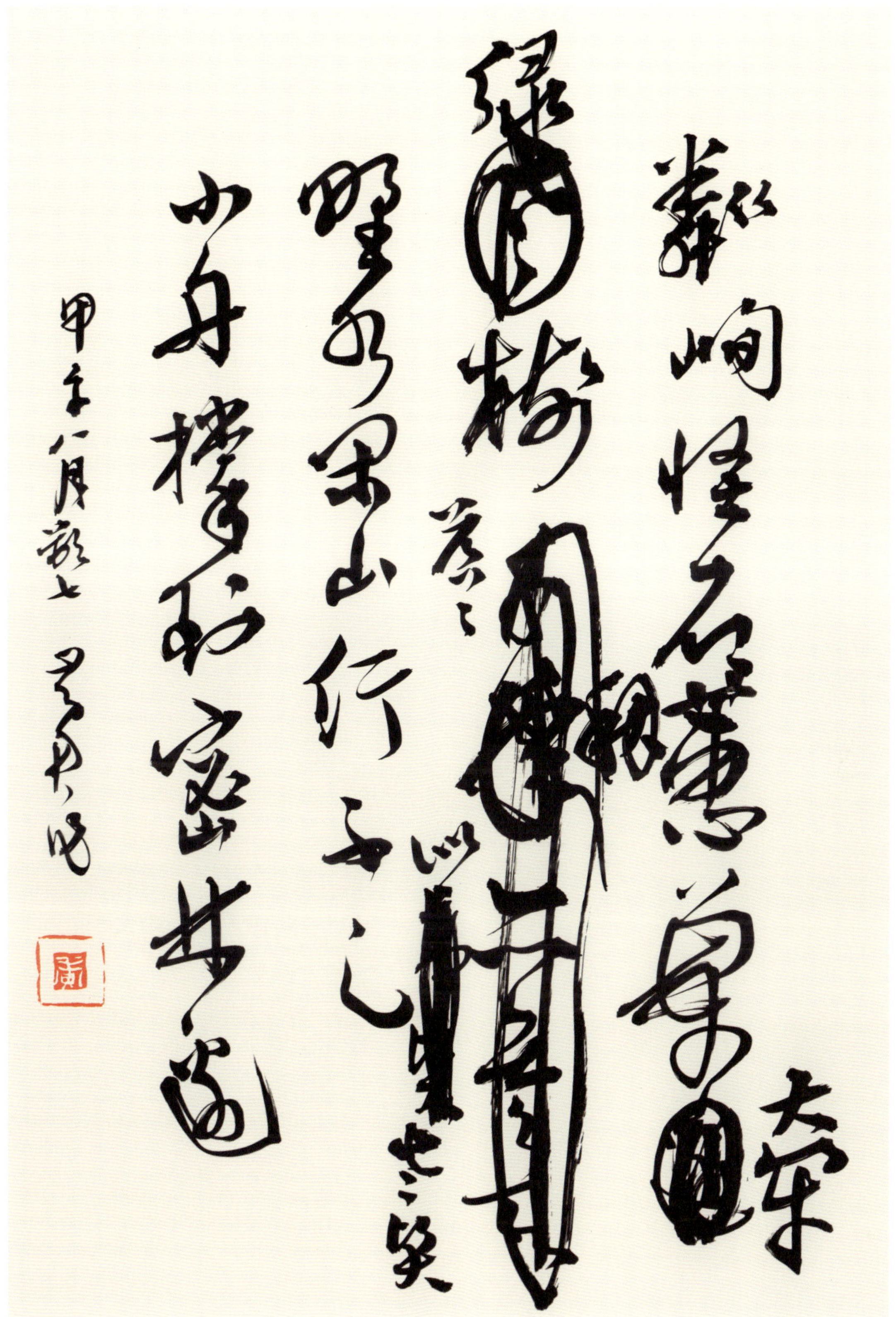

登高临水图

山乡草木又萋萋，游子经年犹未归。
日日登高临水望，伤心怕见雁南飞。

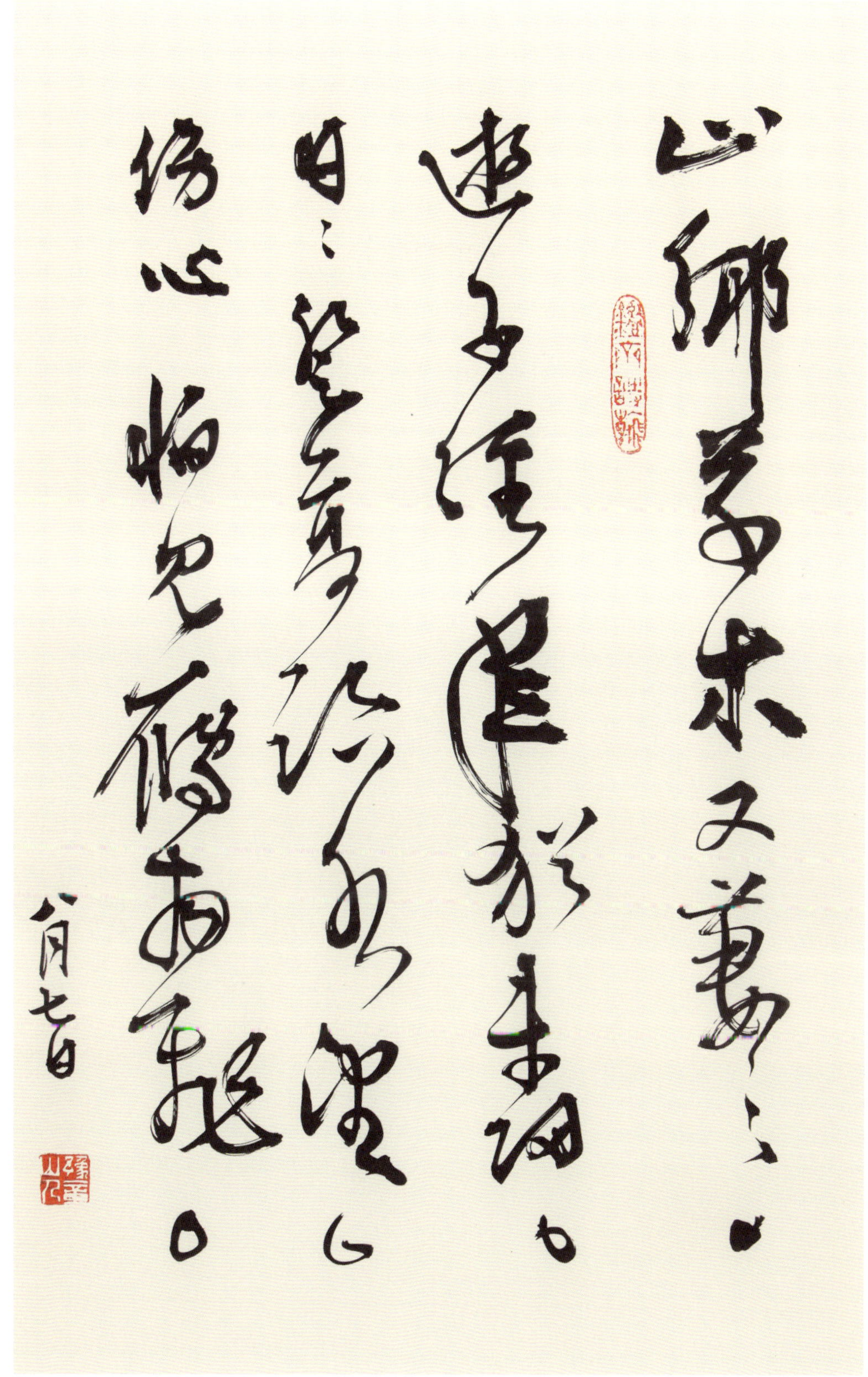

听松图

老蔓缠松已历年，沧江映月到庭前。
风声乍起原无意，却似胸中岁月绵。

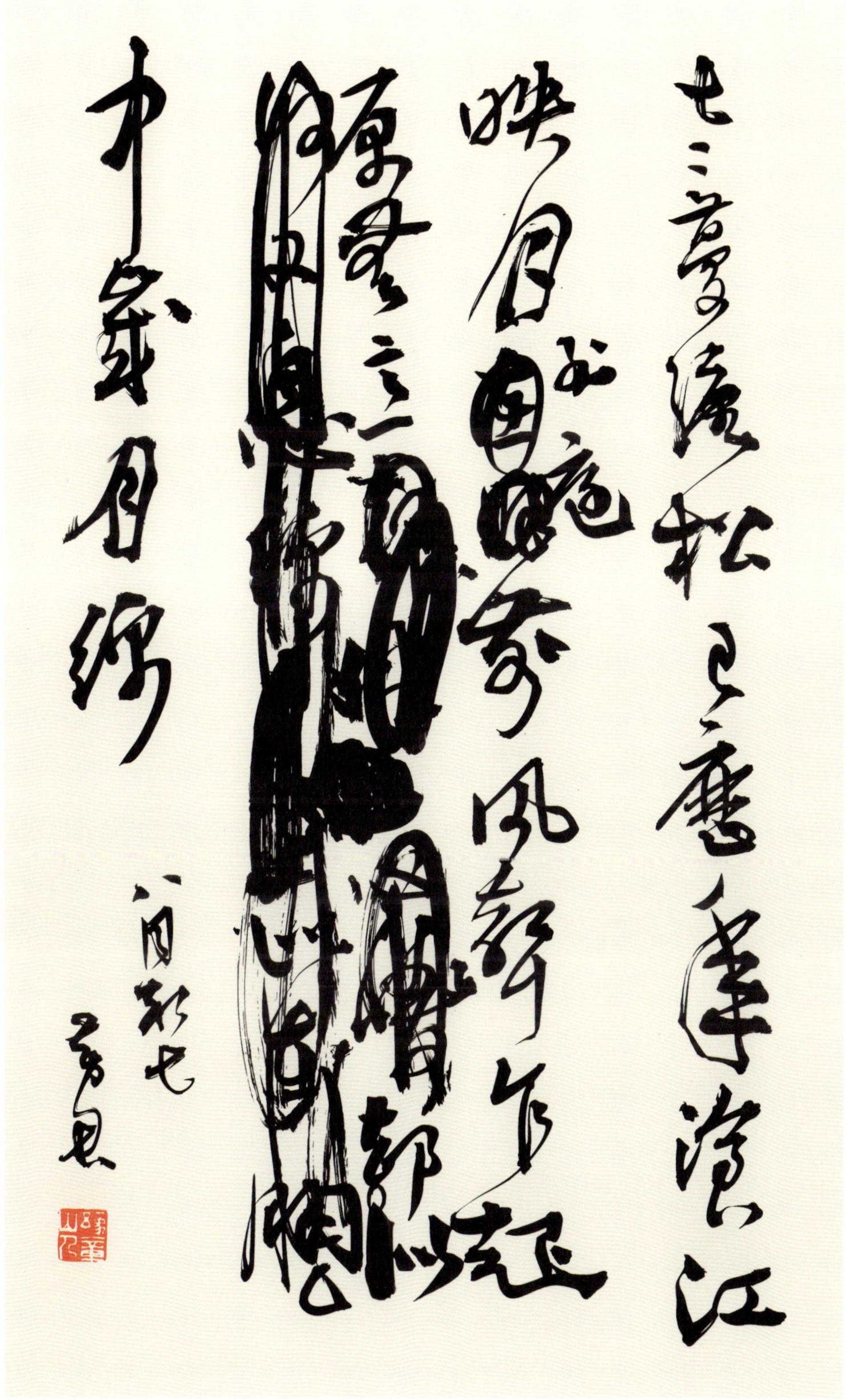

坐看云起图

乾坤本律定，大块是文章。
坐看风云起，悠然走四方。

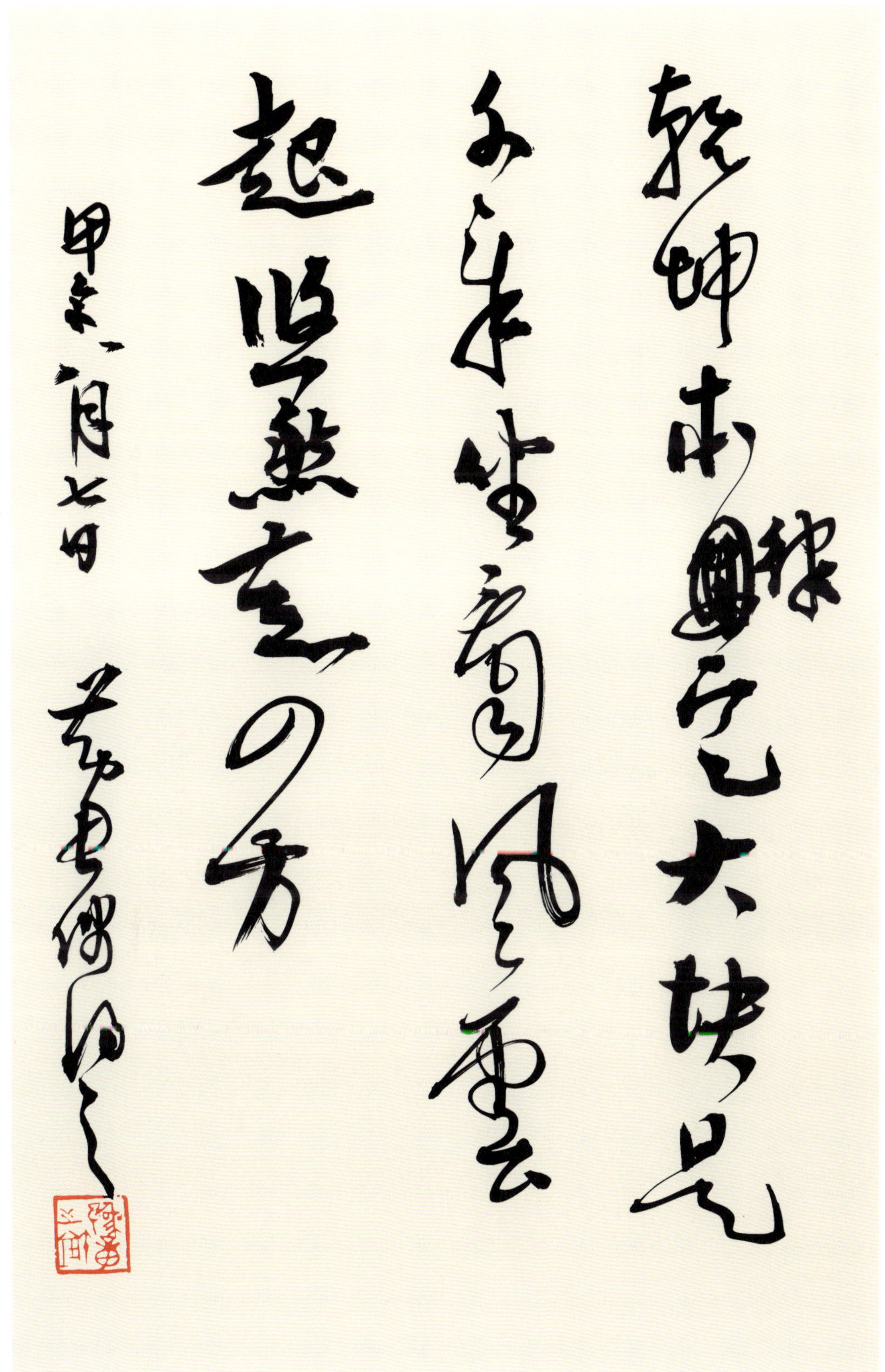

春江独钓图

绿树红云日影斜，清江独钓已忘家。
非为锦鲤衔钩乐，且醉轻烟岸上花。

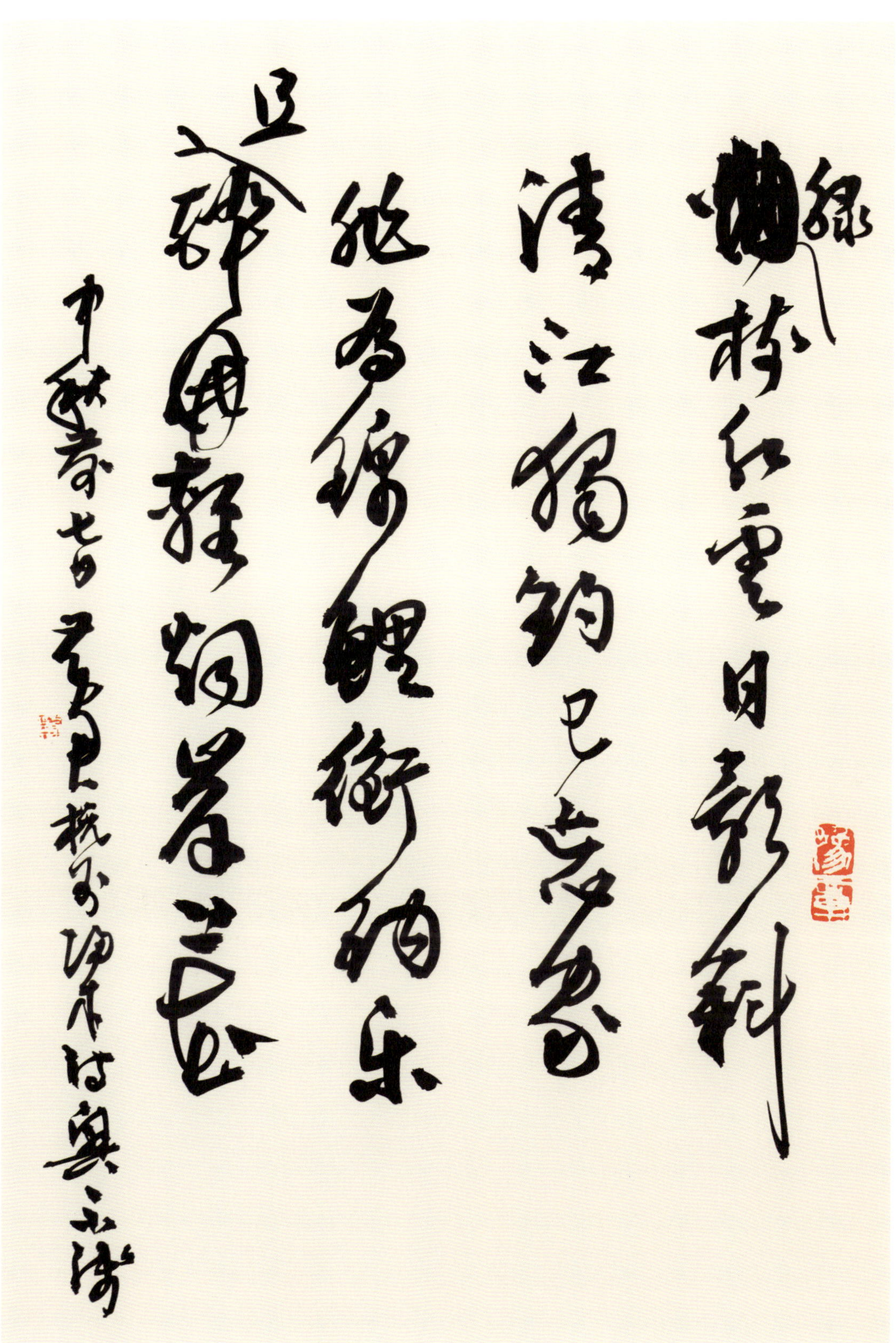

舟行万里图

万里江天竞自由，归来远客系方舟。
岸边不见离人面，点点山峦却惹愁。

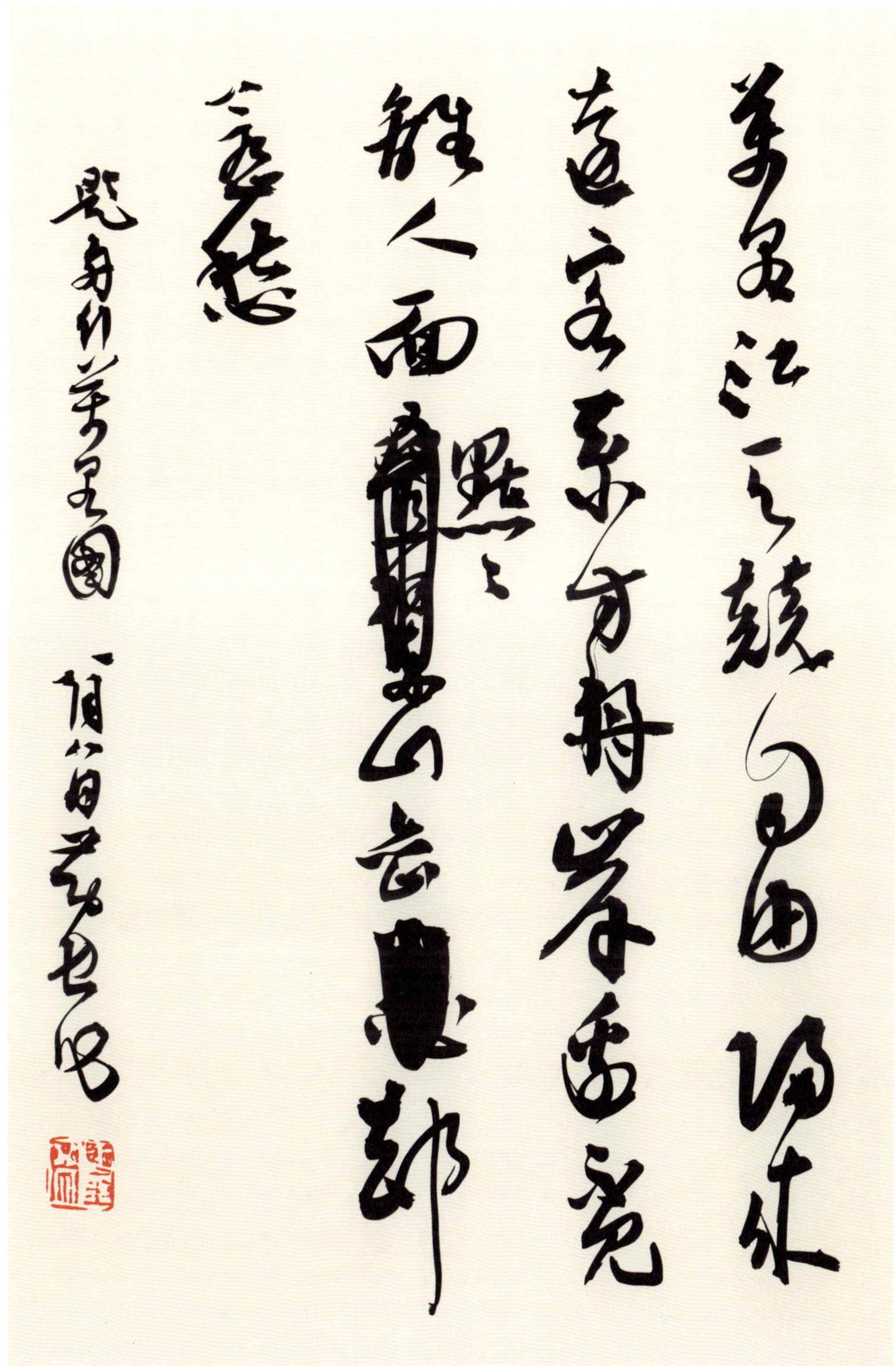

清音图

山间清脆有泉声，跌跌冲冲笑我行。
何必思前还想后，方刚洒脱自由民。

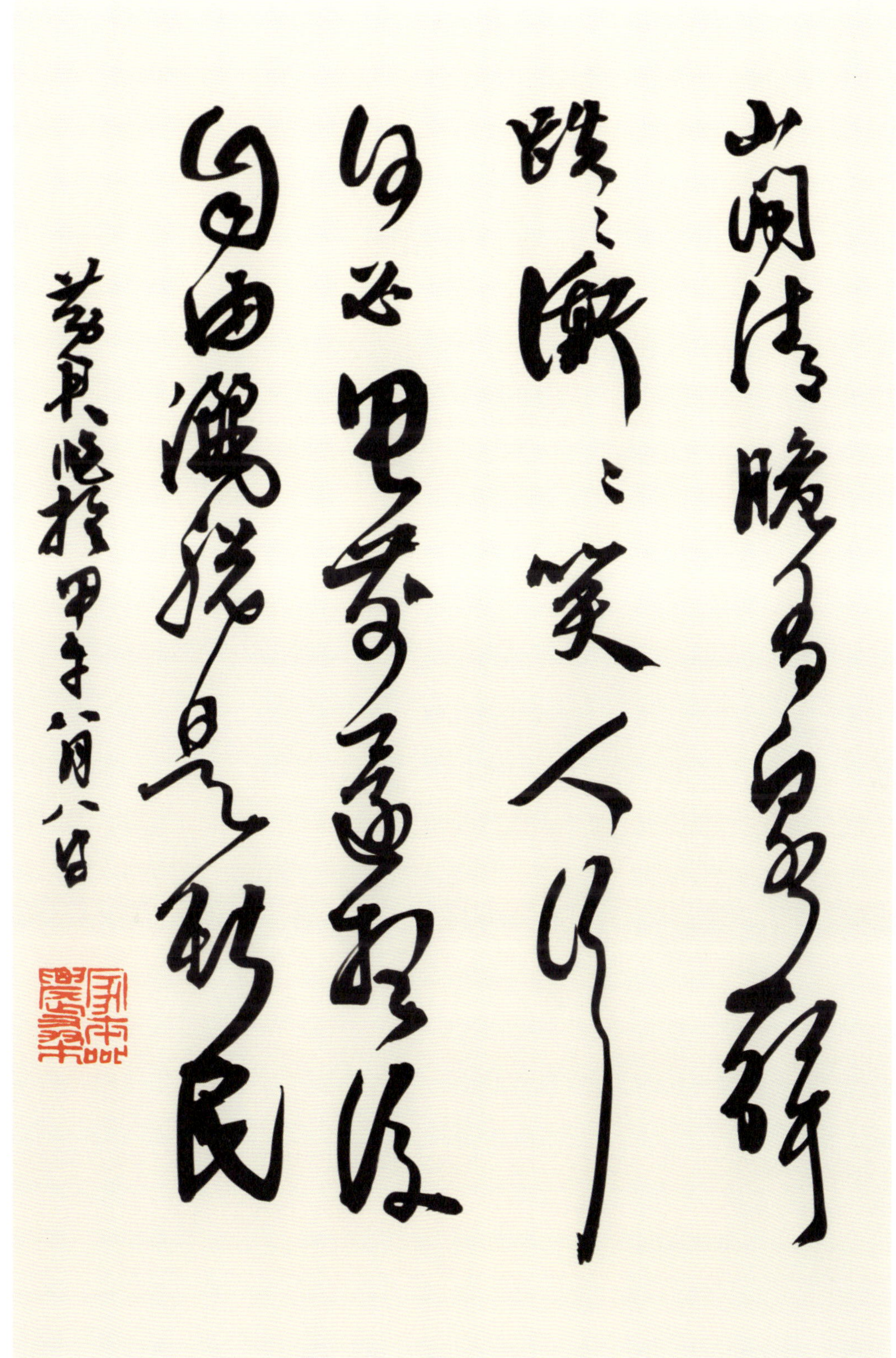

孤亭秋枝图

一页巉岩伴小亭，无人知见惜别行。
铃声渐远心难寄，两树依依对苦吟。

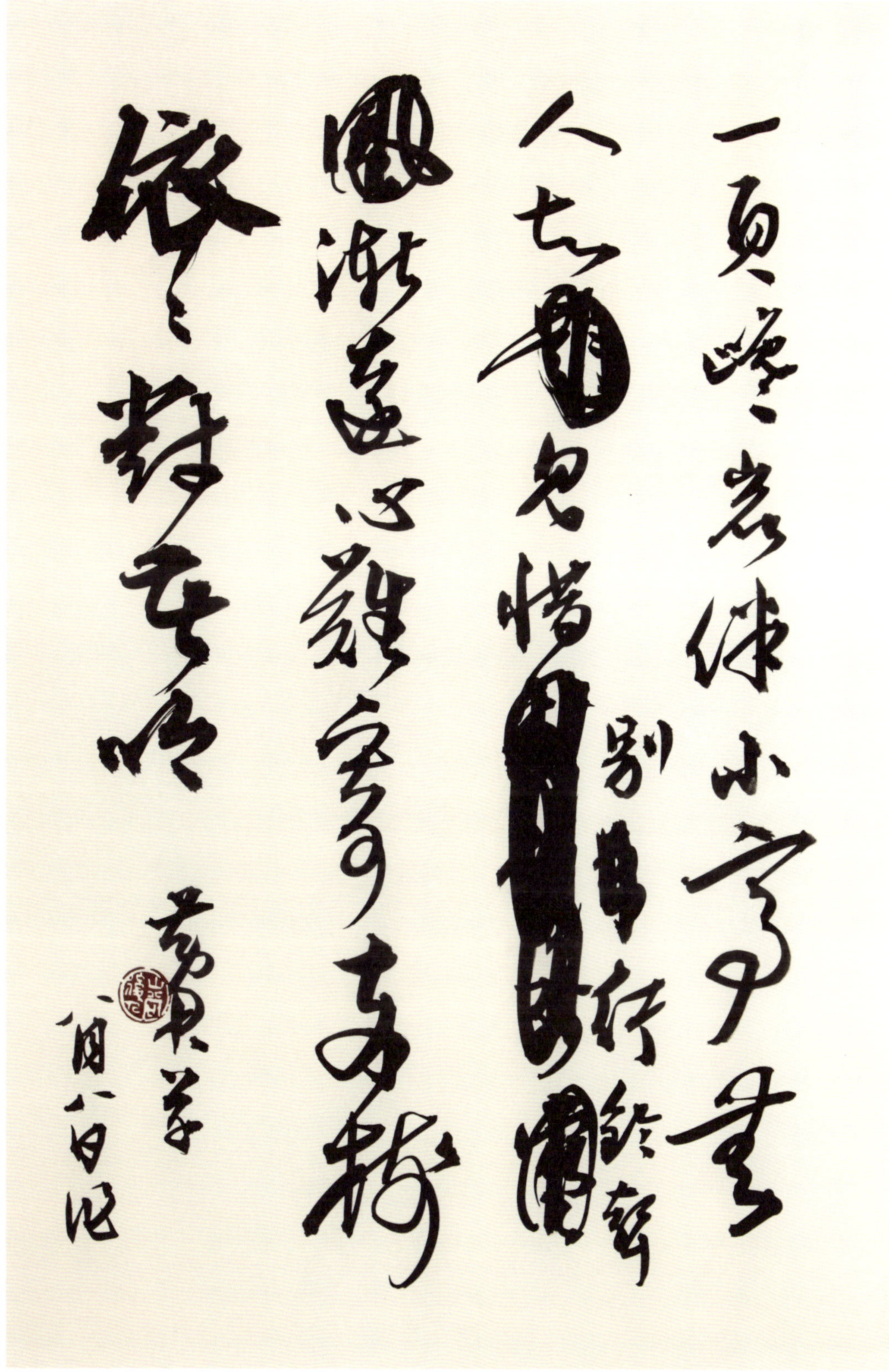

听涛观云图

惯看狂风卷乱云，何曾一事到心惊。
连宵昨夜松声急，起来却见白云平。

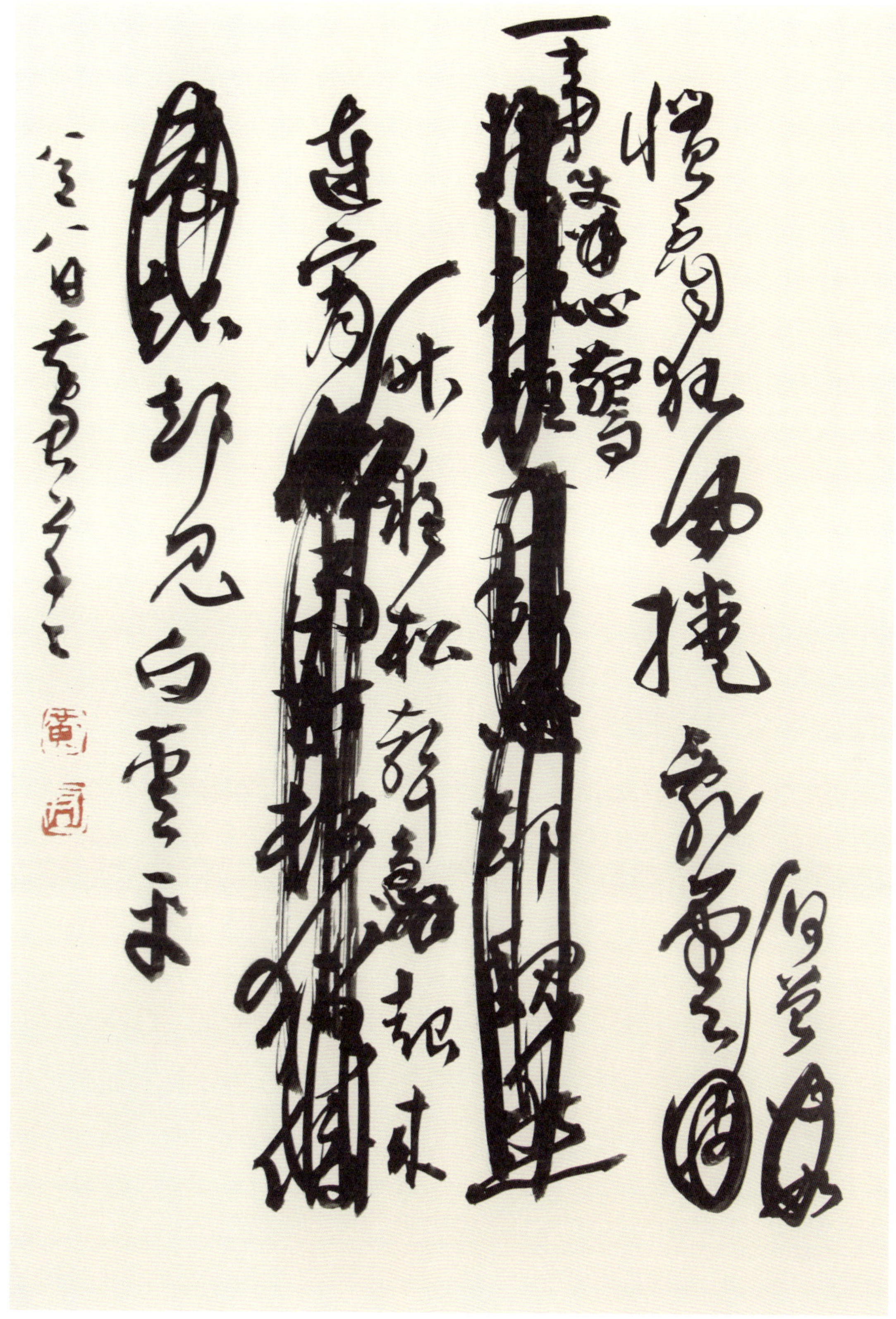

赤壁访古图

赤壁森森造物钟，江流婉转亦从容。
何曾见得曹刘迹，苏子且歌明月风。

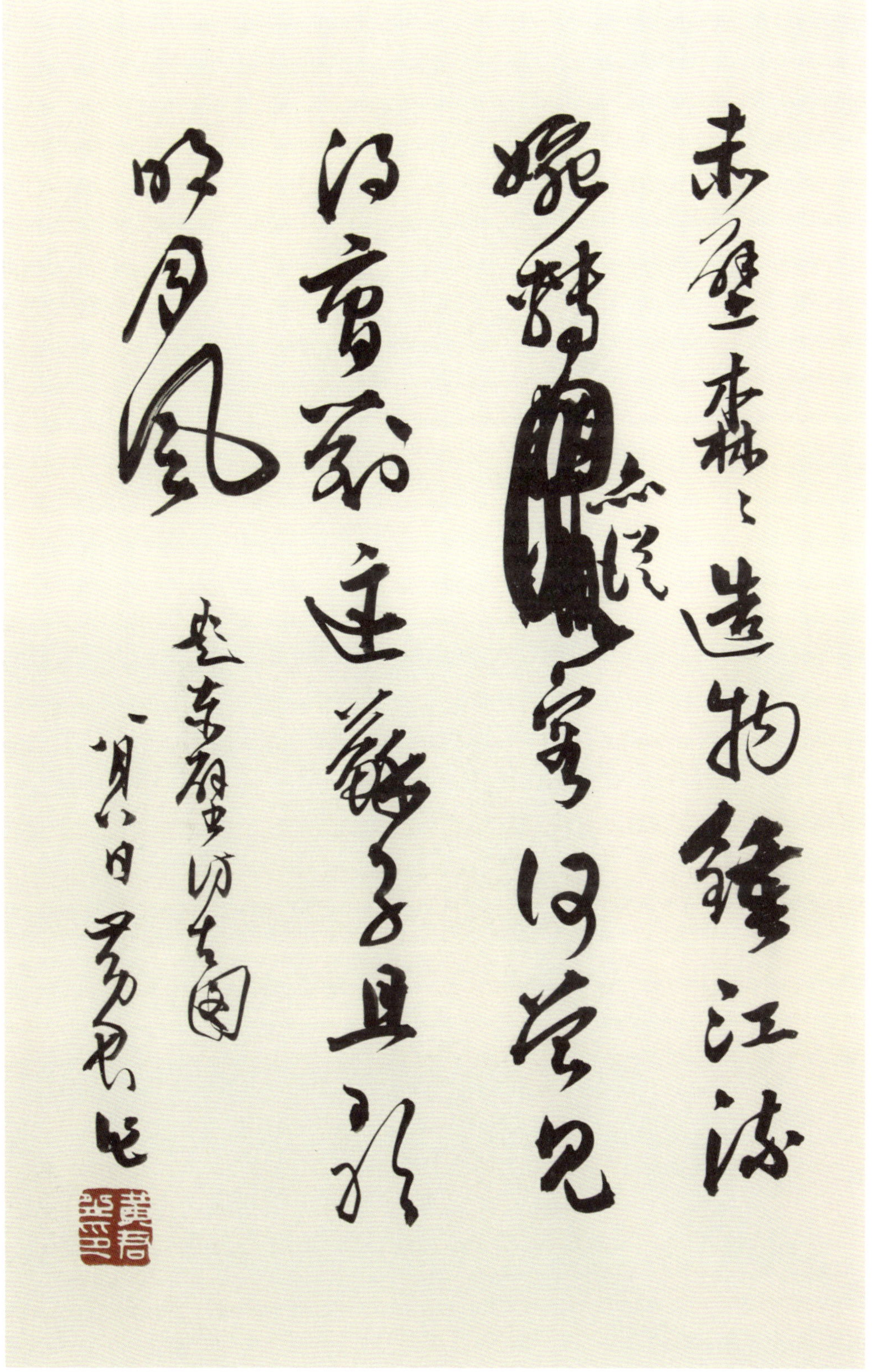

北山萧瑟图

落木萧萧天远大，苍苍岩石骨粼峋。
寒风莫恃凋零厉，早有春心待雷廷。

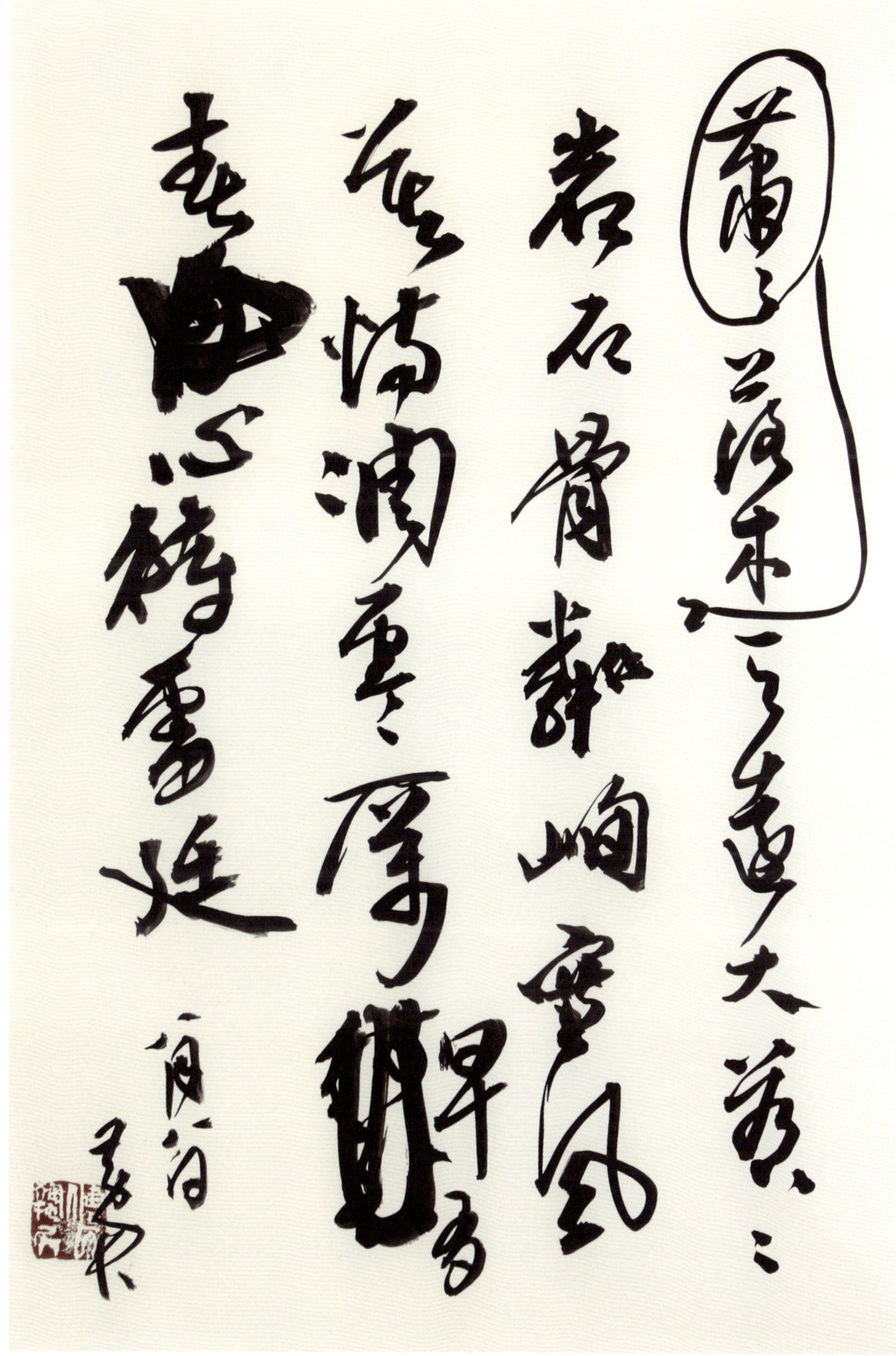

一帆风顺图

江水波粼粼，高楼送客行。
杭州风物好，风正一帆轻。

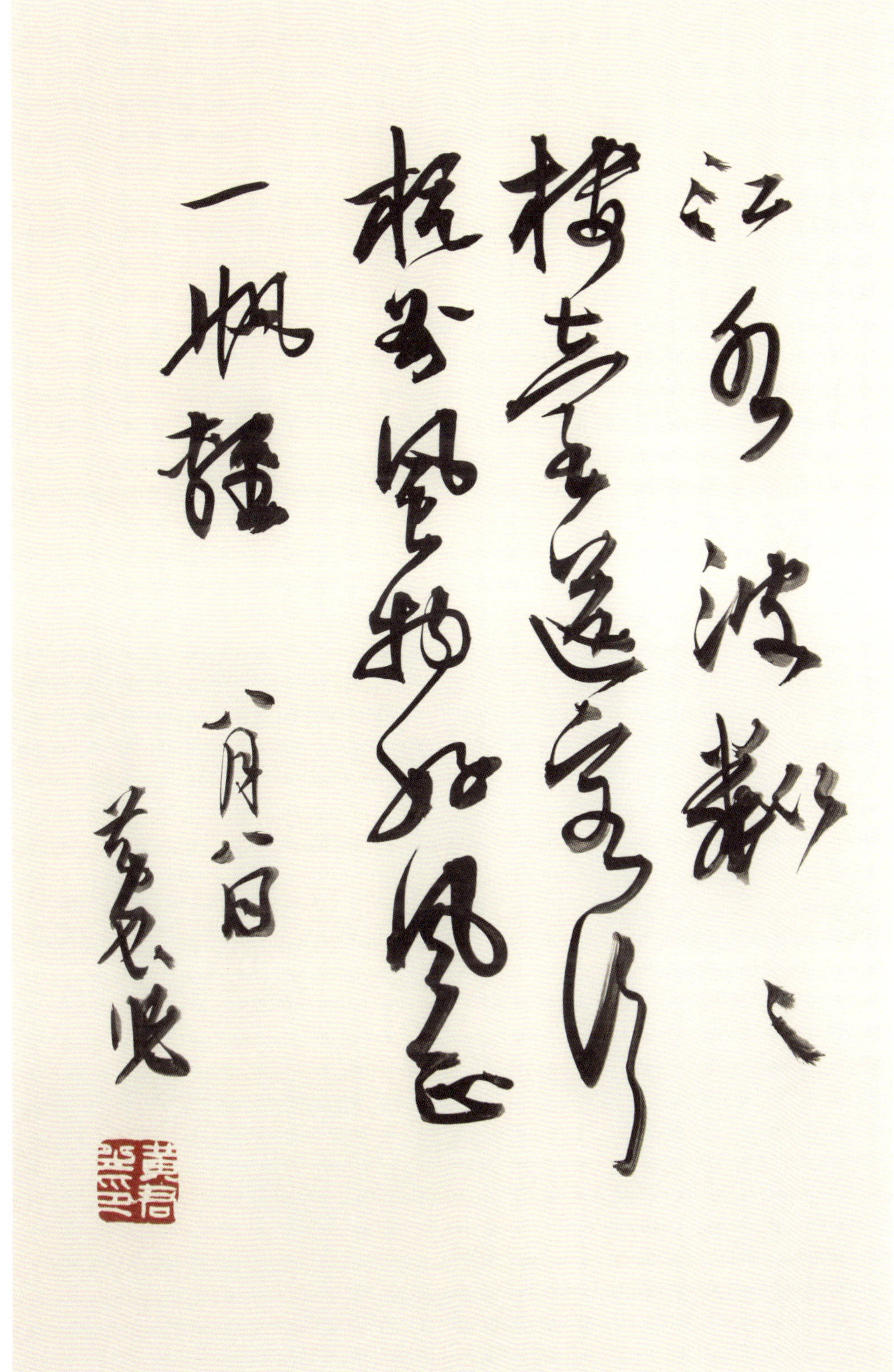

水村独钓图

日丽风和江上清，山村鸡犬自相宁。
扁舟一叶归还去，鸥鹭双双伴与行。

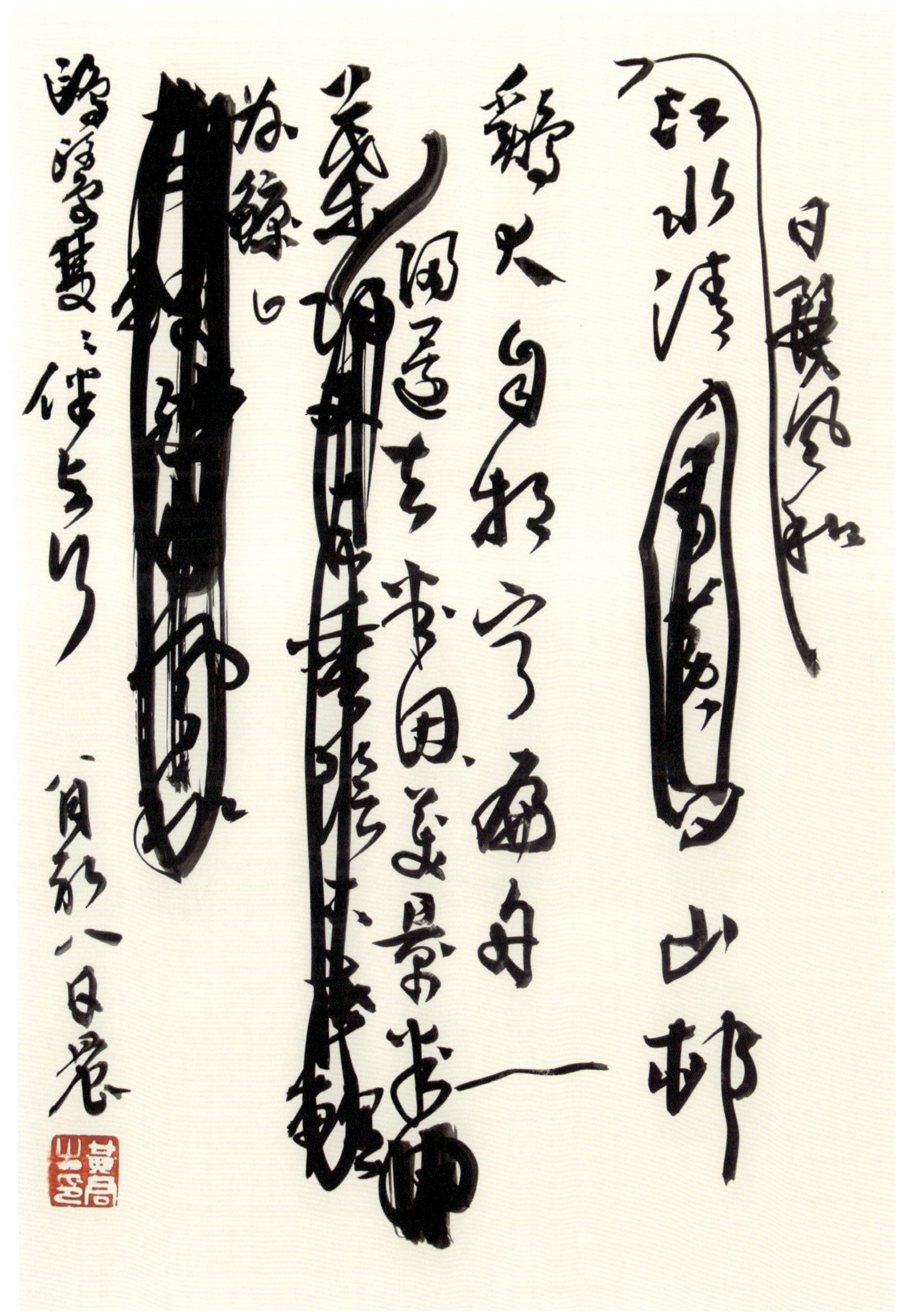

江天一叶图

松榆岸上看行舟，一色江天若隐无。

遥想当年争霸业，三千铁甲可吞吴。

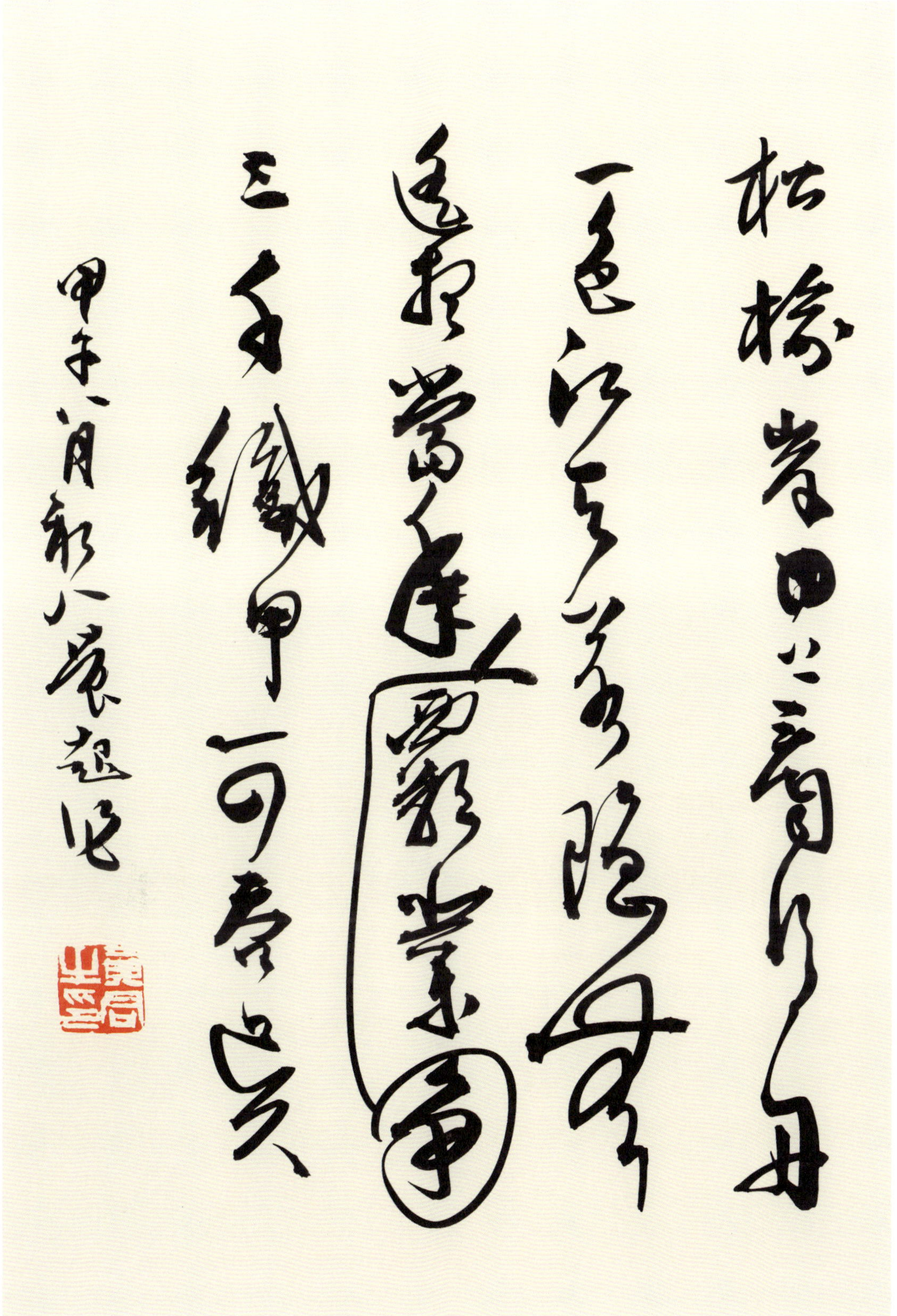

携琴观瀑图

山雾濛濛一水间，清泉迭迭下深潭。
声声有韵难追觅，乃抱弦琴着意观。

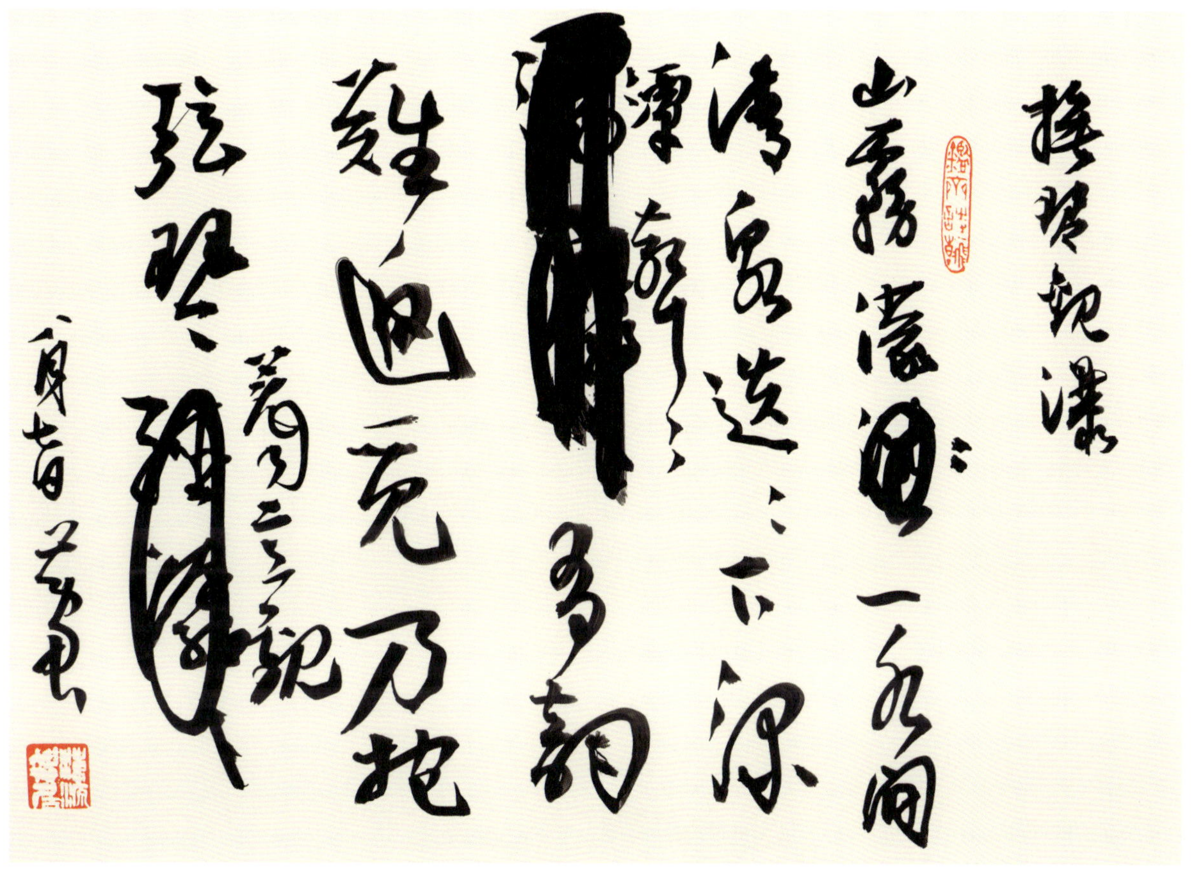

停琴听松图

绕指旋珠不胜弹，伯牙玄技已知难。
松声乍起琴弦乱，却听天声过指寒。

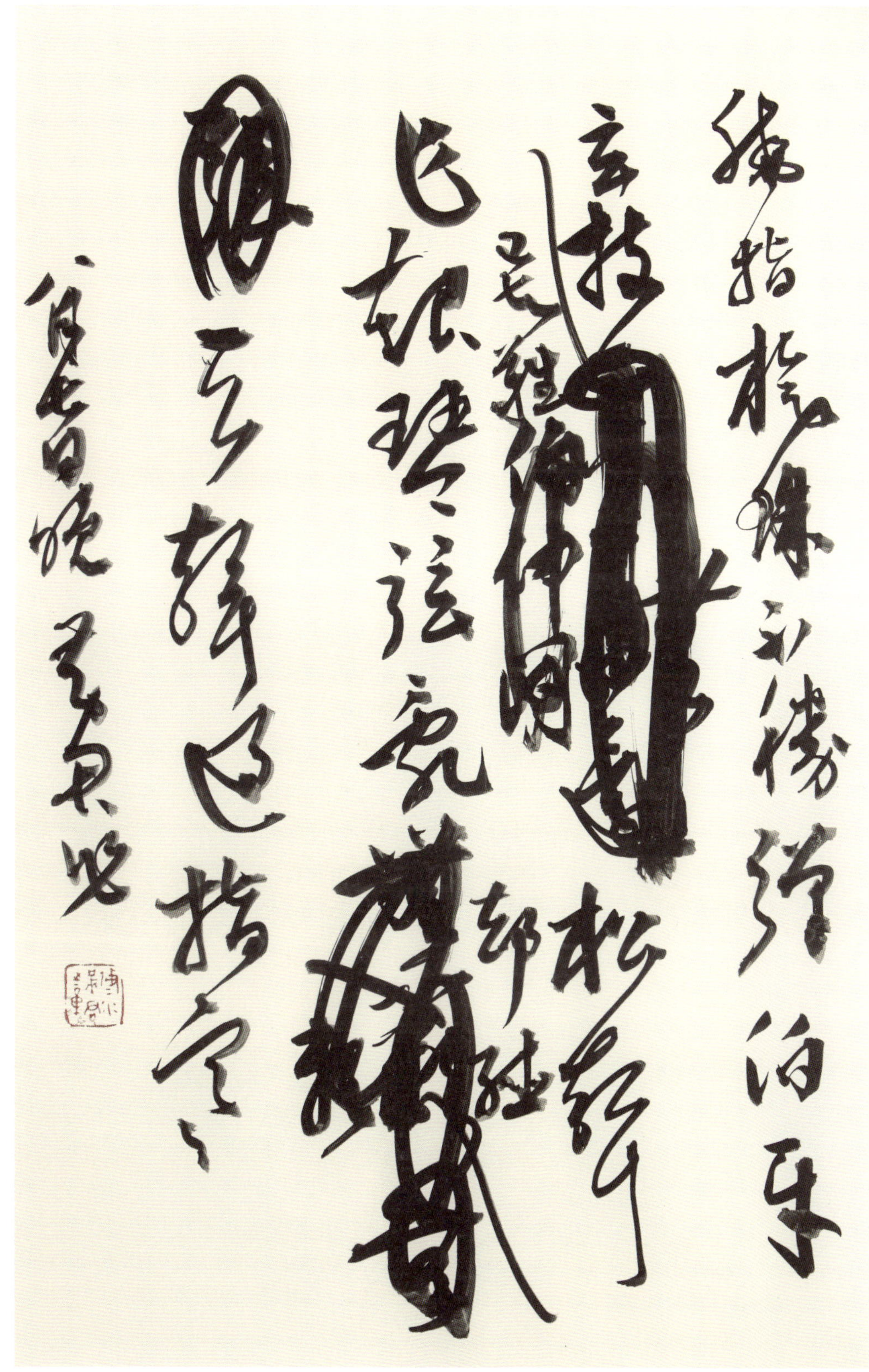

平林寒山图

渺渺波光接洞庭，烟树人家无处寻。

不是桃源今又现，此间富足乐清宁。

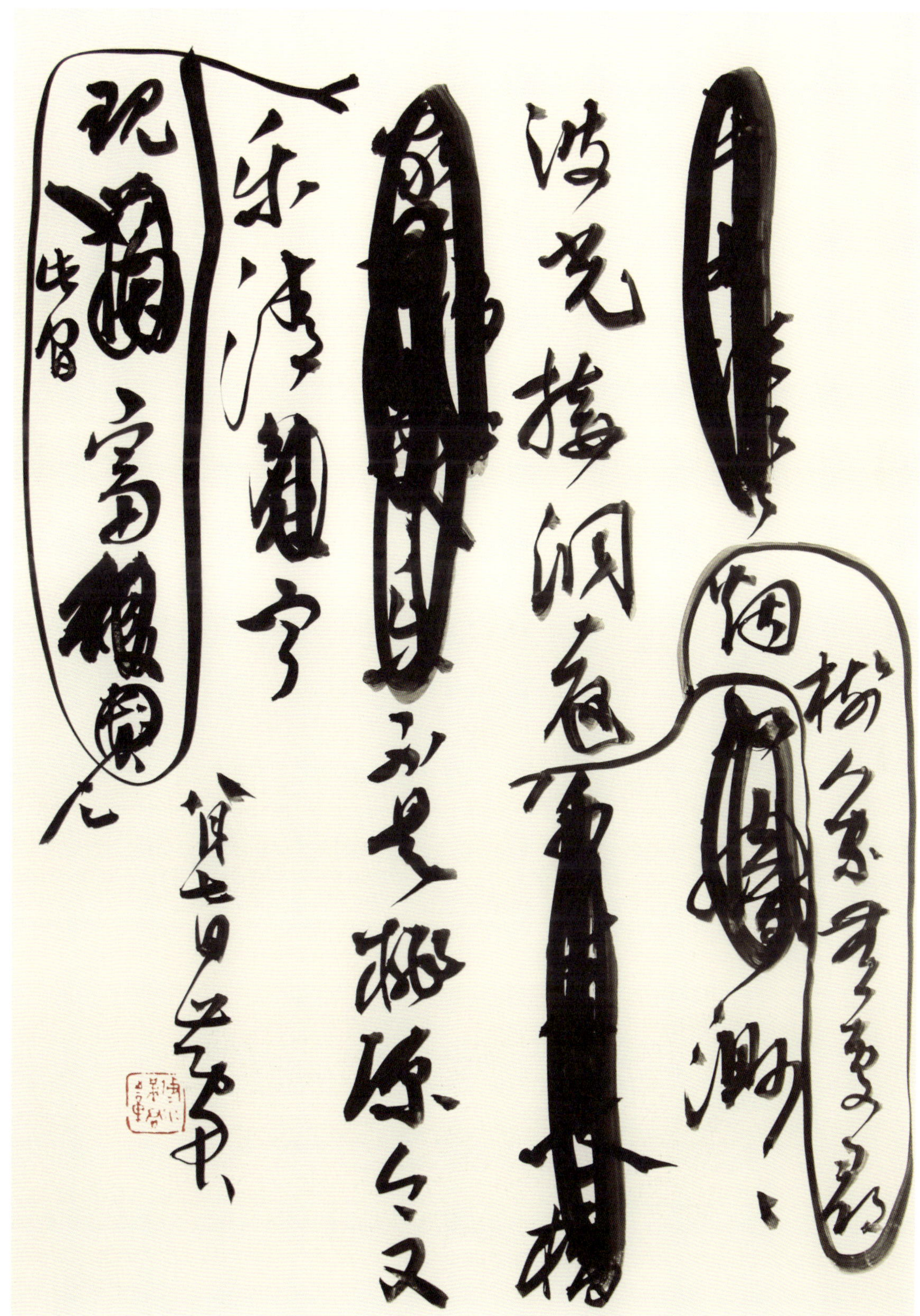

访幽图

石笋撑天着好花，云烟稀处有人家。
寻诗漫步壑间去，也似康公到永嘉。
（康公者谢灵运也）

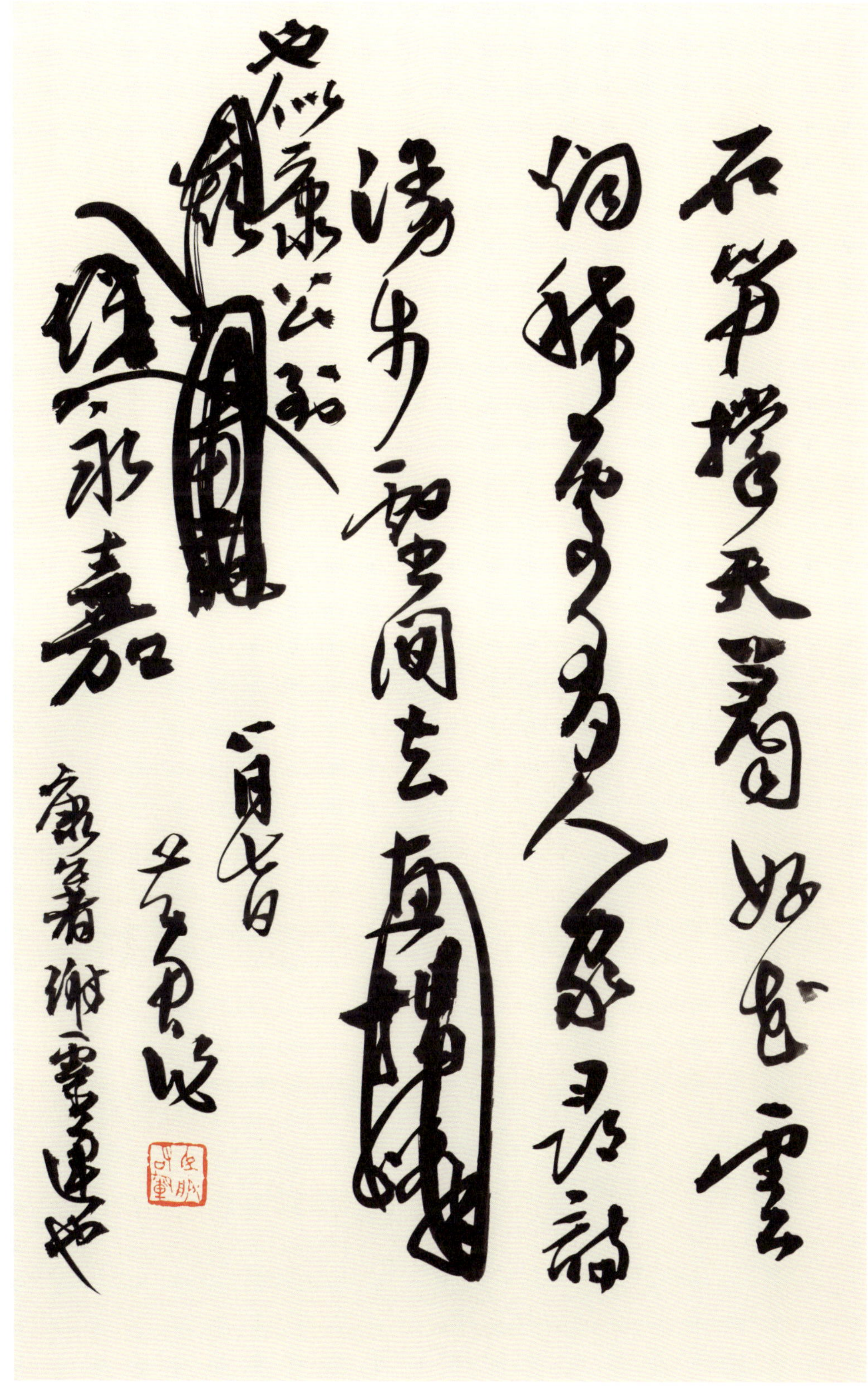

山居读书图

疏疏篱落菊初黄，丹桂幽幽送鼻香。
入座清风浑不觉，先生树下读周庄。

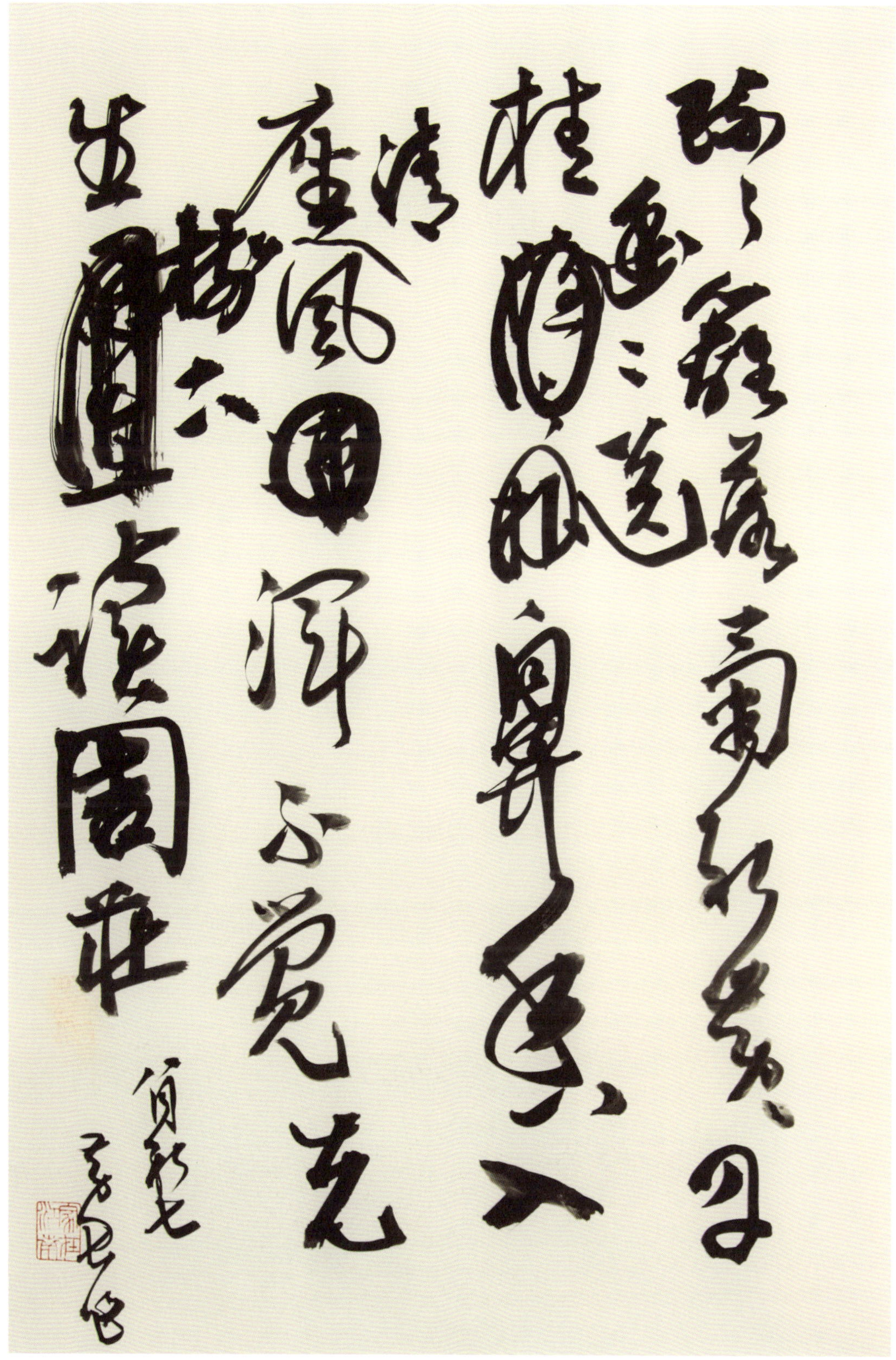

溪桥策杖图

山峦叠翠水淙淙，野径羊肠漫步行。
策杖村头观远景，茫茫只在一念中。

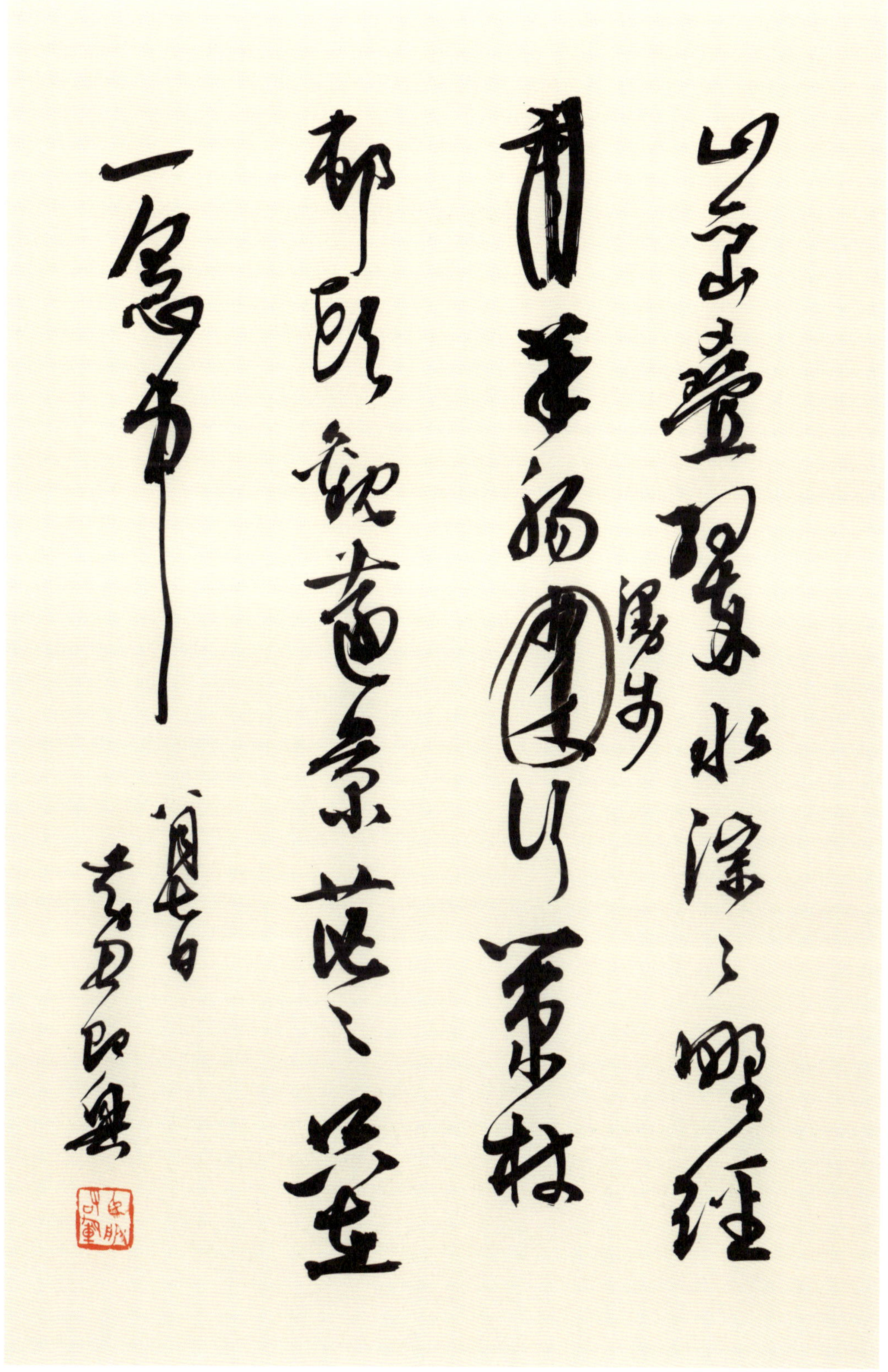

水阁清兴图

不羡游鱼曲水中，还多清兴与鱼同。
春来偶得二三句，唱与知音舞与风。

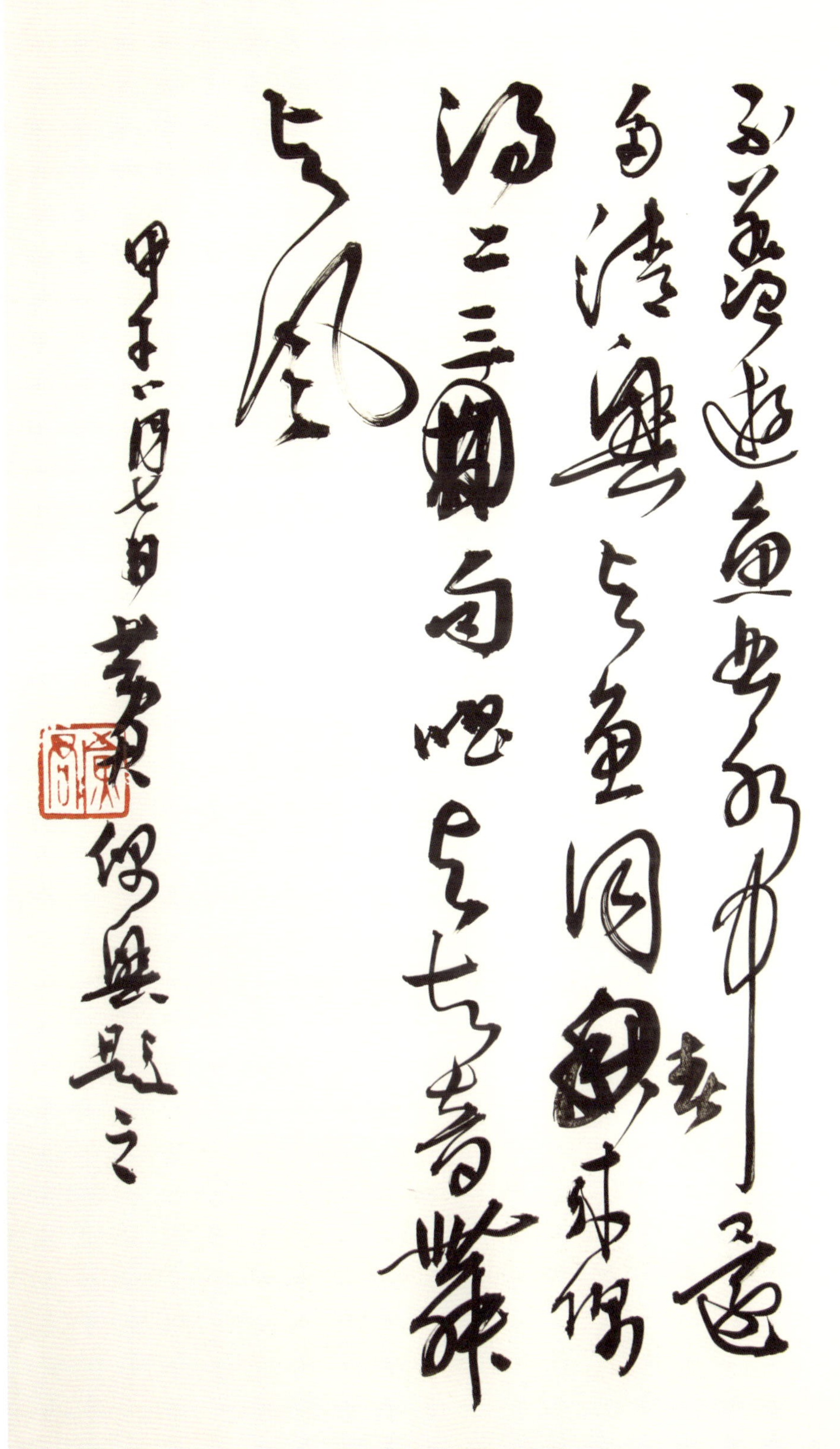

归舟图

历尽沧波与巨澜，归来又见自家山。
妻儿备酒门前待，屋角红云照汗衫。

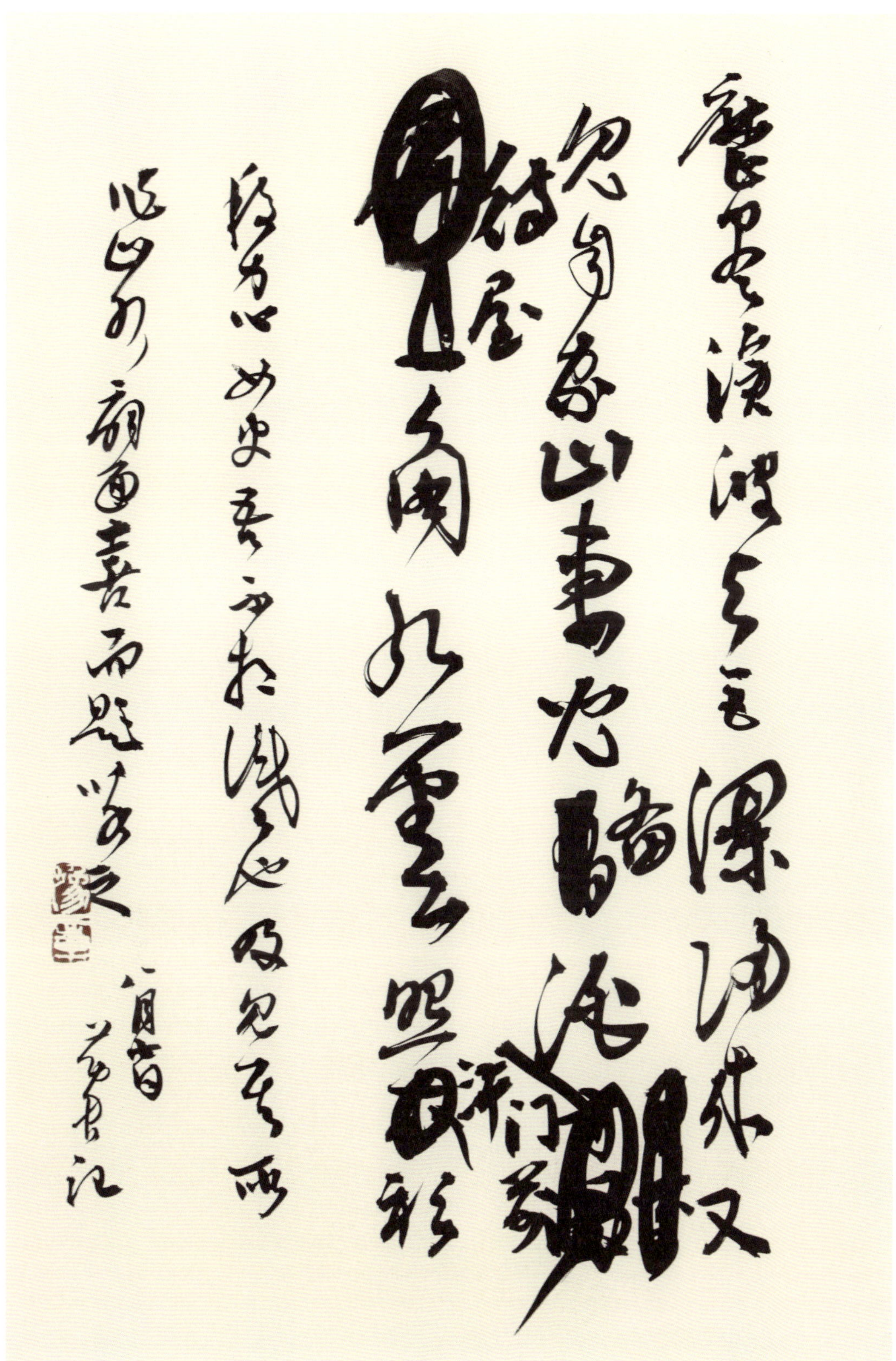

清斋暮色图

叶落阶前已到秋，暮鸦点点扫庭除。
清斋设与投缘客，不是投缘莫与求。

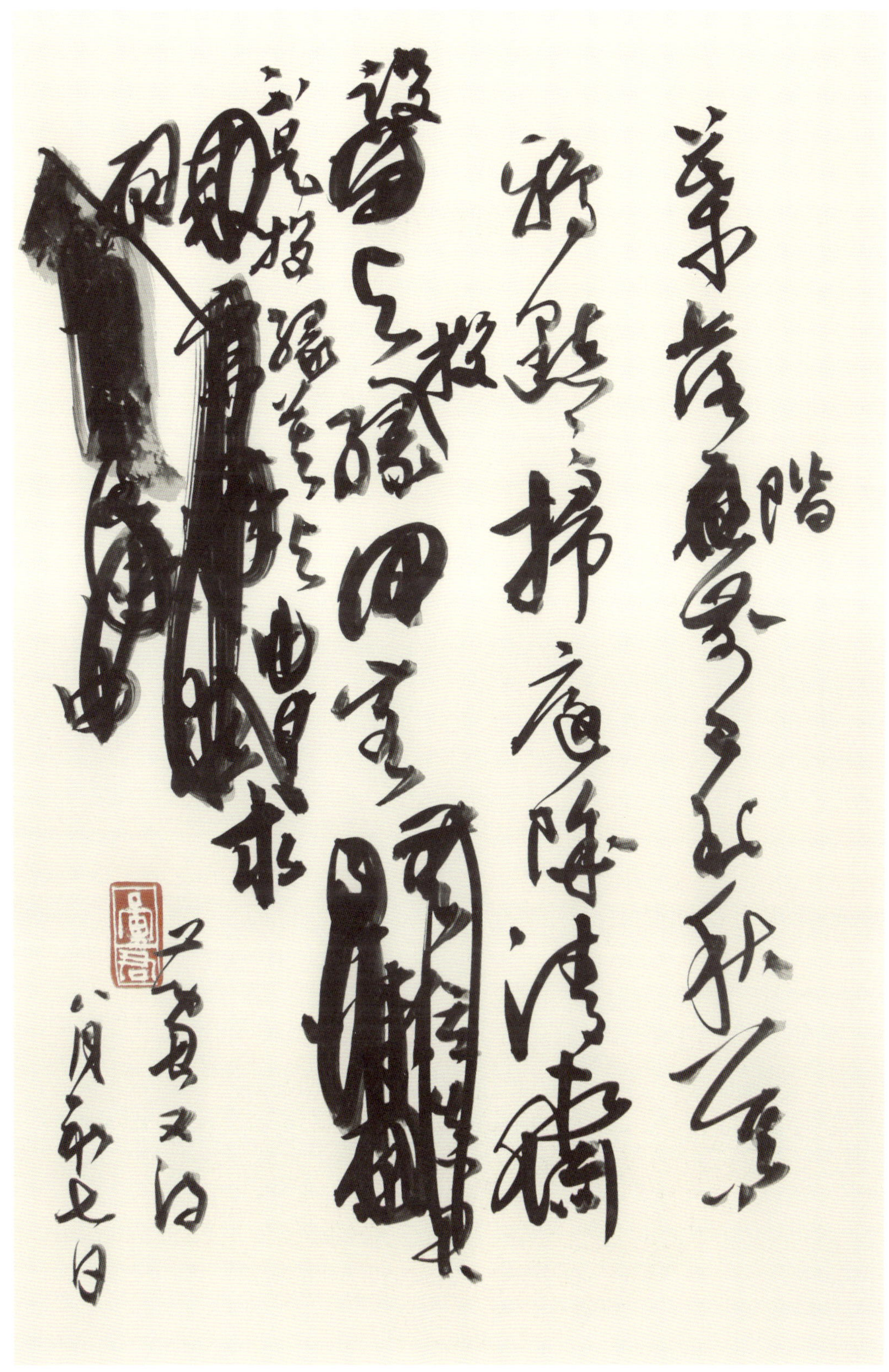

高松图

生在巉岩碧落间，经霜历雪等平闲。
云雀不知高韵致，飞鸿常绕不需攀。

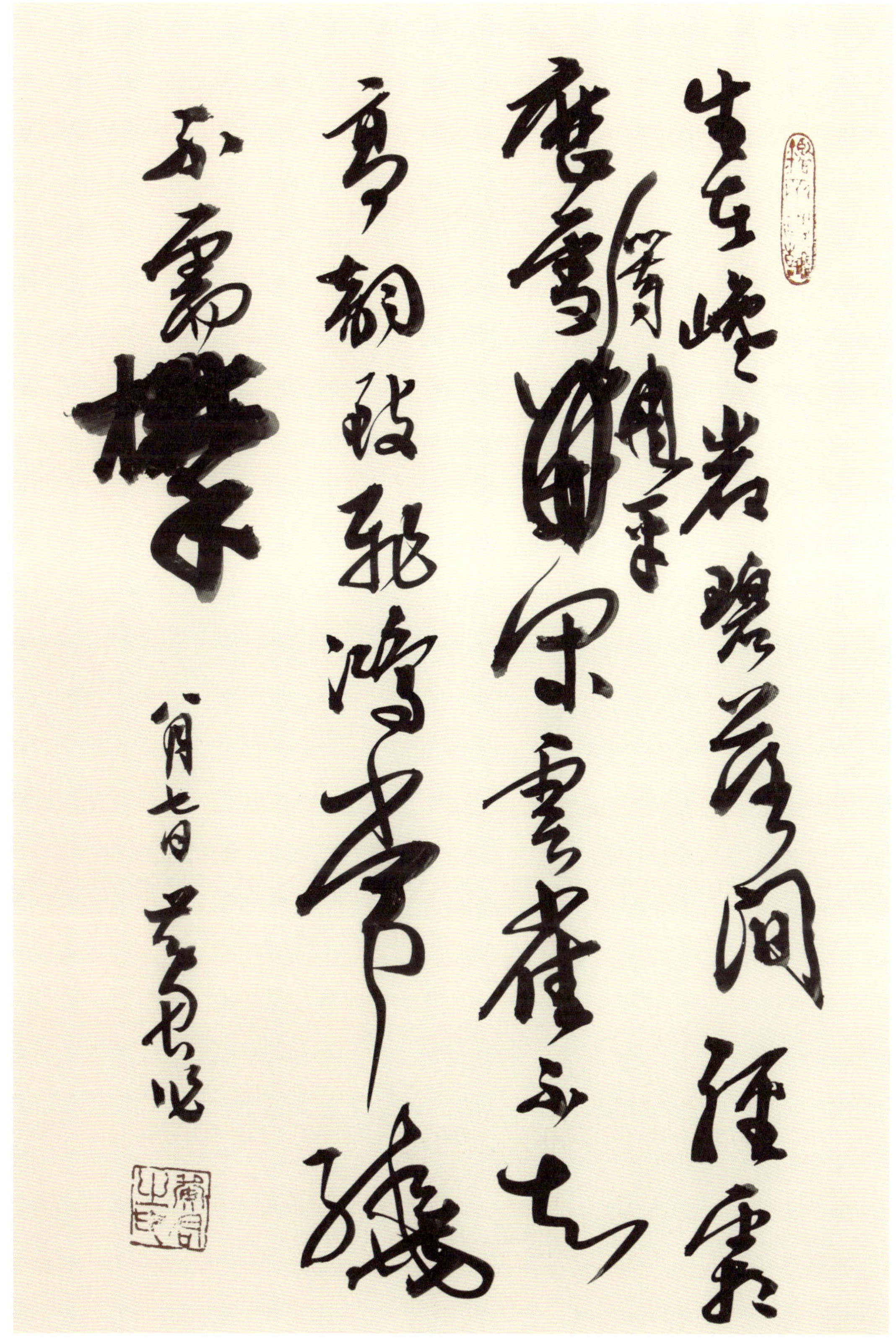

秋山行吟图

看遍南峰又北峰，秋山处处好行吟。

苍松俊挺遥相对，意气相投是故人。

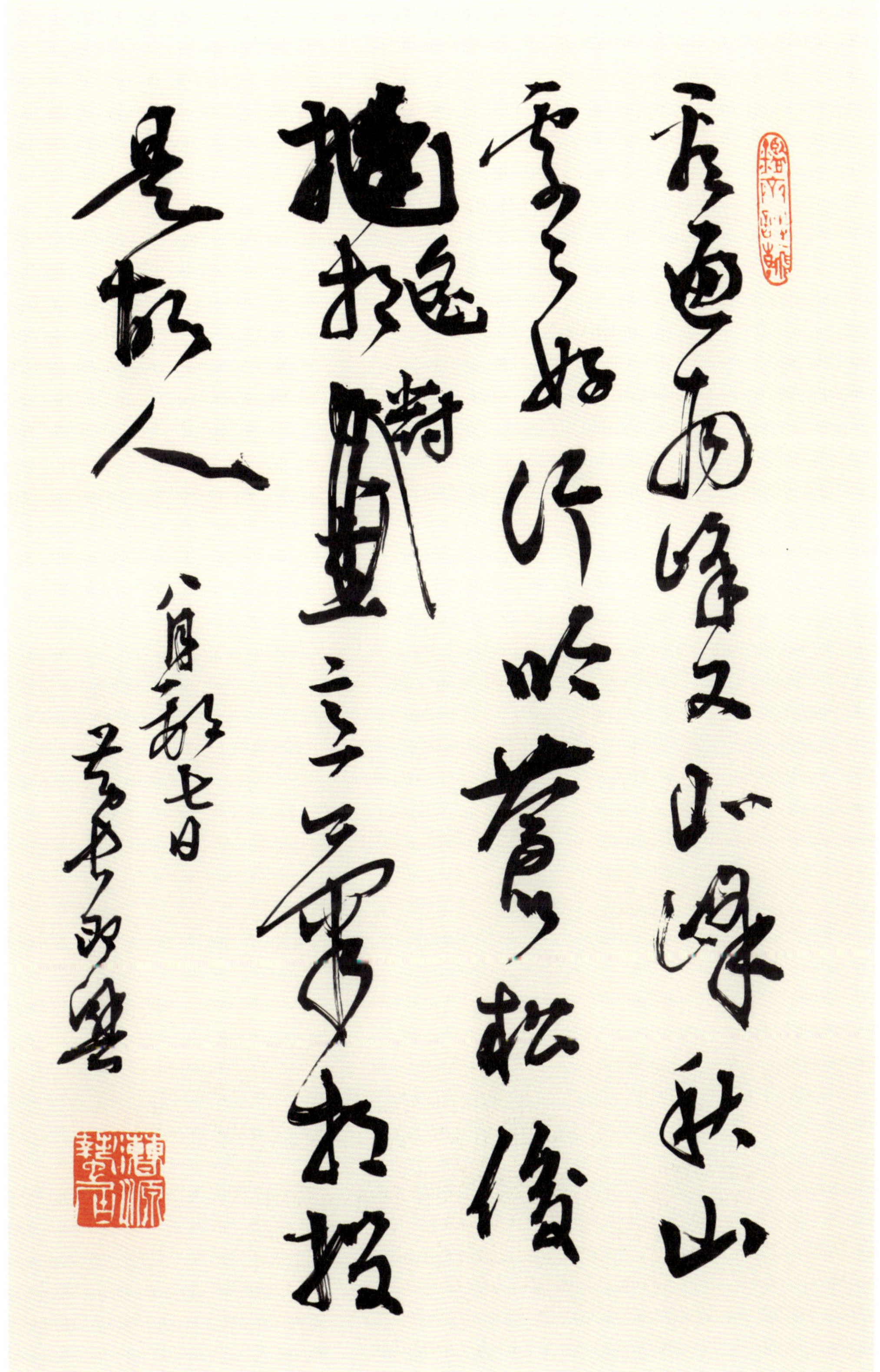

责任编辑：冯 瑶

图书在版编目(CIP)数据

匪石集:黄君诗书近作/黄君 著. —北京:人民出版社,2018.1
ISBN 978-7-01-018740-2

Ⅰ.①匪… Ⅱ.①黄… Ⅲ.①诗集-中国-当代②汉字-法书-作品集-中国-现代
Ⅳ.①I227②J292.28

中国版本图书馆 CIP 数据核字(2017)第 324279 号

匪 石 集

FEISHIJI

——黄君诗书近作

黄 君 著

人民出版社 出版发行
(100706 北京市东城区隆福寺街 99 号)

北京雅昌艺术印刷有限公司印刷 新华书店经销

2018 年 1 月第 1 版 2018 年 1 月北京第 1 次印刷
开本:889 毫米×1194 毫米 1/16 印张:17.75
字数:100 千字

ISBN 978-7-01-018740-2 定价:168.00 元

邮购地址 100706 北京市东城区隆福寺街 99 号
人民东方图书销售中心 电话 (010)65250042 65289539